FANTASTIC ORIENTAL HEROES

장씨세가 호위무사 2

조형근 新무협 판타지 소설

초판 1쇄 찍은 날 § 2020년 7월 28일
초판 3쇄 펴낸 날 § 2023년 12월 20일

지은이 § 조형근
펴낸이 § 서경석

편집책임 § 황창선
편집 § 박현성

펴낸곳 § 도서출판 청어람
등록번호 § 제387-1999-000006호
등록일자 § 1999. 5. 31
어람번호 § 제2-2837호

주소 § 경기도 부천시 부일로 483번길 40 서경B/D 3F (우) 14640
전화 § 032-656-4452 팩스 § 032-656-4453
E-mail § chungeorambook@daum.net

ISBN 979-11-04-92222-0 04810
ISBN 979-11-04-92220-6 (세트)

장씨세가 호위무사

第一幕

2

조형근 新무협 판타지 소설

도서출판 청람

목차

第一章 구출

광휘는 한쪽 벽에 기대어 침묵하고 있었다.

장련이 아버지께 줄 게 있다며 탁자 앞에서 뭔가를 그리고 있었기 때문이다.

'그때 왜 묵객이 그런 반응을 보였던 건가.'

광휘는 생각했다.

혈패수사 노야방이란 자가 누구인지 모르지만 객(客)쯤 되는 자라면 어떤 상대도 이길 수 있는 자신감이 있어야 했다.

칠객 출신이었던 단리형도 그랬다.

항상 누구와 싸워도 이길 수 있는 자신감을 가지고 있었다.

'내가 모르는 이유가 있겠지. 아님 칠객이 예전의 칠객이 아니거나.'

광휘는 눈을 감으며 다시 생각했다.

이 공자를 구해 오는 건 쉬운 일이다.

그가 얼마나 뛰어난지 모르지만 기관진식의 대처법에 관한 훈련은 과거에도 너무나도 많이 해봤다.

그러함에도 광휘가 주저하는 이유는 그와는 다른 이유가 있었기 때문이다.

'더는 피를 보면 안 된다.'

몸과 정신이 한계에 다다르고 있었다.

불명귀를 죽인 이후 누그러졌던 신경이 되살아나며 피를 갈구하고 있었다.

싸울 때야 아무런 느낌이 없다지만 피를 본 뒤부터는 자신도 제어할 수 없을 만큼 힘들었다.

부득이할 경우는 어쩔 수 없다고 해도 피할 수 있는 피는 보지 않아야 했다.

"하아."

광휘는 눈을 감았다.

이젠 어떻게 할지 자신도 잘 판단이 서질 않았다.

그냥 모른 체해야 할지, 아님 직접 움직여야 할지 그로선 판단하기가 너무 힘들었다.

꽤 오랜 시간을 벽에 기대 눈을 감던 광휘가 결국 장련을 향해 입을 열었다.

결정을 한 것이다.

"소저……."

"……."

"……?"

대답이 들려오지 않자 광휘가 눈을 떴다.

타오르고 있는 호롱불은 여전히 변함이 없었지만 장련은 아니었다.

피곤했는지 엎드려 곤히 자고 있었다.

광휘는 그녀 앞으로 다가갔다. 그러다 뭔가를 발견하고는 천천히 집어 들었다.

'지도.'

낙선산의 지도일 것이다.

아버지에게 줄 것이 있다는 것이 바로 이것이리라.

광휘는 지도를 뚫어져라 응시하다 다시 책상 위로 내려놓았다.

순식간에 낙선산의 지형이 떠오르고 있었다.

위치와 경사. 거리와 너비까지.

'제법…….'

잘 기억하지 못하는 그였지만 지형과 지물 같은 공간을 해석하는 능력은 범인이 이해할 수 있는 수준을 넘어섰다.

광휘는 장련의 얼굴을 바라보았다.

하얀 피부가 호롱불에 비쳐 뽀얗게 변해 있었다.

잠시 그녀를 바라보던 광휘는 이내 뒤돌아서며 문으로 걸어갔다.

마침 물어보려던 것을 얻었다.

그렇다면 더는 주저할 필요가 없었다.

*　　　*　　　*

"능 형은 아주 열심이군."

"그렇게. 오늘 저녁부터 하지 않았나?"

"정확히는 대전을 나간 뒤부터지."

한쪽 구석, 침상에 누운 황진수와 곡전풍은 서로 말을 주고받고 있었다.

조금 전부터 한 치의 쉼 없이 숫돌로 칼날을 갈아대는 능자진을 보고 한 얘기였다.

"거처로 돌아오기 전에 보니 땀으로 흠뻑 젖어 있었네."

"명문 속가제자니까. 이 기회에 실력을 보여주려고 하는 의지가 강할 테지."

"그래도 저리 열심히 하는 모습을 보니 괜히 우리까지 머쓱해지는구먼."

그들이 계속 쑥덕이고 있던 사이 능자진이 드디어 동작을 멈췄다.

"후우. 다 끝냈군."

누구보다 칼을 열심히 간 그는 자리에서 일어섰다.

"어디 가는 거요, 능 형?"

황진수가 말했다.

호위무사로 들어온 세 명의 식객은 서로 입장이 비슷하다 보니 이렇게 격의 없이 말을 하는 사이가 되어 있었다.

"바람 좀 쐬고 오마."

"이제 그만 좀 잡시다. 아니, 나는 이제 잘 거유."

"저도 그럴 겁니다."

그제야 기회가 왔다고 생각한 그들이 침상에서 일어나 호롱불을 껐다.

내방 주위가 삽시간에 어두워지자 능자진이 멋쩍게 웃고는 내방을 빠져나갔다.

약간은 심란한 날이었다.

이 공자가 납치된 후 곧 대대적인 싸움이 생겨도 무방할 정도로 장씨세가의 분위기는 좋지 않았다.

"엇?"

그가 문밖으로 나와 옆의 소로를 걸으려 할 때였다.

밖에선 익숙한 사내가 자신을 기다리고 있었다.

광휘였다.

"부탁이 있어 왔소."

"대, 대협……."

"장련 소저를 보호해 주시오."

"예?"

능자진은 당황했다.

갑자기 무슨 말이냐고 묻고 싶었지만 광휘는 거기서 할 말을 다했다는 듯 뒤돌아섰다.

능자진이 다시 물었다.

"어디… 가시는 겁니까?"

터억.

광휘가 걸음을 멈췄다. 그는 여전히 뒤를 돌아보지 않았다. 그저 한마디만 더 덧붙였다.

"아침까지면 되오. 그럼 믿고 가겠소."

그렇게 떠났다.

갑자기 나타나 자기 말만 하고 간 사내.

하지만 능자진은 그가 밉지 않았다.

아니, 오히려 자신에게 관심을 가져준 것이 고마웠다.

누가 뭐래도 그의 눈에는 특별한 자였다.

"아침까지 돌아온다라……."

그는 허리춤에 찬 검집을 보았다.

아침부터 지금까지 정말로 미친 듯이 휘둘러 댄 검이었다.

그리고 저녁엔 방에 들어와 한 시진 동안 숫돌도 갈았다.

이 공자를 구하러 갈 수도 있다는 소리에 몸 상태, 칼날 상태 등 작은 부분 하나 놓치지 않으려 했던 것이다.

"난 참… 하루 종일 쓸데없는 짓만 했군."

화를 내는 목소리였지만 그의 표정은 달랐다.

입가에 반듯한 미소가 걸려 있었던 것이다.

* * *

집무실.

장원태는 장련을 보낸 후 민머리의 노승과 마주 앉아 있었다.

방각 대사.

그를 본 장원태의 첫인상은 '늙었다'라는 것이었다.

늘어진 가사 자락과 목에 찬 허름한 염주 구슬도 그가 늙게 보이는 데 한몫하고 있었다.

이제 마흔 줄에 들어선 나이라고 했을 때 진심으로 농담이었기를 바랐을 만큼, 그가 대단하게 느껴지지 않았다.

그리고 두 번째 인상은 강해 보이지 않는다는 것이었다.

권사가 가질 법한 근육도 없었다.

그저 마른 편이었고 체구는 비교적 왜소했다.

굳센 믿음을 갖기에 여러모로 많이 부족한 모습이었다.

"외총관입니다."

침묵하던 그때 문밖에서 소리가 들렸다.

"들라."

곧 장태윤이 들어왔다.

장원태가 물었다.

"그래, 지도는?"

"여기 있습니다."

장원태는 장태윤이 건네는 황지를 받아 들고 앞에 있는 노승, 반각에게 건넸다.

"이 공자가 있다는 곳의 지도네."

노승은 까끌까끌한 손바닥으로 지도를 받아 들며 천천히 살폈다.

대충 지형만 보아도 협곡처럼 굽은 길이라는 걸 알 수 있다.

험한 곳은 아닌 것 같지만 한 번에 많은 인원이 들어갈 수 없는 그런 곳이었다.

"함정을 파기엔 좋은 장소군요."

그는 시선을 내리다 눈을 감았다.

원체 작은 눈이라 눈을 떴는지 감았는지 알 수 없었다.

"가능하겠소?"

장원태는 조심스럽게 물었다.

혈패수사 노야방이라 했다.

진식에 관한 조예가 깊어 웬만한 자들도 그의 암수에 빠지기 십상이었다.

그런 상황에 이 정도로 준비를 했다면 눈앞에 있는 반각이라도 쉽지는 않을 것이다.

"노야방이 유명하긴 하지만 그리 어려운 상대는 아닙니다. 진식이야 시간이 좀 걸릴 뿐이지, 조심히 살피기만 하면 그다지 위험한 것은 아니니까요."

"그럼 무엇이 문제요?"

"그 옆에 있는 잡니다."

"……?"

"무양후라는 사내지요. 그와 함께 다닙니다."

장원태는 눈을 크게 떴다.

"대단한 고수요?"

"실력은 꽤 있는 편입니다."

"하면……."

방각은 그제야 눈을 떴다.

"기본을 갖춘 자가 같은 편의 기관진식을 이해하고 싸우지요. 그리되면 싸움 중에는 자신의 능력 그 이상을 발휘하곤 합니다."

장원태는 고개를 끄덕였다.

"역시 묵객이 걸리길 바랐던 것이구려."

"그렇습니다."

방각은 고개를 끄덕이고는 다시 말했다.

"기관진식으로 체력을 고갈시키며 동시에 치명상을 입힐 만한 것들을 준비해 놓았겠지요. 암기는 기본일 테고 독(毒)도 있을 겁니다. 진법과 기관진식이 발동되면 묵객이라고 하더라도 피로가 있을 수밖에 없습니다."

"……."

"그리고 그때, 무양후라는 자가 나설 겁니다."

장원태는 그들이 얼마만큼 준비를 한 것인지 방각의 입을 통해 좀 더 자세히 알 수 있었다.

"묵객은 뭐라덥니까?"

방각이 질문을 해왔다.

"그는 아침에 연통을 준 뒤 다시 한번 상의한다고 했소."

"흐음, 그렇군요."

그는 다시 눈을 감았다. 깊은 생각을 하듯 말투도 느릿느릿했다.

"칠객답지 않게 겁이 많은 자군요."

"허허허."

장원태는 난처한 웃음을 지었다.

하지만 기분은 좋았다.

당찬 기세가 왠지 모르게 마음에 들었던 것이다.

"소승이 가서 이 공자를 구해 오겠습니다."

"괜찮겠소?"

"제아무리 대단한 진법이나 기관진식이라 해도 어차피 사람의 손으로 만드는 것입니다. 기본은 오행(五行)에서 비롯된 것으로 풍수(風水), 육임(六壬), 기학(氣學), 사주추명(四柱推命), 산명(算命), 기문둔갑(奇門遁甲) 등도 바로 그 오행 위에서 구축된 기법이지요. 다시 말해 사물의 이치를 정확히 이해하면 별 어려움 없이 파훼할 수 있다는 말입니다."

"아……."

장원태는 눈에 빛이 났다.

방각은 소림사의 직전 제자다.

그 말은 소림사의 무공뿐만 아니라 학식도 뛰어나다는 것이다.

아니, 무공만 뛰어나도 상관은 없었다.

장원태는 듣기로 소림사 권법은 음양오행에 바탕을 둔다고 했다.

그것은 곧 음양오행의 이치에도 밝다는 말이었다.

이에 비추어본다면 그의 말은 충분히 설득력이 있었다.

"그럼 언제쯤 출발하실 생각이시오?"

장원태가 기대에 찬 눈빛으로 물었다.

"길게 끌 필요 없지요. 지금 가겠습니다."

"날이 어두우니 아침에 출발하는 것이 낫지 않겠습니까?"

"날씨에 영향을 받는 수준은 지났습니다."

"아!"

장원태의 표정엔 화색이 돌았다.

"그럼 다른 사람은……."

"필요 없습니다. 그래도 보는 눈은 있어야 할 터이니 장로 몇 분만 붙여주십시오."

그는 그 말을 끝내고 천천히 자리에서 일어났다.

오 척 반을 조금 넘는 키.

흘러내리는 가사 자락은 여전히 평범하다 못해 병약한 느낌을 들게 했다.

하나, 장원태는 느꼈다.

마지막에 힘을 주며 말했던 그의 눈빛에 누구에게도 느끼지 못한 기운이 서려 있었다는 것을.

그것은 사파가 익힐 법한 패도적인 기운이었다.

* * *

"왔는가?"

묵객은 모옥 앞에 앉아 자신을 찾아오는 담명을 쳐다보고 있었다.

"예, 여기 있습니다."

묵객은 지도를 건네받자 대충 훑어보고는 말했다.

"제법 상세하군."

"꽤 많은 돈을 달라고 했습니다."

"뭐 언제나 어두운 시간대는 웃돈을 줘야 하는 법이지."

그는 옷매무새를 점검하며 옷섶을 한 번 털어댔다.

"지금 가시는 겁니까?"

"그래."

"그럼 저도 함께……."

"아서라. 그렇게 만만한 곳은 아니다."

묵객이 씨익 웃으며 말했다.

"그것보다 다른 거나 생각해 놔라."

"예?"

"내가 이 공자를 구한 뒤 어떤 말을 하면 장련 소저가 내게 반할지."

"……."

"그럼 가마."

묵객은 순식간에 어둠 속으로 사라졌다.

그의 뒷모습을 바라보던 담명은 고개를 저었다.

상당히 위험할 수도 있는 곳을 가면서도 지나칠 만치 여유가 느껴졌다.

하지만 그는 곧 이해가 된다는 듯 다시 고개를 끄덕였다.

허술해 보여도 그는 강하다.

묵객이니까.

자신이 알기론 단 한 번도 패한 적 없는 자였다.

*　　*　　*

낙선산은 협곡이 있고 숲이 우거졌지만 험준한 지역은 아니었다.

다만 오랫동안 사람들이 오지 않아 이름 모를 꽃과 나무들이 많이 자라 그리 인식된 곳이었다.

"이곳이군."

두 시진 후 산문 입구로 도착한 광휘가 고개를 끄덕였다.

좁은 도로와 그 양쪽엔 가파른 언덕이 보였다.

밤이 깊었기 때문인지 산기슭에서 습한 바람이 불어왔다.

높지 않은 지대였기 때문인지 안개는 많지 않았다.

"이런 곳은 진법보다는 기관진식이겠군."

광휘가 읊조리며 산문 안쪽으로 들어가기 시작했다.

기관진식.

꽤 오랜만에 들은 단어다.

하지만 과거엔 너무나 많이 들었던 단어이기도 했다.

기관이란 사람들의 출입을 막기 위해 만들어진 기계들을 말한다.

진식은 지형, 지물을 배치하여 조화를 부리게 만드는 것.

짧게 말하면 기계를 포함한 모든 것을 이용해 상대를 공격하고 곤경에 빠뜨리는 것이었다.

츠읏. 츠읏.

광휘의 발이 내딛는 족족 지면 안으로 스며들었다.

비가 왔던 것인지 흙이 습기를 머금은 탓인지 걷는 곳마다 그랬다.

딱.

몇 발자국을 내딛던 중이었다.

발끝에서 뭔가 딱딱한 것이 느껴졌다.

땅의 형태는 전혀 변하지 않은 상태였는데 앞서 걸었던 느낌과 전혀 달랐다.

그 순간.

패애애액.

갑자기 동아줄에 매달린 나무 하나가 오른쪽에서 날아 들어왔다.

광휘는 곧바로 뒤로 몸을 움직였다.

피육.

그러던 그때 광휘가 물러나던 지점에서 또다시 뭔가가 날아왔다.

뾰족한 화살 세 개가 각각 머리 위로 뿌려진 것이다.

타탓.

재차 뒤로 움직이려던 광휘가 멈칫했다.

찰나의 순간, 그리 날카롭지 못한 공격으로 계속 물러서게 만드는 기관들의 작동에 의문이 생긴 것이다.

파팟.

결국 광휘는 빠르게 옆으로 움직이며 근처 나무를 박차고 허공으로 뛰어올랐다.

그때였다.

휘익 휘익! 피익! 피익! 쉬익! 쉬익!

수십 개의 화살이 난사되다시피 날아왔다.

앞뒤, 좌우 가릴 것 없이 사방에서 휘몰아쳤다.

공중으로 뛰어오른 광휘는 몸이 아래로 떨어지려하자 몸을 공중제비를 하며 체공 시간을 늘렸다.

그리고 화살이 잦아들 때쯤 지면을 밟았다.

터억.

휘이이이잉.

등 뒤에서 싸늘한 바람이 불었다.

조금 전까지 자신이 서 있던 곳은 이미 아수라장으로 변해 있었다.

날카로운 칼들이 사방에 꽂혀 있었고 바닥은 화살들로 가득했다.

어림잡아도 백 개는 넘어 보이는 양이었다.

"돈은 석가장도 많은가 보군."

아무렇지 않게 말을 했지만 광휘의 표정은 편안해 보이지 않았다.

처음 동아줄에 매달린 날카로운 나무 기둥.

그 뒤 계속 물러나게 날아온 화살의 방향.

어떤 식으로 피할 것인가에 대해서도 연구한 공격이었다.

그렇다면 기관진식을 만지는 솜씨뿐만 아니라 인간의 심리까지 알고 있는 자라고 봐야 했다.

“노야방이라 했나?”

광휘는 적의 이름을 읊조리며 눈을 몇 번 감았다 떴다.

시작부터 이 정도의 수준이라면 앞으로도 문제였다.

그렇게 계속 이런 식으로 상대하게 되면 결국엔 힘도 부칠 터였다.

광휘는 고민했다.

이런 기관진식을 어떻게 파훼하는 것이 효과적인지.

“할 수 없지.”

잠시 뒤 판단을 내린 광휘의 왼손이 머리 위로 움직였다.

그리고 강하게 힘을 주며 무언가를 꺼내 들었다.

드릉.

거대한 도신, 구마도가 하늘로 치켜 올라갔다.

도신의 길이는 여섯 자.

자루까지 계산한다면 무려 일곱 자가 넘는 실로 거대한 크기가 위용을 드러낸 것이다.

콱.

광휘는 들고 있던 구마도를 땅에 박았다.

처억.

그 후, 구마도 자루에 왼손을 다시 가져갔다.

이번에는 잡는 방향이 달랐다.

기형검처럼 도신을 아래로 내린 것이다.

거대한 구마도로 인해 광휘의 몸이 거의 보이지 않았다.

정면으로 봤을 때는 도신만 보일 정도로 구마도는 크고 넓었다.

스윽.

광휘는 그런 구마도를 잡고 왼쪽으로 조금 움직였다.

바닥에 내린 도신의 우측, 움푹 파여 들어간 자리에 오른쪽 눈을 맞추기 위함이었다.

도신이 파여 있는 이유.

그것은 대도를 어깨에 매달기 위함이 아니라 이렇듯, 앞의 시야의 확보하기 위함이었다.

"수준에 맞게……."

철컥.

뒤이어 광휘는 검 자루를 꺼내 들었다.

괴구검 역시 도신과 같은 아래쪽 방향이었다.

"상대해 주는 수밖에."

* * *

파파파파파파팍.

사방에서 화살촉, 비표가 휘몰아쳤다.

나뭇가지의 탄성을 이용한 공격은 채찍처럼 바람을 찢었고 뾰족한 목재나 단도인 수리도(袖裏刀)도 비풍처럼 쏟아졌다.

사방이 휘몰아치는 속에서도 광휘는 전혀 흔들림 없이 질주했다.

화살이나 단도처럼 작은 암기들은 구마도로 막았고 무게가 실려 있거나 덩치가 큰 것들은 몸을 숙이거나 피했다.

기관이 발동되지 않게 하기 위해 가급적 땅을 밟지 않고 나무 밑동이나 허리를 밟으며 달려갔다.

하지만 공중에는 오래 떠 있을 수 없었고 기관진식의 발동은 계속해서 이어졌다.

"응?"

광휘가 구마도로 앞을 막으며 거침없이 질주하던 중이었다.

뿌연 안개를 보는 순간 뚫고 지나가려던 막으려던 광휘가 멈칫했다.

안개라 하기엔 지나치게 짙었다.

'단혼사(斷魂沙)!'

혼을 끊는 모래.

오대세가 중 하나라는 사천당가의 비전 암기로 알려진 독가루가 뿌려진 것이다.

콱.

광휘는 급히 구마도를 사선 방향으로 땅에 박았다.

그러고는 그 안으로 파고들어 몸을 웅크렸다.

두두두두두둑.

도신에 가루가 떨어지는 소리가 선명히 들려왔다.

불쾌한 느낌이었다.

사방에 퍼진 독 모래가 주위의 모든 생명을 앗아갈 것임을 알기 때문이다.

"……."

잠시 뒤 주위가 조용해지자 광휘가 몸을 일으켰다.

예상대로 주위의 나무들은 모두 시꺼멓게 변해 있었다.

주위 어둠보다 더 짙을 정도였다. 아마도 독이 퍼지거나 감염돼 버렸을 것이다.

스걱.

광휘는 놓았던 구마도를 다시 잡았다. 그러고는 또다시 앞으로 달리기 시작했다.

한동안 화살은 날아오지 않았다.

이곳부터 진식의 발동을 조금 허술하게 했는지 그다지 위협이 될 만한 공격은 없었다.

그렇게 광휘가 앞을 막으며 한참을 내달리는 그때.

한데 묶인 많은 양의 나뭇가지들이 벽처럼 앞을 막고 있었다.

사악.

괴구검으로 빠르게 날려 버린 광휘가 통과할 때였다.

이번엔 실처럼 둥그렇게 말린 뭔가가 곡선을 그리며 양쪽에서 날아왔다.

습관적으로 베어버리려던 광휘가 멈칫했다.

뭔가 이상한 조짐을 느낀 것이다.

"폭뢰침(爆雷鍼)?"

괴구검을 회수하며 빠르게 구마도로 앞을 막았다.

그 순간이었다.

끼이이이잉. 캉캉캉캉!

철이 갈리는 듯한 소리와 함께 전방으로 철침이 터져 나왔다.

전방위로 뻗어 나가는 철침은 온 나무를 휘갈기며 박혀 들어갔다.

하지만 광휘는 구마도로 전신을 쉽게 보호할 수 있었다.

구마도 자루를 잡은 손에 몇 개의 침이 박혀 들어간 것 빼고는 상처가 없었다.

"더러운 것만 쓰는 놈이군."

광휘는 손에 박힌 침을 떼어내며 읊조렸다.

"다행히 독은 없어."

광휘는 잠시 자리에 멈춘 뒤 눈을 감았다.

머릿속으로 그렸던 지도의 위치를 가늠하기 위해서였다.

그는 이내 눈을 떴다.

"거의 다 온 건가."

광휘는 다시금 내달리기 시작했다. 그때쯤 눈앞의 경사도 점점 완만하게 변해갔다.

* * *

평평한 쪽에 도착했을 때 누군가 돌담에 앉아 자신을 응시하고 있었다.

담담히 바라보는 시선과 미소를 머금은 입꼬리.

여유 있는 자세는 마치 이 순간을 기다렸음을 알려주고 있었다.

"참… 영감이 노망이 들었나. 아님 내 눈이 침침한 건가."

사내는 의식적으로 눈을 껌뻑였다. 그러다 광휘의 모습을 훑은 후 다시 말을 이었다.

"내 눈은 확실하니 영감이 노망 들었을 가능성이 더 높겠군. 온다는 묵객은 없고 뭔 이상한 놈이 서 있구먼. 거기다 이제 막 산문 앞에 들어섰다더니 뭐 이렇게나 빨리 온 거야? 응? 다친 곳은커녕 숨도 차지 않네?"

무양후는 이 상황을 이해하려고 노력했지만 결국 고개를 저어버렸다.

산문에서 기관진식을 설치한 거리가 무려 삼백 장이 넘는다.

그 기관진식을 뚫고 이곳에 온 것이다.

거기다 누군가 산문 쪽에 출현했다고 알린 뒤 고작 일각의 시간.

도저히 이해할 수가 없었다.

광휘가 서 있는 걸 보며 그는 목소리를 높였다.

"아, 미안. 내 말만 했군. 좀 당황스러워서."

"……."

"우선 소개부터 하지. 나는 혈도살막이라 불리는 무양후라고 한다. 강호의 삼척동자도 내 이름을 들으면 오줌을 지리니 당연히 알 것이고……."

무양후는 천천히 자리에서 일어났다.

거구의 풍채답게 보통 사람과 다른 위압감이 물씬 풍겨 나왔다.
"그런데 그건 뭐냐, 손에 든 거. 설마 그걸로 막고 온 거냐?"
지나치게 큰 대도(大刀) 한 자루.
거기다 오른손에는 검으로 보이는 병기 하나를 이상한 방향으로 잡고 있는 사내였다.
어느 것 하나라도 정상적인 것이 없어 보였다.
"가라."
광휘가 처음으로 그와 시선을 맞췄다.
"살려주마."
그 말에 여유가 넘치던 무양후의 눈썹이 꿈틀댔다.
동시에 볼이 실룩거리며 눈동자도 흔들렸다.
그러다 결국엔 인상이 종잇장처럼 구겨졌다.
"이런 정신이 나갔나? 내가 누군지 몰라? 무양후라고. 혈도살막… 읍!"
말을 하던 도중 광휘가 급작스럽게 뛰어들었다.
그는 급히 몸의 중심을 잡으며 도를 꺼내 들고 휘둘렀다.
패액.
한데 그가 휘두른 방향엔 광휘가 없었다.
이미 다른 방향으로 도약한 것이다.
"이놈이 어디 술수를……."
파파파팟.
무양후를 지나쳐 가는 순간 또다시 암기가 사방으로 몰아쳤다.
광휘는 구마도로 막으며 계속 달려갔다.

'화살이 생각보다 많다.'

사방에서 쏟아지는 화살의 양은 이전에 왔던 것보다 몇 배는 더 많았다.

마치 이 주위에 집중적으로 암기를 배치한 느낌이었다.

쉬익.

등 뒤에서 이질적인 바람이 불어오는 순간.

광휘가 몸을 뒤로 젖히며 공중으로 도약했다.

패액.

그 사이를 대도 한 자루가 가르며 지나갔다.

"흥!"

파팟.

무양후는 팽이처럼 움직이며 광휘를 따라 같이 도약했다. 그러고는 바닥을 밟으려는 그를 향해 곧장 초식을 펼쳤다.

"핫!"

무양후의 도가 갈 지(之) 자를 그리며 광휘에게로 쏟아졌다.

광휘는 구마도로 그의 도를 막았다.

그때 무양후의 초식이 다시금 변화했다.

이미 막을 것을 예상했는지 도신 옆으로 휘어져 들어온 것이다.

광휘는 뒷발에 힘을 주며 전력으로 그를 밀어냈다.

퍽!

대도를 무식하게 들이댈 거라 생각지 못한 무양후은 멀찍이 나가떨어져 버렸다.

그사이 광휘는 지체하지 않고 가던 길을 계속 뛰어갔다.
"이놈."
바닥을 구른 무양후의 표정이 일그러졌다. 자존심에 금이 간 것이다.
그의 신형이 활처럼 튕겨 나가며 다시금 광휘를 쫓기 시작했다.
'가급적 피를 보면 안 돼.'
광휘는 의식적으로 그를 상대하지 않으려 애썼다.
피는 피를 부른다.
그를 죽이면 더 많은 자들을 죽이고자 하는 마음이 생길 것이다.
파파팟.
하나, 생각처럼 빨리 달려 나가진 못했다.
더욱 많은 화살들이 쏟아진 것이다.
'저놈은 알고 있군.'
쫓아오는 덩치 큰 녀석은 진식이 발동되는 자리를 알고 있었다.
손쉽게 따라잡힌 것도 그 때문이었다.
더구나 상대가 민첩하기까지 하니 거리가 좁혀지는 데는 얼마 걸리지 않았다.
터억.
앞에 서 있는 무양후를 보며 광휘는 걸음을 멈췄다.
그 모습에 무양후가 입꼬리를 올리더니 말했다.
"거 순간적인 움직임 하나는 정말 끝내주는군. 인정한다. 인정할 만해."

광휘는 대답하지 않았다.
"그래, 이제 맘을 굳혔나."
"생각이 바뀐 거다."
"왜? 한번 싸워보기로?"
"아니……."
광휘가 그와 시선을 맞췄다.
"널 죽이기로."

第二章 괴구검이 꺾여 있었는 이유

“좁아지는 길을 보니 이쯤이겠군.”

스산한 바람이 불어오는 밤.

묵객은 지도에 적힌 산문으로 걸음을 옮겼다.

입가에 자신감이 흘렀지만 눈빛은 진중했다.

그도 들어서 알고 있다.

흔히 수사라는 별호를 쓰는 자들이 꽤나 상대하기 까다롭다는 것을.

노야방도 그럴 것이다.

분명 그는 여러 함정을 파놓았을 것이고 들어서는 순간, 한순간도 마음을 놓는 경우는 없어야 했다.

저벅. 저벅.

계속 안쪽 길목을 걸어 들어가던 묵객은 의문이 점점 쌓여 갔다.

'왜 반응이 없는 거지?'

지형상 진법을 펼치기엔 용이하지 않았다.

날씨가 그러했고 지형 또한 그렇다.

이런 환경은 기관진식을 사용하기가 더 용이했다.

그런데도 아무런 조짐이 보이지 않았다.

"뭐지?"

그렇게 조금 더 걸어갔을 무렵 묵객의 걸음이 멈췄다.

뭔가를 발견한 것이다.

"이건……."

부러진 거목, 떨어져 나간 나뭇가지. 뜯겨 나간 풀들. 바닥에 널브러진 화살촉.

주위는 거의 황폐화되다시피 했다.

묵객은 조금 더 걸어 나갔다. 그리고 바닥에 박힌 화살대를 만져보며 읊조렸다.

"누군가 먼저 움직였어."

그는 조금 더 걸어갔다.

그러고는 여기저기 흩어져 있는 암기들을 확인했다.

"그리고 손상되지 않는 것을 보면……."

묵객은 고개를 들어 정면을 바라보았다. 사방에 흩어진 암기들이 지천에 깔려 있었다.

"놀라울 정도로 빨라."

*　　*　　*

무양후는 자신을 응시하는 상대의 시선을 보며 미간을 좁혔다.

어처구니없다는 생각이 들기 이전에 기분 나쁜 뭔가가 자신을 자극한 것이다.

그것은 상대의 자신감이었다.

당연하다는 눈빛이 그를 조금은 당황하게 만들었다.

'그런데 저 녀석… 정말 기관진식을 정면으로 돌파한 건가?'

이곳까지 오면서 아무런 힘도 들이지 않은 걸로 보였다.

적어도 피곤한 기색은 보여야 함에도 그러기는커녕, 호흡 역시 고르게 안정되어 있었다.

왠지 불길했다.

움직이는 동작도 그렇지만 괴이하기 짝이 없는 저 칼의 형태도 그랬다.

'그래, 조심해서 나쁠 건 없겠지.'

약간 눈을 흘기며 그는 옆으로 천천히 이동했다.

이곳은 암기로 가득한 공간이다.

묵객을 상대하기 위해 노야방이 특별히 설치해 둔 곳.

이곳 안에서만큼은 누구한테도 지지 않을 자신이 있었다.

처억.

광휘가 도를 앞으로 내밀었다. 도신이 그의 온몸을 가렸다.

'그랬군. 저것으로 웬만한 암기는 막아대고 달렸겠군.'

무양후는 조금은 이해할 수 있을 것 같았다.
저 크기의 대도라면 웬만한 암기는 뚫어내지 못할 것으로 보였다.
아무리 잘 설치한 기관진식이라 하더라도 내력(內力)이 담겨 있지는 않으니까.
'한데, 대체 저걸로 뭘…….'
상대의 칼이 특이한 만큼 그것에 조금 더 신경을 쓰려는 무양후였다.
'온다.'
다다닥.
광휘가 구마도로 몸을 가리며 빠르게 달려 나갔다.
그 모습에 무양후는 슬쩍 옆으로 움직이며 바닥을 쿡 찼다.
"컥!"
앞을 바라보던 무양후는 순간 자신의 눈을 의심했다. 어느새 광휘의 신형이 턱밑까지 다가와 있었던 것이다.
피이이익.
때마침 무양후 머리 위로 뭔가가 떨어져 내렸다.
그것은 어느 순간 방향이 바뀌었는데 무양후가 아닌 광휘 쪽으로 움직였다.
서걱.
그 순간,
광휘가 오른손으로 잡고 있던 검의 방향을 무양후의 목젖 앞에서 기이하게 틀었다.

머리 위로 접근한 비표를 쳐내기 위해서였다.

캉!

광휘가 비표를 날려 버리는 순간 양쪽에서 다른 비표들이 날아왔다.

광휘가 연거푸 쳐내며 잠시 숨을 골랐다.

스윽.

그사이 무양후가 자신의 목젖을 슬쩍 만졌다. 그러고는 손바닥을 내리다 끈적하게 묻은 뭔가를 발견했다.

'피…….'

딱 한 치의 차이였다.

조금만 더 들어갔으면 그대로 비명횡사할 정도로 아슬했던 상황이다.

'이놈…….'

그제야 무양후는 그에 대한 평가를 수정할 필요성을 느꼈다.

괴물.

무양후에게 비친 광휘는 괴물이었다.

"묵객이라 하더라도 충분히 곤경에 빠뜨릴 만한 기관진식을 만들어놨네. 그냥 편하게 상대하게나. 적당히 즐기다 죽이라고."

노야방은 분명 칠객의 일인이라도 상대할 수 있을 거라고 장담했다.

여러 함정으로 무장된 기관진식은 묵객도 상처가 나거나 죽을 만큼 완벽하다고 생각하고 있었다.

그런데 이 앞에 있는 사내는 누군가.

묵객도 아닌데 이렇게 빠르고 강해도 되는 건가.

아니, 이건 빠른 수준이 아니었다.

순간적인 움직임은 자신의 눈으로도 제대로 보지 못했을 정도니까.

"운이 좋군."

콱.

광휘는 들고 있던 구마도를 땅에 내리찍었다. 도를 들지 않고 상대하려는 의도였다.

"하나, 이번에는 다를 것이다."

"대, 대체 넌 누구냐?"

광휘는 말없이 입꼬리를 올렸다. 그는 다시금 한 발짝 내디뎠다.

'이번에 승부를 걸어야 해.'

무양후는 직감했다.

곧 벌어질 일합(一合)을 놓친다면 다시는 살 수 있을 기회가 오지 않음을.

빠르기도 빠르지만 상대의 움직임을 예상할 수 없다는 게 그를 공포에 빠져들게 했다.

'온다.'

파파팟.

천천히 걷던 광휘가 빠르게 뛰어갔다.

무양후는 곧장 옆으로 빠지며 삐져나온 나뭇가지를 슬쩍 건드렸다.

그 뒤 한 발짝 물러나 칼을 치켜들고는 공중으로 도약했다.

그에 맞춰 광휘도 공중으로 뛰어올랐다.

패애애액.

두 사내가 교차하려던 순간이었다.

그들의 정면에서 이번엔 공기를 찢으며 무언가 날아왔다.

강노(剛弩).

기관으로 움직이는, 보통의 노궁보다 크고 강한 활이었다.

콰악.

광휘의 검이 무양후를 스치며 강노를 날려 버리는 순간 무양후의 눈에 빛이 났다.

저 강노는 연발식이 가능했다.

짧은 시간 차를 두고 하나가 더 날아올 것이다.

그사이 자신은 그를 향해 도만 휘두르면 끝이 난다.

'이겼……?'

무양후가 자세가 무너진 광휘의 목에 도를 휘두르려 할 때였다.

휘릭.

갑자기 광휘가 기묘한 움직임을 보였다.

사(厶) 모양의 자루 안으로 손목을 집어넣은 것이다. 그리고 곧장 원형으로 휘둘렀다.

"자루를 둥글게 만들어달라고 했소?"

"그렇소."

"이유가 뭐요?"

"적을 베는 데 실패했을 시 제이 동작을 좀 더 빠르게 하고 싶기 때문이오."

"그건 별로 좋은 생각이 아닌 것 같소."

"왜 그렇게 생각하시오?"

"아시겠지만 손목으로만 돌리면 검신에 힘이 실리지 않소. 목을 베는 데는 강한 힘이 필요한 법인데 그걸 지지해 줄 힘이 부족하단 말이오."

"그럼 어떻게 합니까?"

"음… 좋아요. 이런 방법을 사용해 봅시다."

"어떻게 말이오?"

"자루를 삼면으로 만들어 각을 주는 것이오. 그럼 손목으로 돌린 뒤 다른 각도에서도 자루를 재차 잡을 수 있게 될 것이오. 어떻소? 이러면 힘이 제대로 실리지 않겠소?"

휘릭.

힘이 실린 광휘의 검은 멈추지 않았다.

광휘의 손목을 타고 원을 그리며 돌아간 것이다.

그러던 어느 순간,

광휘가 자루를 다시 잡았다.

그러자 검신의 위치는 같이 변화했다.

무양후를 벨 수 있는 각도가 만들어진 것이다.

촤악.

광휘는 그 괴상한 자세에서 검을 휘둘렀다.

이에 나선을 그리던 그의 검이 무양후의 목을 스쳐 지나갔고 뒤이어 날아온 화살도 손쉽게 날려 버렸다.

* * *

무양후의 목이 허공으로 치솟았다.

날아오는 활도 같이 떨어져 나갔다.

괴구검이 팽이처럼 도는 순간 시간 차로 공격해 오는 무양후의 목과 각궁의 화살을 단번에 갈라 버린 것이다.

광휘가 동작을 멈췄을 때 바람 소리가 주변을 휘감았다.

무양후의 우렁찬 목소리도 각궁의 화살도 더는 날아오지 않았다.

'결국 이렇게 된 건가.'

광휘는 검신을 바라보다 눈살을 찌푸렸다.

무양후의 목에서 피가 튀었다. 절단된 목에서 새어 나온 피가 바닥을 흠뻑 적시고 있다.

그런데 웃기게도 마음이 편안하다.

이런 참상을 보고도 편안함을 느끼다니…….

"제길."

광휘는 잔뜩 인상을 찌푸린 채 한쪽에 박혀 있는 구마도를 회수했다.

그러고는 다시금 앞을 향해 달려가기 시작했다.

*　　　*　　　*

"싸움이 시작됐나 봅니다."

모옥 한 채가 내려다보이는 언덕 위, 비단옷을 입은 석도명이 노야방에게 말을 건넸다.

"그렇군요."

"이길 수 있겠소? 상대가 묵객이지 않소……."

석도명의 불안 어린 목소리에 노야방은 웃음으로 답했다.

이곳에 올라온 뒤 소장주는 벌써 세 번이나 같은 질문을 해댔기 때문이다.

"확실히 묵객은 소장주께서 두려움을 가질 만한 상대이긴 합니다. 무양후란 사내가 어디에 내놔도 부끄럽지 않는 자이긴 하지만 상대는 중원 백대고수라 불리는 자니까요."

"아……."

"한데 역설적이게도 그만큼 상대하기 쉬울 수도 있습니다."

"어째서 말이오?"

"자신감은 독(毒)과 같습니다. 적절히 쓰면 좋은 약이 되지만 과하면 자신을 죽음으로 내몰지요. 이번 경우는 약보다 독약이 될 확률이 높습니다. 제가 만든 기관진식이 그의 발목을 잡을 테니까요."

"……."

“그리고 독약 안에 몇 가지를 더 넣었습니다.”

“예?”

석도명의 의문스러운 시선이 노야방으로 향했다.

“그런 게 있습니다. 지켜보면 압니다.”

그는 수염을 쓰다듬으며 비릿하게 웃었다.

단혼사와 폭뢰침, 그리고 각궁.

강호에서 쉽게 구할 수도, 볼 수도 없는 최고의 암기를 굳이 설명할 필요는 없었다.

자신감에 찬 노야방의 모습에 석도명은 두근거리는 마음을 어느 정도 진정시킬 수 있었다.

‘그런데 왜 이리 빨리 온 거지?’

묵객에 대해 생각하던 중 노야방의 머릿속에 약간의 의문이 스쳐갔다.

산문을 통과했다고 보고 받은 시각이 얼마 되지 않았다.

그런데도 벌써 교전이 일어나고 있다.

상식적으로 생각해 보았을 때 있을 수 없는 일이었다.

‘보고가 늦었었겠지. 반 각 만에 기관진식을 통과하는 건 불가능하니까.’

그가 대략 예측하기로 묵객이 이곳에 도착하기까지 걸릴 시간은 반 시진.

빨라도 삼각이었다.

최악의 경우를 가정해도 일각 이상은 걸릴 것이라 판단한 것이다.

소란이 인 후 조금의 시간이 지났다고 생각했을 때였다.

교전이 끝난 듯 주위가 조용해졌다.

"끝났군요."

석도명이 후련한 듯 말했다. 노야방도 그의 말에 조용히 고개를 끄덕였다.

사사사삭.

그때 어둠 속에서 풀이 흔들리는 인기척이 들렸다.

곧 굽어진 길 쪽에서 사람의 그림자가 어른거리기 시작했다.

거리가 점점 가까워지자 석도명이 입을 열었다.

"무양후인가 봅니… 읍."

그가 기쁘게 말하려는 그때였다.

노야방이 석도명의 입을 틀어막았다.

"뭔가 이상합니다."

"……."

"일단 몸을 숨기시지요."

노야방의 말에 석도명이 급히 무릎을 굽히며 바위 사이로 얼굴만 내밀었다.

곧 모옥 안으로 다가서는 사내를 발견했다.

순간 석도명과 노야방의 눈이 커졌다.

체형과 생김새를 보아 그들이 기다리고 있던 무양후가 아니었던 것이다.

그러던 그때였다.

'엇!'

모옥 지척에 도착한 사내가 자신들이 있는 곳으로 고개를 돌렸다.

그 모습에 둘 다 약속이나 한 듯 바닥에 납작 엎드렸다. 그러고는 한참 동안이나 움직이지 않았다.

'갔나?'

잠시 뒤 노야방이 고개를 들었을 때 사내가 있었던 곳엔 아무도 없었다.

노야방은 고개를 갸웃거렸다.

이 정도 높이와 거리라면 웬만한 인기척도 들리지 않아야 했다.

그런데 고개를 돌린 것은 우연 말고는 달리 설명할 것이 없었다.

'뭔가 잘못됐어.'

무양후와 교전이 일어났다고 말한 지 얼마 되지 않은 시각이다. 거기다 그는 자신이 설치한 기관진식을 모두 꿰뚫고 있었다.

그런데도 단번에 뚫고 이곳에 온 것이다.

'묵객…….'

그는 표정은 일그러뜨리며 머리를 쥐어뜯었다.

몇 달에 걸쳐 설치했던 기관진식이 아무런 효과를 못 거둔 것에 대한 자책이었다.

*　　*　　*

"이야, 이것들 보게……. 엄청 좋아 보이는데?"

탁자 위에 엉덩이를 걸친 등창(藤昌)이 목소리를 높였다.

기름기가 번들거리는 얼굴로 말할 때마다 무성한 수염이 쉴 새 없이 흔들렸다.

"괜히 만지지 말고 한쪽에 놔둬. 노 어르신이 들어오면 어쩌려고 그래?"

한쪽 의자에 앉은 평범한 체구의 황삼(黃三)이 그의 말을 받았다.

그는 엉덩이를 쭉 내밀고 다리를 꼰 자세로 재밌다는 듯 웃고 있었다.

"괜찮아, 노 어르신은 지금 소장주랑 계신다고. 우리는 저 방 안에 있는 놈들만 못 나오게 하는 게 일이라고."

"미친놈. 그러다 제명에 못 산다."

이번엔 황삼이 아닌 벽 쪽에 붙어 있는 사내가 말을 받았다.

천금방(千錦芳)은 다탁에 서서 여유롭게 차를 마시고 있는 중이었다.

키는 조금 작은 편이었지만 쩍 벌어진 어깨가 그를 함부로 대하기 어렵게 하는 분위기를 풍겨내고 있었다.

"가만있어 봐. 이거 오… 좋아 보이는데? 무슨 보검인지 빛이 나, 빛이……."

끼이익.

등창이 요란스럽게 말을 이어갈 때였다.

끼이이익.

문밖의 소리에 모두의 시선이 돌아갔다. 안에 있던 두 사내들도 같이 이동했다.

처억.

이윽고 한 사내가 걸어 들어왔다.

그를 본 사내들은 긴장했다.

직감적으로 이곳에 있을 사람이 아니란 걸 느낀 것이다.

붉은 핏빛이 맺힌 그의 검신과 등에 찬 괴상할 정도로 큰 도가 거친 위압감을 뿜어내고 있었다.

"당황할 필요 없다."

"……."

"금방 끝나니까."

탓. 타탓. 파팟.

창가 쪽에서 한데 모여 있던 등창과 황삼이 몸을 급히 일으켰다.

차를 마시고 있던 천금방 역시 빠르게 벽 쪽으로 붙으며 달려왔다.

터억!

그들과 같이 달려 나간 광휘가 먼저 탁자를 발로 찼다.

들썩이던 탁자는 벽 쪽에 있던 황삼과 부딪히며 곧장 뒤로 밀려났다.

그사이 등창이 접근해 재빨리 검을 휘둘렀고 천금방이 뒤쪽에서 주먹을 불끈 쥐며 자세를 잡았다.

휙.

광휘가 고개를 숙이며 등창의 검을 쉽게 피해냈다.

그 순간 주먹을 쥔 천금방이 정권(正拳)을 내지를 기회를 잡았다.

서억.

하나, 천금방 지척까지 다가서던 광휘가 돌연 자세를 바꿨다.

그는 허공을 가르며 자세가 무너지는 등창의 목을 향해 괴구검을 그대로 올려 벴다.

솨악.

그리고 천금방이 주먹을 내지르는 순간, 광휘는 등창의 옷깃을 낚아채 곧장 천금방을 향해 던져 버렸다.

빠억.

"컥!"

등창의 허리가 천금방의 주먹에 적중 당했다.

그는 초점을 잃고 그대로 엎어졌고 예상치 못한 표적을 향해 주먹을 휘두른 천금방의 동작은 주춤거렸다.

패액.

그사이 광휘의 괴구검은 귀신처럼 뻗어 나오며 그의 목을 베어버렸다.

"이익!"

두 명의 사내가 삽시간에 당하는 동안 황삼은 탁자를 밀어내고 있었다.

그 뒤 한쪽에 놓인 검을 빼어 들고는 탁자를 밟아 광휘를 향해 달려들려고 했다.

탁.

광휘는 등창이 바닥에 떨어뜨린 검을 발등으로 손 높이까지 빠르게 차올렸다.

그런 다음 지체하지 않고 황삼을 향해 암기처럼 던져 버렸다.

패애액.

황삼은 반듯하게 날아오는 검을 보며 제대로 된 도약도, 방어도 하지 못하고 바라만 봤다.

곧장 검이 황삼의 가슴에 박혔고 그의 신형이 뒤로 밀리며 벽에 그대로 꽂혀 버렸다.

"아… 아……."

알 수 없는 두 번의 짤막한 신음 후 그는 고개를 옆으로 꺾었다.

저벅저벅.

광휘가 무심한 얼굴로 황삼 앞으로 걸어갔다.

그러고는 괴구검을 검집에 넣고 그의 가슴에 박혀 있는 검을 빼냈다.

쇄액.

검은 아무런 막힘 없이 빠져나왔다.

조금은 뻣뻣할 것이라 생각한 광휘의 시선이 검신으로 향했다.

"명검……."

잘 갈린 양날도 그렇고 자루 문양도 그렇다.

쉽게 볼 수 없는 귀한 검이었다.

처억 처억.

검에서 시선을 뗀 광휘는 고개를 돌려 안쪽 문으로 걸어가 섰다.

그렇게 곧장 문을 열 것 같았던 광휘가 동작을 멈췄다.

"……."

다섯 호흡을 내쉴 동안 광휘는 어떠한 움직임도 없었다. 무언가를 생각하듯 모호한 시선만 문 앞에 둘 뿐이었다.

그렇게 잠시 머뭇거리던 그때,

팟.

광휘는 전광 같은 속도로 문 앞 중간 지점에 검을 찔러 넣었다.

조금 전 회수했던 검신의 반이 나무로 된 문을 관통하며 멈췄다.

광휘는 그렇게 잠시 동안 움직이지 않았다.

주르르륵.

바닥에서 붉은 핏자국이 흘러나왔다. 누군가 문가에 바짝 붙어 있다가 목숨을 잃은 것이다.

그리고 때마침 사람의 소리가 들려왔다.

"누구요? 누가 있소?"

"누구십니까?"

노인과 젊은 사내의 목소리였다. 짐작건대 이 공자와 사 장로란 자일 터였다.

'어찌한다…….'

광휘는 고민했다.

스스로 들어가 그들을 맞이할 것인가.

아님 스스로 나올 수 있게 방법을 찾을 것인가.

지금으로선 전자밖에 방법이 없었다.

납치당한 그들이 편한 차림과 자세로 안에 있을 리가 없었다.

"……?"

꽤 한참 동안을 고민하던 그때 등 뒤에서 인기척이 들렸다.

광휘의 신형이 재빠르게 들어온 문 옆에 붙었다.

"컥! 헉!"

짧은 비명이 들렸다.

어떤 사내가 화려한 검술로 둘러싼 사람들을 순식간에 베어내고 있는 듯 보였다.

'묵객…….'

그가, 그가 나타난 것이다.

'말만 앞선 칠객은 아니었던 것 같군.'

고민하던 그때의 모습과 달리 홀로 온 것을 보며 광휘는 입꼬리를 올렸다.

함정이란 걸 알면서도 적을 두려워하지 않는 자신감.

칠객쯤 되는 자라면 당연히 그래야 했다.

파팟.

미소를 지운 광휘는 그들의 눈을 피해 문밖으로 나와 움직였다.

왔던 방향과는 정반대 방향이었다.

*　　*　　*

"과, 과연 묵객……."

마지막 하나 남은 자는 떨고 있었다.

묵객은 열 명이 모인 무리들을 너무나 쉽게 처리해 버렸다.

빛살이 부채꼴 모양으로 한 번씩 움직일 때 서너 명이 아무런 저항 없이 쓸려 나갔다.

그에게 덤빈 건 계산 착오였다.

처음 묵객을 대비해 암습을 준비하고 있던 사이 누군가 이해할 수 없는 속도로 기관진식을 통과했고 사내는 멀뚱히 바라볼 수밖에 없었다.

그가 가고 또 다른 자가 나타나자 묵객이 아니라 판단했던 것이다.

"너는 살려주마."

"……."

"싸울 의지가 없군. 난 전의를 상실한 적에게 칼을 쓰지 않아."

"고, 고맙소."

그 말에 사내는 붉어진 얼굴로 고개를 숙였다. 그러고는 숲속으로 쏜살같이 도망쳤다.

'참 알 수 없는 일이야.'

묵객은 주변을 둘러보며 미간을 좁혔다. 바닥에는 온통 화살과 암기들로 가득했다.

그렇다고 여기만 그런 것이 아니었다. 오면서 이보다 더한 장면도 보았다.

'단혼사 같은 치명적인 암기들도 있었는데… 설마 이 모든 걸 피하고 돌파했단 말인가. 거기다…….'

무양후.

그도 죽어 있었다.

묵객은 여전히 풀리지 않는 표정으로 생각에 잠기다 다시금 걸었다.

때마침 모옥이 한 채 보였고 그는 그곳으로 걸어갔다.

끼이이익.

"이건……."

방 안에 들어오려다 그가 멈칫했다. 피로 가득한 곳에 세 명의 사내가 쓰러져 있었다.

묵객은 시체들을 둘러보다 안쪽 문으로 발을 옮겼다.

"누가 있소?"

"밖에 누구요?"

때마침 안쪽 문에서 사람의 목소리가 들렸다. 묵객이 빠르게 문을 열고 안으로 들어갔다.

"……."

시체 한 구가 바닥에 쓰러져 있었다.

그리고 바닥에 머리를 박은 채 포박되어 있는 두 사람이 보였다.

그는 두 사람의 포박을 풀고는 몸을 일으켰다. 다행히 고문 흔적은 없어 보였다.

"괜찮으십니까?"

"누구십니까? 묵객이십니까?"

이 공자와 사 장로의 눈엔 검은 천이 가려져 있었다. 묵객은 그들의 눈가에 천을 풀며 말했다.

"승룡입니다."

"아, 묵객께서 오셨습니까."

처연한 행색의 이 공자가 밝은 기색을 띠었다.

"아, 고맙습니다. 그리고… 미안합니다."

그가 고개를 숙이자 묵객은 고개를 저었다.

"아닙니다. 응당 해야 했었던 일입니다."

"응당 해야 할 일을 하는 사람이 몇이나 되겠습니까. 그리고 이 일은 제 무지함이 빚어낸 일입니다. 응당 해야 할 일이 아니었습니다."

"이 공자……."

"이분이 묵객이십니까?

눈치를 보던 사 장로가 조심이 입을 열었다.

"그렇습니다. 이분이 묵객입니다. 이분이 우릴 구해주셨습니다."

묵객의 눈썹이 꿈틀거렸다. 도와주러 왔지만 자신이 구한 것이 아니었다.

"실은, 이 일은 제가 한 게 아닙니다. 제가 왔을 때는 이미……."

"련 아가씨가 역시 사람 보는 눈이 있습니다. 감사합니다. 정말 감사합니다."

난처해진 묵객이 설명하려 했지만 감격한 사 장로의 말에 막혀 버렸다.

"이 공자!"

"사 장로!"

그때였다.

문 쪽에서 소란스러운 목소리와 함께 사람들이 일거에 들이닥쳤다.

장씨세가의 장로들이었다. 그들은 광휘와 묵객이 뚫어놓은 길을 아무런 제지 없이 따라온 것이다.

묵객의 시선이 그들에게 향하다 한 노인에게 고정되었다.

장삼 위에 가사 자락을 걸치고 있는 노승이었다.

"당신은……."

"오랜만에 뵙습니다."

"어떻게 여길……."

묵객이 당황한 얼굴로 그를 바라보았다. 여기 있을 만한 인물이 아니었기 때문이다.

"사연이 깁니다."

묵객은 구면인 그에게 묘한 감정을 느꼈다.

그는 지금의 오해를 빨리 풀어야겠다는 생각이 들었다.

"이 일은 제가……."

"고생하셨습니다."

하나 방각은 예의를 갖춘 뒤 곧장 뒤돌아 나갔다.

그러고는 뭐라 할 새도 없이 이 장로와 삼 장로는 감사의 인사를 했다.

그렇게 그들이 데리고 나갈 때 묵객은 방 안에서 한동안 서 있었다.

머릿속에서 조금씩 들던 의문이 강한 호기심으로 번져 있었다.

'대체 누구지? 누가 이런 일을 한 거지?'

* * *

붉은 여명이 장씨세가를 비출 때쯤.

장련 소저 거처 앞에서 호위 중이던 능자진이 고개를 들었다.

멀리서 발소리가 들리더니 익숙한 얼굴이 다가온 것이다.

"능 형, 한참 찾았습니다. 여기서 뭐 하시는 겁니까?"

곡전풍이었다. 그는 약간 상기된 얼굴로 능자진을 바라보았다.

"보면 모르겠나? 호위 중이지."

"누구 호위입니까?"

"장련 아가씨."

그 말에 그는 영문을 모르는 표정으로 눈을 껌뻑였다.

능자진은 귀를 파며 말했다.

"할 말 있어서 왔으면 빨리 하게. 조금 전부터 하인들이 어디론가 달려가는 것 같은데."

"아……."

곡전풍이 고개를 끄덕이며 말했다.

"그게 말입니다. 납치됐던 이 공자와 사 장로가 돌아왔다고 합니다."

"그게 정말이냐?"

"그렇습니다. 지금 내원 입구에 한데 모여 다들 그들을 보러 왔습니다. 저도 거기 들렀다 오는 길입니다."
"아……."
능자진은 짤막한 신음을 내뱉었다.
자신의 생각보다 훨씬 빨리 그들이 돌아온 것이다.
그의 반응에 곡전풍은 웃으며 말했다.
"정말 대단하지 않습니까?"
"뭐가?"
"묵객이란 자 말입니다. 혈혈단신으로 적진에 들어가 이 공자랑 사 장로를 구해 오지 않았습니까. 칠객이란 명성이 허명이 아니었습니다."
능자진은 표정이 약간 굳어졌다. 묵객이라니? 이건 그가 생각한 이름이 아니었다.
"운이 좋았겠지. 아님 누군가에게 큰 도움을 받았거나."
"도움을 받았다고요? 누구에게요?"
"글쎄……."
능자진은 표정은 다시 원래대로 돌아와 있었다. 괜히 자신의 생각을 내색해서 좋을 건 없었다.
"능 형도 가시죠. 묵객도 구경해 보시고 또 이번에 새로 온 고수도 보시죠."
"난 괜찮다. 해야 할 일이 있어."
"무슨 일 말입니까?"
그의 물음에 능자진은 고개를 저었다.
별달리 반응이 없는 능자진을 보며 곡전풍은 약간 고개를 저었으나 크게 신경 쓰지 않고는 뒤돌아섰다.

"저, 저기 전풍아."

"예. 능 형."

"혹시 말이다."

그가 돌아보자 능자진이 머뭇거리다 말했다.

"혹시 거기에… 광 호위도 거기 있었느냐?"

"광 호위? 아, 장련 아가씨 호위무사 말씀하시는 겁니까?"

"그래."

그는 고개를 저었다.

"전부 확인하지 못했지만 아마 없었던 것 같습니다."

"……."

"그리고 그가 거기에 왜 있겠습니까?"

"하긴 그렇지."

능자진은 동조하는 듯했으나 이내 감정을 더는 내비치지 않았다.

"그럼 빨리 오십시오. 지금 내원 문 앞에 장씨세가 사람들이 모두 모여 있습니다."

"그러마."

그 말에 곡전풍은 고개를 끄덕이며 다시 되돌아온 길을 걸어갔다.

'그는 대체 어디 있는 거지?'

떠날 때 분명 자신에게 말했었다.

아침까지 장련을 호위해 달라고.

직접적으로 말은 하지 않았지만 분명 이 사건에 개입할 것임을 알 수 있었다.

그런데 다들 온 상황이라는데 그는 보이지 않았다.

그렇다면 뭔가 문제가 생긴 것이다.

"이보게."

능자진은 장련 처소 근처에서 걸어가는 하인을 불렀다.

순박한 청년이 고개를 숙였다.

"아, 호위무사님이십니까."

"장련 아가씨께 말씀드려 내원에 좀 가보라 이르게. 아직 이 공자께서 돌아왔다는 소식을 모르고 계시네."

"아? 예. 알겠습니다."

능자진은 그의 말을 듣는 둥 마는 둥 장련의 마당을 벗어났다.

'대체 어디에 있는 거지?'

조금 걷다 그가 멈춰 섰다.

어디 가서 그를 찾아야 하는지 고민이 된 것이다.

'가만?'

잠시 생각하던 머릿속에 한 곳이 떠올랐다.

그는 급히 그곳으로 발걸음을 옮겼다.

* * *

"광 대협 계시오?"

"……."

"광 대협."

장서재 문에 붙어 능자진은 조심스럽게 말을 건넸다. 몇 번을 말해도 대답하지 않자 그는 용기를 내어 문을 열었다.

"광 대협?"

들어오는 순간 구석진 곳에 누군가 쓰러져 있는 것을 발견했다.

"광 대협!"

그는 급히 구석진 곳으로 걸어갔다.

그러고는 바닥에 엎어져 있는 사내의 상태를 확인했다.

"이건……."

쓰러져 있는 사내의 장포를 잡는 순간 그는 순간적으로 손바닥을 바라봤다.

기분 나쁜 이질감에 손을 뗀 것이다.

물기였다.

내의뿐만 아니라 장포까지 축축하게 젖어 있었다.

"광 대협 눈 좀 떠보시오."

그는 광휘를 옆으로 뉘었다. 하지만 그는 여전히 의식을 잃고 있었다.

황급히 눈꺼풀을 뒤집어보았다.

"광 대협!"

초점이 없었다.

흰 자위만 눈에 가득했다.

"눈 떠보시오, 광 대협!"

"……."

"광 호위이이!"

第三章
다다익선의 유래

위이이잉.

바람이 매섭게 몰아치자 내원의 사람들은 사람들의 옷깃을 고쳐 여몄다.

말할 때마다 입김이 나오는, 가을 날씨답지 않은 서늘한 아침이었다.

“으음.”

광휘는 얼굴이 따끔거려 눈꺼풀을 들었다.

커다란 대들보가 눈에 들어온다.

뒤이어 지붕면 상연의 위 끝을 받는 도리가 보였고 그 위에 촘촘히 나열된 서까래도 보였다.

방이었다.

그것도 매우 견고하고 튼튼하게 지어진 방.
“일어나셨어요?”
옆에서 여인의 목소리가 들려오자 광휘가 고개를 돌렸다.
낯이 익은 여인이었는데 그녀가 누구인지 순간 생각이 나지 않았다.
“잠시만요.”
그녀의 손엔 하얀 수건이 들려 있었다.
뜨거운 물을 적셨는지 새하얀 김이 손을 타고 올라갔다.
그녀는 수건을 들고 다시 광휘 곁으로 다가왔다.
척.
여인의 흰 수건을 광휘의 머리맡에 올려놓았다.
광휘가 눈을 끔뻑끔뻑하다 이내 그녀가 누구인지 기억해냈다.
“장서고에 쓰러져 있었어요. 능 호위가 발견하고 여기로 데려왔죠. 정말 큰일 날 뻔했었어요. 날씨가 갑자기 추워져서…….”
장련의 말에 광휘는 어젯밤 일을 떠올렸다.
석가장 녀석들을 처리한 뒤 장씨세가로 와서 가장 먼저 간 곳은 우물가였다.
옷에 묻은 핏자국과 피 묻은 검을 씻기 위함이었다.
그 이후로부터는 기억이 나지 않는다.
그녀의 말대로 장서고로 갔는가 보다.
“여기가 어디요?”
“큰오라버니가 계시던 방이에요. 적당한 장소를 찾다가 이곳으로 모시고 왔어요."

큰오라버니.

장씨세가의 죽은 대공자를 이르는 말이다.

"부담 가지실 필요 없어요. 지금은 사용하지 않는 방이에요."

기분 탓일까. 장련은 왠지 아련한 얼굴을 하고 있었다. 광휘는 하려던 말을 접어 넣고 입을 열었다.

"내가 여기 얼마나 누워 있었소?"

"한 네 시진쯤 됐을 거예요."

"네 시진이나……."

광휘의 표정이 어두워졌다.

처음 있는 일이었다.

무려 네 시진(여덟 시간)이나 누워 있다니.

이게 무슨 일이란 말인가.

스으윽.

광휘가 몸을 일으키기 위해 움직였다.

"가만있으세요. 아직은 휴식을 취해야 한다고 했어요."

"난 괜찮소."

"제 말 들으세요."

장련이 광휘의 어깨를 지그시 눌렀다.

그 바람에 광휘는 다시 누웠다.

그녀의 말을 들었다기보다 여전히 지끈거리는 머리 때문이었다.

"추태를 보였구려."

"아니에요. 요 며칠 제대로 쉰 적이 없으시잖아요. 의원의 말도 그랬어요. 원기가 소모되어 비기(脾氣)가 상하거나 담기(膽氣)가 몰려서 생기는 증상이라고요. 몸이 허약한 사람이나 보통 사람이 힘든 일을 하다가 정신을 잃는 경우가 종종 있대요."

"……."

광휘가 뭐라 말을 하려다 입을 다물었다.

그사이 장련이 뒤로 물러나며 다시 말을 걸었다.

"아, 그 소식 들었어요?"

광휘의 고개가 돌아갔다.

"묵객께서 오라버니를 구해 왔어요."

장련의 표정은 해맑았다. 행복한 미소가 눈가와 입가로 서서히 퍼지고 있었다.

"잘… 되었소."

"그렇죠? 정말 잘됐어요. 그동안 마음이 너무 아팠었는데……."

장련은 어느 때보다 미소를 활짝 그렸다.

"아, 그럼 좀 쉬고 계세요."

장련이 한쪽에 걸려 있는 외의를 걸쳐 입었다.

색감이 유난히 눈에 띌 정도로 화려한 옷이었다.

끼이이익.

장련이 광휘를 한번 돌아본 뒤 문을 열고 나왔다.

"몸이 허약한 사람이라……."

광휘는 자조 섞인 말을 내뱉었다.

병상에 누워 있는 자신의 모습이 어색할 정도로 낯설게 다가왔다.

씁쓸함이 입가로 퍼져 나갔다.
뒤이어 참담한 기분으로 이어졌다.
손의 떨림.
현실과 환각 사이를 넘나드는 사념(思念)은 날이 갈수록 심해지고 있다.
그렇다면 오늘 정신을 잃은 일도 그 증상 중 하나일 터였다.
"이젠 또 뭐가 기다리고 있을지……."
광휘는 나직이 읊조렸다.
기억을 잃었으니 다음에는 더 심한 후유증이 기다리고 있을 것이다.
사람을 알아보지 못할 수도 있다.
혹은 몸을 가눌 수 없는 증상도 나타날 수 있다.
그러다 재수가 없다면 최악의 경우도 일어날 수 있었다.
이를 테면 삼우식이 했던 그 방식처럼 말이다.

"조장은 어떻게 극복한 것이오?"

광휘는 머리맡에 손을 올리며 스스로 되뇌었다.
'아직은 아니야.'
자신에겐 아직 해야 할 일이 남아 있었다.
죽은 동료들이 그토록 묻던 그 질문에 대한 답을 반드시 찾아야 했다.
그래, 아직은 아니다.

아직은…….

* * *

"…화폭 위의 그림도 화백의 마음을 담아내지 못하면 한낱 종이요, 동정호(洞庭湖)의 아름다움도 석양이 비치기 전까진 그 진의를 깨닫지 못하오. 그대와 함께 있고 싶은 것은 아름다움을 아름답다고 얘기하는 것과 같으니 그대 앞에선 진정 한 명의 남자이고 싶소."

"……."

"어찌… 마음에 안 드십니까?"

담명은 묵객의 눈치를 살폈다.

묵객이 별다른 내색을 하지 않자 담명은 그가 만족하지 못했다고 생각했다.

그래서 그는 자신이 왜 이런 어구를 선택했는지 구체적으로 설명을 늘어놓았다.

"화백은 말을 하지 못하니 오로지 그림을 통해서 생각한 바를 나타내야 합니다. 그리하여 '마음'이란 순수한 것에 빗대어 표현을 했던 것입니다. 그리고 악양루(岳陽樓)에서 바라본 동정호의 전경은 중원의 제일이라 꼽히는 곳입니다. 하여 그중 가장 화려한 석양에 빗대어 의미를 강조했습니다."

"……."

"마지막 어구에 아름다움을 아름답다고 얘기하는 것은 장련

아가씨의 마음을 얻는 결정구입니다. 이 어구에는 여색을 밝힌다고 알려진 스승님의 마음이 결코 가벼운 것이 아닌 진실했음을 강조한 것이지요. 어떻습니까?"

담명은 대화 도중 급히 묵객의 눈치를 살폈다.

평소 스승이란 단어가 언급만 돼도 그는 격렬한 반응해 왔기 때문이다.

그런데 묵객이 별다른 말이 없었다.

그는 계속 인공 연못만 멍하니 바라보고 있었다.

그 모습에 담명은 고개를 갸웃거리며 말했다.

"혹시 마음에 안 드시면 두보(杜甫)나 이백(李白) 같은 뛰어난 시인들의 한시를 집중적으로 조사해 나라 사정에 빗댄 함축적인 구문으로……."

"담명, 그런 게 아니다."

"예?"

"마음에 들지 않아서 그런 게 아냐."

묵객이 담담히 말을 꺼냈다.

담명은 짧게 당황했다.

그답지 않게 심각한 눈빛이었다.

"어제 이 공자를 구한 건… 내가 한 게 아니다."

"예?"

묵객의 시선은 인공 연못을 향해 있었다. 평소의 장난기 어린 눈빛이 사라져 있었을 만큼 그는 꽤 오랫동안 고민을 해온 듯했다.

"누군가 기관진식을 파괴했다. 도처에 위험한 것들은 죄다 날려 버리고 뚫어냈지. 그중에는 중원에서도 보기 힘든 극한의 암기들도 있었다."

"……."

"거기다 무양후도 죽였더군. 혹시나 하여 주검을 확인해 보았더니 놀라웠다. 일검(一劍)에 죽은 것이다. 단 한 번 손을 섞는 순간 목이 날아갔던 게지."

"아……."

담영은 신음을 내뱉었다.

생각지도 못한 말에 그의 눈도 동그랗게 변해 있었다.

"고수였다. 그것도 강호에선 쉽게 볼 수 없는 고수. 그가 이 공자를 구해냈다. 그러고는 두고 가버렸지."

"……."

"누굴까? 대체 누가 그를 죽인 걸까."

둘은 잠시 침묵했다.

그리고 그 이후 담명이 먼저 입을 열었다.

"그럼 왜 스승께서 했다고 장씨세가 사람들에게 말씀하셨습니까?"

그 말에 묵객이 웃음을 띠었다.

"내가 좀 남의 공을 가로채는 습성이 있지 않느냐. 이번에도 나를 돋보이기 위해 거짓말을 했다."

"……."

"……."

둘은 다시 말을 하지 않았다.

그렇게 침묵하며 인공 연못을 바라봤다.

잠시 뒤 담명은 다시 입을 열었다.

"생각이 복잡하셨던 거군요."

"뭐?"

"누군지는 몰라도 자신을 드러내기 싫어하는 사람일 겁니다. 스승님은 그런 그의 의중을 생각해 굳이 들춰내면 좋지 않다고 판단하신 거고요."

"비약이 심하구나. 공은 내가 가로챌 생각이었대도?"

"거기다 석가장 쪽 반응도 생각하셨을 겁니다. 몸을 숨긴 그 자가 밝혀지면 석가장 역시 대비를 할 것이기 때문이지요. 그를 보호하기 위해서도 장씨세가를 위해서도 아직은 밝히지 않을 게 좋다고 생각하신 것 아닙니까?"

"……."

"그럼에도 제게 말씀하신 것은 고민이 되셨기 때문입니다. 사실대로 말하고 싶은데 그러지 못한 이유도 있으니 답답하신 게지요."

묵객이 그를 슬쩍 바라보며 말했다.

"자넨… 항상 날 좋게 보려는 경향이 있어."

"전 사실대로 봅니다."

"그게 네 단점이다. 그래서 내가 자넬 싫어하는 게야."

"당연한 걸 또 언급하시는 걸 보니 뭔가 많이 찔리시나 봅니다."

"어이없는 놈……."

"……."

둘은 다시 침묵했다.

앞으로 어떻게 하는 게 좋을지 생각이 나질 않아 표정이 둘 다 좋지 않았다.

"누가 장씨세가를 도와주고 있는 걸까요?"

담명이 물었다.

"모르지."

"제가 한번 찾아보겠습니다."

"아직은 아니야. 괜히 들추었다가 문제가 커질 수 있어."

"궁금하지 않습니까?"

묵객은 말하지 않았다.

당연히 궁금했다. 그가 누구인지보다 대체 어떤 실력자인지.

기관진식을 단 일직선으로 파괴하고 나간 그 흔적은 놀람을 넘어 충격 그 자체였으니까.

"최대한 조심스럽게 움직이겠습니다. 이 방면에서는 나름 자신이 있습니다."

"허어. 담명……."

"일단 그렇게 알고 가겠습니다. 마침 장련 아가씨도 오고 하시니까요."

담명의 말에 묵객이 뒤로 고개를 돌렸다. 그곳엔 화사한 여인이 자신 쪽으로 다가오고 있었다.

*　　*　　*

"오래 기다리셨죠? 갑자기 일이 생겨서요."

“아, 아니오. 소저.”
“그런데 어떡하죠? 같이 걷기로 했던 길을 걷지 못하는 상황이니.”
“상황이 상황이니 그럴 생각은 없소. 그리고 지금은 이곳을 걷는 걸로도 충분하오.”
“배려해 주셔서 감사해요.”
묵객의 눈에 비친 장련은 모습은 어느 때보다 밝아 보였다.
예쁜 얼굴 때문이 아니라 분위기가 그러했다.
따스한 느낌.
이상하리만치 마음이 포근해지는 그런 기분이었다.
사박사박.
둘은 말없이 한정당을 걸었다.
가을이 들어서인지 낙엽이 붉게 물들어 있었다.
잘 다듬어진 바닥과 교목들.
우거진 나무들 사이로 바람에 흔들리는 댓잎들이 운치와 분위기를 더욱 살려내고 있었다.
“이백 년 전 우리 본가는 하북에서 제일가는 세가였대요. 그 유명한 하북팽가도 한 수 아래라 불릴 정도로요.”
일각 정도를 걷다 정자 옆, 나무 의자에 앉은 장련이 말했다.
“그런데 점점 가세가 기울기 시작했어요. 여러 사건들이 있었지만 주된 원인은 부를 지키는 능력이 부족했기 때문이죠. 그러다 보니 지금에 와서는 석가장에게 공격당할 만큼 변해 버렸고요.”
묵객은 가만히 듣고만 있었다.

"그런데 말이죠. 그동안 우리 본가가 힘이 없어서 당하고만 있었던 건 아니었어요. 좀 더 평화적인 방법, 서로 다치지 않는 방법을 계속 찾고만 있었던 거예요. 변명으로 들리겠지만 정말이에요."

장련이 자리에서 일어섰다.

"하지만 이제는 다를 거예요."

그녀는 매섭게 눈을 떴다.

"싸울 거예요. 싸울 겁니다. 이제부터는 적의 공격이 그치기만을 기다리며 당하지 않을 겁니다. 다시는 오라버니를 납치해 가는 그런 일을 만들지 않게 할 겁니다."

장련의 손을 불끈 쥐었다.

그녀는 누구에게 말하는 것이 아닌 자신에게 말하고 있었다.

이제는 달라질 거란 다짐처럼 말이다.

"그래서 더 감사하게 생각하고 있어요."

"예?"

묵객이 자리에서 슬쩍 일어나며 그녀를 바라봤다.

"제가 이런 다짐을 할 수 있게 도와주셨잖아요. 그 위험한 곳에서 오라버니의 목숨을 구해주셨잖아요."

"……."

"비록 지금은 제가 힘이 없지만 이 은혜는 잊지 않고 꼭 갚도록 할게요."

진지하게 바라보는 장련의 시선을 묵객은 차마 마주치지 못하고 있었다.

동시에 그는 고민하고 있었다.
'내가 한 일이 아닌데…….'
그런데도 계속 이런 감사함을 받아도 되는 건지.
"소저, 드릴 말씀이 있소."
"네?"
결국 묵객이 그녀에게 시선을 돌렸다.
결심을 한 것이다.
오해로 이런 대접을 받는 것을 그는 도저히 참지 못했다.
"그때 일 말이오, 이 공자를 구해 온 일."
"네."
"그때 그를 구한 건 사실……."
"아가씨."
그때였다. 멀리서 장련을 부르는 소리가 들렸다.
황 노인이었다. 그가 이곳에 갑자기 나타난 것이다.
"무슨 일인가요?"
"가주께서 찾으십니다."
"저를요?"
황 노인이 고개를 끄벅였다.
그녀는 잠시 황 노인을 바라보다 묵객을 향해 말했다.
"이거 어쩌죠?"
"아니오. 빨리 가보십시오."
"미안해요. 다음에 다시 걸어요."
장련이 예를 차린 뒤 걸음을 옮겼다.

그러다 멈칫하더니 다시 묵객을 바라보며 말했다.

"아, 그런데 조금 전에 무슨 말을……."

"그건 다음에 말씀 드리겠소."

"네, 그렇게 해요."

장련은 바삐 움직였다. 그렇게 그녀는 황 노인과 함께 그곳을 떠났다.

* * *

"앉거라."

그녀가 집무실로 들어오자 장원태가 자리를 손으로 가리켰다.

장련은 지체하지 않고 자리에 앉았다.

평소 자신이 알던 아버지와 목소리가 다르다는 것을 느낀 것이다.

"이렇게 보는 것도 오랜만이구나."

경직됐던 분위기를 풀기 위해서인지 장원태가 부드럽게 말을 건넸다.

장련도 그제야 조금 미소를 지었다.

"네, 아버님."

"미안하구나. 그간 내가 다 부덕한 탓이다."

"아닙니다. 오히려 소녀가 아버님 마음을 헤아리지 못해서 걱정만 끼쳐드렸습니다."

"무슨 소리냐. 너는 묵객이란 걸출한 사내를 데리고 왔다. 아비도 못 한 일을 해냈어."

"하지만 그것 때문에……."

"그것도 알고 있다. 그러니 더 말 말거라."

장련은 그것 때문에 오라비가 납치되었다고 말을 하려다 멈칫했다.

보아하니 부친 역시 짐작을 했던 모양이다.

"아비가 너를 부른 건… 이제는 우리도 조금 달라져야 하지 않을까 해서 말이다."

장원태가 신중한 눈길로 장련을 바라보았다. 중요한 얘길 꺼내려는 생각인지 그는 매우 진지했다.

"너도 알겠지만 석가장은 예전부터 비열한 짓을 해왔다. 그리고 이제는 정파가 해선 안 되는 짓까지 서슴없이 벌이고 있다. 이런 상황에서 우리만 끝까지 협(俠)을 지키며 살아가는 것이 정녕 옳은 일이겠느냐."

그간 당해왔던 설움 때문인지 장원태의 목소리엔 강한 노기가 섞여 있었다.

장련은 고개를 끄덕였다.

"저도 그리 생각하고 있어요."

"그래, 그렇다면 결단을 내리기도 한결 쉬워지겠구나."

"결단이라 하시면?"

"그들이 원한 방식이 이런 것이라면 우리도 그리해야지. 석가장에 걸맞은, 강호에 맞는 그런 방식으로 말이다."

장원태의 표정에 장련의 고개가 숙여졌다.

조금 전 다짐했듯 그녀도 같은 생각을 하고 있었다.

하지만 어떤 방법이 좋을지에 대해선 이르지 못했다.

“생각해 놓으신 것이 있으신가요?”

장원태는 고개를 끄덕이며 말했다.

“우선 구룡표국이 가지고 있는 모든 병력을 본가로 데리고 올 생각이다.”

“네?”

장련이 놀란 표정으로 그를 바라봤다.

“이번에 방각 대사라는 고수를 영입했었지. 하지만 그것만으로 안 된다. 석가장과 전력으로 부딪쳐도 밀리지 않는, 아니, 그들을 압도할 수 있는 무사들이 필요하다.”

“아…….”

“지키는 싸움은 이제 그만둔다. 필요한 것이 힘이라면 그 힘을 갖추겠다. 우리에게는 그들에게 없는 그것이 있지 않느냐.”

재력.

돈이라면 장씨세가가 하북 내 최고다.

가세가 조금 기울었다고 하나 아직도 누가 들어도 고개를 끄덕일 만한 여러 개의 상단을 가지고 있다.

통행세와 객잔에서 얻는 수익 역시 만만찮다.

만약 장원태가 지키는 싸움을 하려고 하지 않았다면, 돈으로 힘을 사자고 마음먹었다면 석가장에게 이렇게 끌려다니지 않았을 터였다.

“구룡표국에는 네가 가거라.”

"아버님?"

장련은 당황했다.

왜 이런 얘기를 하는지 알 수 없어 불안했는데 설마 자신에게 이 일이 맡겨지리라고는 생각도 못 한 것이다.

"그런 일이라면 둘째 오라버니에게……."

"웅이는 이제 막 구해 온 참이라 충격이 남아 있을 거다. 이래서야 송 국주와 마주 앉아 협상을 주도적으로 이끌기는 힘들지."

"……."

"내 입장 또한 있다. 나는 이미 구룡표국에 한 번 다녀간 몸이다. 다시 방문하여 그들을 설득하려 들면 오히려 얕잡아 볼 것이다. 또한, 석가장 놈들의 공격 위험도 있지. 그러니 네가 가는 것이 제격이다."

"제가 그런 큰일을 할 수는 없어요."

"련아, 넌 너무 자신을 믿지 못하는구나. 본 세가가 이렇게 세를 유지하고 있는 것도 네가 힘써준 덕이 크다. 그간 우리 상단의 대부분 일은 너의 손을 거쳐왔다."

장원태는 진지한 표정으로 말을 이었다.

"이제껏 네가 가서 거래가 성사되지 않았던 것이 있었느냐? 관(官)과의 관계도 그렇다. 관에서 우리를 워낙 두텁게 신뢰하고 있기에 석가장도 그쪽에 대해서는 우리에게 손을 쓰지 못하는 것 아니더냐."

"아버님, 그건 본가가 유리한 조건을 쥐고 있었기 때문이에요. 이익에 대해선 적당한 조건과 합의점이 일치했기에 잡음이 없었어요. 하지만 이번 일은 그것과 달라요. 구룡표국의 최정예를 달라는 것인데, 그것은 그들도 받아들이지 않을 거예요."

장련이 연거푸 사양하자 장원태는 고개를 저었다.

"의인물용, 용인물의(疑人勿用, 用人勿疑)라는 말을 알고 있느냐?"

"의심하면 쓰질 말고 한 번 맡겼으면 의심하지 말아라."

장련이 바로 대답했다.

장원태는 고개를 끄덕이며 다시 입을 열었다.

"그래, 네가 사람을 쓰는 방법이 그러했지. 쓰기 전에 의심하면 모를까. 한 번 쓴 사람은 반드시 믿고 그에게 재량권을 주었다. 그랬기에 유독 네가 일을 맡은 부서는 잡음이 없었지. 련아, 이것은 네가 가진 덕(德)이니, 이 아비는 이제 네 덕을 따라보려 한다."

말과 함께 장원태는 품에서 뭔가를 꺼내 들었다.

회색의 패(牌)였다.

"가져가거라."

"아버님!"

장원태의 말에 장련의 눈이 파르르 떨렸다.

눈앞에 놓인 패는 신분을 나타내는 호패가 아닌 가패(家牌). 세가의 대소사를 결정할 수 있는 모든 권한이 이 패 안에 담겨 있었기 때문이다.

"이번 협상에서 어떠한 것을 줘도 상관없다. 그것이 장씨세가에게 큰 손해가 된다고 해도. 그들은 상인이다. 저울질할 수 있는 매력적인 것을 꺼내 든다면 협상은 가능할 것이야."

"아버님……."

"물론 우리의 형편을 아는 만큼 돈만으로는 부족하겠지. 석가장에 머무른 고수가 많을수록 더. 참고로 말하마. 송 표국주는 한 번 내뱉은 말은 목에 칼이 들어와도 지키는 사람이다. 자존심 또한 매우 강하다는 것이지. 그간 네가 했었던 협상력을 십분 발휘한다면 충분히 그를 우리 쪽으로 끌어들일 수 있을 것이다."

"아버님, 생각을 다시 해주십시오. 이제껏 제가 해온 작은 일과 달리 이는 소녀가 감당할 수 없는 너무 무거운 일입니다."

장련은 다시금 장원태의 생각을 돌리려 애썼다.

장씨세가의 전권을 가지고 구룡표국의 전력을 끌어내는 협상이라니. 자신이 이런 큰일을 맡을 거라고는 이제껏 생각조차 하지 못했다.

"소녀가 무엇이라고 이런 큰일을 맡기십니까?"

"다다익선이라는 말이 있지. 어디서 나왔는지 알고 있느냐?"

하나 장원태는 거기서 다시금 고사를 꺼내 물었다.

"한고조(高祖)께서 병력은 어느 정도가 좋으냐고 물으니 명장 한신(韓信)이 많으면 많을수록 좋다고 대답한 이야기입니다. 사기(史記)의 회음후열전(淮陰侯列傳)에 나오는 말이옵니다."

장련은 정신이 없는 가운데 아는 대로 대답했다. 그러자 장원태가 다시 고개를 끄덕였다.

"사람은, 많은 것을 주면 일을 그르치는 사람이 있는가 하면, 적은 것을 주었을 때는 별일을 하지 못해도 많은 것을 주면 비로소 쓰임새를 드러내는 사람이 있다. 나는 련이 네가 그러한 인물이라 생각한다. 이는 가주의 명이니 더 거부하지 말고 따르거라."

장련은 막막했다. 자신이 이렇게까지 얘기하는 데도 주장을 굽히지 않는 아버지의 모습은 그녀로서도 처음 있는 일이었다.

"만약에, 제가 설득을 하지 못하면 어떻게 하죠?"

"우리의 능력이 그뿐인 게지."

장원태의 확신한 듯 말하는 어투에 장련은 잠시 말을 잊지 못했다. 우리의 능력이 그뿐이라는 그 말이 가슴속 아픈 부분을 찔러댔다.

"하겠어요."

거기서 장련은 눈을 들었다.

어느새 강한 이채가 서린 눈빛은 처음 겁먹었던 시선과는 완전히 다른 눈빛이었다.

"소녀가 반드시 구룡표국을 설득하겠어요."

"잘 생각했구나."

장원태의 얼굴이 밝아졌다.

"대신 묵객을 데려가겠어요."

"그리하거라. 아니, 묵객뿐만 아니라 네가 원하면 누구든 데려가거라."

"굳이 다른 사람은 필요 없어요. 묵객과 그 사람이면 돼요."

"그 사람?"

장원태는 고개를 갸웃거렸다.

누구를 말하는지 이해하지 못한 것이다.

“있어요. 아주 훌륭한 사람요.”

장련은 웃어 보였다. 그 모습에 장원태는 별다른 말을 않고 고개를 숙였다.

“소녀, 그럼 물러나겠습니다.”

장련이 고개를 숙이며 문밖을 나섰다.

그렇게 장련이 나간 뒤 장원태는 한동안 허공을 주시했다.

초점 없는 눈앞에는 어느새 새로운 인물이 두둥실 떠올라 있었다.

“하하하! 장씨세가에 대체 뭐가 있어서 그리 당당하신 게요? 자존심도 없고 집안을 지킬 힘도 없는 곳이 무슨 세가란 말이오!”

장원태는 작년 중추절, 자식들을 죽였던 석가장주를 떠올렸다.

그의 비웃음 소리가 마치 앞에 있는 사람처럼 귓가에 들렸다.

“석 가주, 알고 계시오? 우리에겐 그대들에게 없는 것이 있다는 걸.”

그는 문밖으로 시선을 돌렸다.

“지켜보시오. 이제 곧 알게 될 테니까.”

*　　*　　*

이 공자 장웅은 방 안에 우두커니 앉아 있었다.

그를 아는 사람이 봤다면 실의에 빠진 사람처럼 느꼈겠지만 사실 그는 지금 다른 생각에 빠져 있었다.

"뭔가 이상했어."

여전히 어두운 새벽 소리가 아직 귓가에 생생했다.

문밖에 들리는 괴성.

이어진 나무를 꿰뚫는 소음.

그리고 자신의 방에 자리하고 있던 무사 한 명의 소리 없는 단말마(斷末魔).

"왜 바로 구해주지 않았던 거지?"

그 뒤 곧장 들어오리라 생각한 묵객은 한참 동안을 서성였다.

같은 편이 아니라 적인가 하는 의문이 들 정도의 시간이 흐른 것이다.

"아니지, 아니야. 묵객이 아니면 누가 날 도와줬을까. 천하의 노야방이 만든 기관진식을 그가 아닌 누가 뚫어냈을까."

장웅은 스스로 납득하듯 고개를 끄덕였다.

그러고는 더는 생각하지 않으려고 재차 고개를 흔들었다.

"못난 나는 항상 본가에 피해만 되는구나."

생각을 지운 뒤 장웅은 스스로를 질책했다.

나약한 데다 말썽을 일으켰으니 입이 열 개라도 할 말이 없었다.

그 생각을 하자 동생과 아버지께 다시금 미안한 마음이 들었다.

그렇게 가족에게 미안한 마음과 묵객에 대한 고마움을 생각하던 중 그의 시선이 벽 가장자리로 향했다.

그곳엔 대공자에게 주려 했었던 청광검이 세워져 있었다.

스윽.

그는 자리에서 일어나 청광검 쪽으로 걸어갔다.

묵객에게 한번 줘볼까 하는 생각 때문이었다.

그간 감사함을 전할 기회가 없었으니 이것으로도 사례를 꼭 하고 싶었다.

"그가 받으면 기뻐할까?"

청광검을 잡은 그가 화려한 검집을 바라보았다.

그러다 아무 생각 없이 검을 뽑았다.

스르르릉.

"음……?"

순간 이 공자는 멈칫했다.

그의 눈에 이상한 것이 포착된 것이다.

"검날에 왜 피가 묻어 있는 거지?"

第四章 구룡표국

형형색색의 여러 장막이 펼쳐져 있는 어둡고 컴컴한 방.

보통의 방보다는 서너 배는 될 법한 공간에는 어깨를 짓누르는 갑갑한 분위기가 흐르고 있었다.

"심려 끼쳐 드려 죄송합니다. 모두 다 제 불찰입니다."

혈패수사 노야방은 가슴까지 고개를 내리며 용서를 구했다.

몇 달 동안 공을 들여온 기관진식은 적을 죽이지도 못한 채 제 기능을 잃었고 자신의 오래된 벗 무양후까지 목숨을 잃었다.

무어라 변명할 수 없을 만큼 완벽한 패배였다.

기다란 탁자 중심에 앉은 석가장의 장주, 석대헌은 고개를 들었다.

어둠 속에 드러난 그의 얼굴은 평범한 사람과는 달리 조금 독특했다.

아이처럼 둥근 얼굴에 지나치게 작은 체구.

입은 두꺼비처럼 튀어나와 있었고 눈은 게슴츠레하게 뜨고 있었다.

어찌 보면 아이 같기도 했고 어찌 보면 초로의 노인처럼 느껴지기도 했다.

"고개를 드십시오. 그저 묵객이란 고수가 우리가 생각한 것보다 강했던 것이 아니겠습니까."

타이르듯 말하는 그의 말투에 노야방은 용기를 내 천천히 고개를 들었다.

"그리고 완벽한 기관진식이라 하더라도 결국 사람의 손으로 만드는 것입니다. 실수가 있을 수 있는 법이지요."

일순간 노야방의 안색이 굳어졌다.

에둘러 표현했지만 그는 결국 자신의 책임이 크다는 것을 말하고 있었다.

"맞습니다. 제가 다 부족했던 것입니다."

노야방이 입술을 깨물었다.

"허허허. 아닙니다. 그나저나 노야방께서 이렇게 나오는 것을 보면 정말 묵객이란 자가 강하긴 한가 보군요. 저도 명성만 듣긴 했었지 실제로 본 적이 없어서 말이죠."

그 말에 노야방은 잠시 머뭇거렸다.

당시 기관진식을 파괴한 자가 묵객이라 말하기엔 이상한 점이 있었기 때문이다.

하나, 변명이 될까 봐, 또한 지금 상황에선 얘기하기가 꺼려져 언급하지 않았다.

석대헌이 부드러운 어조로 말을 이었다.

"그동안 너무 수고하셨습니다. 지금은 어디 가서 편히 쉬십시오."

"석 장주……."

"여봐라. 어서 이분을 안내해 드려라."

그의 명령이 떨어지자 문 쪽에 서 있던 사내가 그의 앞으로 다가왔다.

노야방은 굳어진 얼굴로 자리에서 일어섰다.

석대헌은 앉은 채 포권했다.

"그럼 다음에 또 뵐 수 있었으면 합니다."

"예."

노야방은 힘들게 말을 내뱉었다. 뒤돌아서는 그의 표정은 일순간 처참할 정도로 짓이겨졌다.

중원 전체에서 보면 석가장 따위는 이름도 없는 집안이다.

그런 곳에서 망신을 당했다는 불쾌감이 온몸으로 퍼진 것이다.

끼이이익.

그가 걸어가자 무사가 방문을 열어주었다.

"혼자 가겠소."

친절하게 배웅해 주는 무사에게 급히 밝은 미소를 보이고는 이내 표정을 지워 버렸다.

그렇게 문지방을 넘어 몇 발짝을 지났을 때였다.
멀리서 누군가가 다가오고 있었다.
여인이었다. 그녀와 함께 걸어오는 호위무사도 한 명 보였다.
"비 단주?"
노야방은 약간 당황한 표정을 지었다.
"어찌 일이 잘 안 되셨나 보군요. 그렇게 자신만만해하더니……."
"……."
"아, 무양후까지 잃으셨다죠? 후후후."
"네년……."
노야방은 이빨을 보이며 노려보았다. 하지만 비연은 전혀 거리낌 없이 말했다.
"이제는 편히 쉬시지요. 강호에서 은퇴할 나이도 되지 않았습니까? 손이 무뎌질 만합니다."
"이년이 정녕……."
"가자."
비연은 옆의 호위무사에게 눈길을 주고는 다시 걸었다. 그 완벽한 무시에 노야방의 얼굴은 말할 수 없이 일그러졌다.
"잠깐."
비연이 석가장주의 문 앞으로 다가설 때쯤 노야방이 그녀를 불렀다.
"제게 할 말이 남으신 건가요?"
"네년도 그렇게 오래가진 못할 게다."
"왜요? 저도 당신처럼 될까 봐서요?"

"보면 알 것이다. 내가 왜 무력하게 패배했는지."

"지금 변명이죠?"

"변명인지 아닌지는 네가 직접 겪어보거라."

그 말을 끝으로 노야방은 다시 뒤돌아섰다.

그러고는 더 이상 뒤를 돌아보지 않았다.

그의 뒷모습을 바라보던 비연의 낯빛이 조금씩 굳어질 때쯤이었다.

노야방을 배웅했던 무사가 다가와 조심히 말을 건넸다.

"안에서 기다리고 계십니다."

그녀는 고개를 끄덕였다. 그러고는 다시 발길을 옮겼다.

* * *

비연이 방 안에 들어서고 자리에 앉자마자 석대헌이 입을 열었다.

"괜히 단주님을 불편하게 한 것 같습니다. 제가 좀 요란한 사람을 뽑아서……."

"아니에요. 혈패수사 역시 명성이 있는 자. 상대가 그보다 더 강했던 것뿐입니다."

"그렇게 봐주시니 감사할 따름입니다."

비연의 말에 석대헌은 고마운 미소를 보였다.

그녀를 향한 그의 마음은 조금은 특별했다.

그녀는 자신이 데리고 온 여인이 아니었다.

고수를 찾기 위해 분주하던 그때 스스로 자신을 찾아온 여인이었다.

처음 그녀의 신분을 들었을 때 석대헌은 귀를 의심했다.

다른 자도 아닌 화월문(花月門).

정사지간을 대표하는 두 개의 문파 중 한 곳에서 무려 단주급 인사가 방문한 것이다.

화월문은 목적 없는 살인은 피하기에 사파로 분류되진 않았다.

하지만 필요에 따라 잔악한 술수, 특이한 무공, 여러 방면에 걸쳐 워낙 다양한 일을 하는 만큼 강호에서 신비의 문파로 알려져 있었다.

"비 단주, 이젠 어떻게 하면 좋겠소."

석대헌은 자신의 심경을 털어놓았다.

믿었던 혈패수사가 당하자 어느새 고민이 깊어진 그였다.

"상대가 묵객을 보유했으면 그보다 강한 자들을 불러 제거해야지요. 걸맞은 상대를 준비해 놓았습니다."

"그게 누굽니까?"

석대헌의 눈이 커졌다. 기대가 인 것이다.

묵객에 비견할 만한 고수에 대한 호기심도 강한 것도 있었다.

"구혈악인(求血惡人) 엽살혼(葉殺魂), 음양우사(陰陽羽士) 적우자(赤羽子), 귀수마혼(鬼手魔魂) 소위건(蔬偉腱)."

"허!"

그녀의 말에 두꺼비 같은 석대헌은 눈을 부릅떴다.

물론 이름의 면면에 놀라기는 했다.

하지만 정작 그를 당황시킨 건 전혀 다른 이유 때문이었다.

"그들은… 사파가 아닙니까?"

"네."

"정사지간(正邪之間)도 아닌 사파라면 외부의 시선들이 있는 만큼 조금은……."

석대헌은 꺼려했다.

정사지간은 말 그대로 정파도 사파도 아닌 이들이다. 그들이 그때그때 상황에 맞는 행동을 한다면 사파 쪽은 이익이나 자신들의 기분에 의해서 어떤 흉악한 짓이든 저지른다.

"걱정 마세요. 가급적 그들이 정면으로 나서지는 않을 거니까요. 우리의 목표가 뭔가요?"

비연은 낮은 어조로 석대헌을 설득했다.

"묵객을 잡는 거예요. 묵객만 잡으면 다른 문제는 쉽게 해결되죠. 그들은 우리 방식대로 필요할 때 적절히 이용할 생각이에요."

"아……."

"방법은 제가 따로 말씀드릴게요. 존재를 감추고 장씨세가를 굴복하게만 하면 되는 거니까요."

그 말에 석대헌은 더는 말하지 않았다.

꺼림칙했지만 어떻게 생각하면 가장 좋은 방법이었다.

상대를 무력하게 만드는 것.

항복을 받아내기에는 더할 나위 없었다.

"그런데 소위건이란 분은 정말 오시는 건지……."

그녀가 언급한 두 명의 사내들도 들은 자이지만 석대헌은 유독 그에게 관심을 표했다.

그럴 수밖에 없었다.

혈혼삼인(血魂三人) 중 하나라는 소위건은 강호에 알려진, 사파를 대표하는 고수였다.

백대고수라는 말이 붙여질 정도로 대단한 고수였고 악명도 몸서리칠 만큼 떨쳤던 위험한 인물이었다.

"네, 이미 교섭을 끝마쳤어요."

석가장은 고개를 끄덕였다.

"이번에는 정말 확실하겠군요. 묵객이 아닌 그 이상의 고수라고 해도 말이지요."

"또 모르죠. 묵객이니까요. 알려진 것보다 더 강할 수도 있지 않겠어요?"

"하지만 다른 사파 고수도 있으니… 이번에는 성공하지 않겠습니까. 하하하."

석대헌은 대화 중 처음으로 밝게 웃었다.

하나, 비연은 여전히 감정을 숨긴 딱딱한 표정을 짓고 있었다.

"그럼 일어나 보겠어요"

"그럼 쉬십시오."

석대헌의 응대에 그녀는 자리에서 일어났다. 그러고는 방문을 나섰다.

그녀가 문을 열고 석대헌의 방을 나올 때쯤 옆에 있던 호위무사가 말을 걸어왔다.

"묵객만을 처리하려는 의도십니까?"

"왜 그러느냐?"

"그냥 궁금해서 말입니다."

"분명 방심할 상대는 아니지."

"하지만 그들 역시 만만한 자들이 아닙니다. 소위건은 칠객과 비견되는 고수로 평가받고 있습니다. 하물며 묵객은 칠객 중에 명성이 가장 낮습니다."

그 말에 비연은 고개를 저었다.

"그래, 네 생각이 맞아. 묵객은 그다음이야."

"……."

"그때 언급했던 묵객 속에 가려진 그자를 먼저 잡아야 해. 분명히 그 속에 있어. 노야방도 결국 눈치챈 것 같으니까."

그녀는 다시금 걸었다.

딱딱했던 표정은 한결 자연스럽게 변해 있었다.

"이제 곧 알게 되겠지. 숨어 있는 그가 누구인지. 아, 물론……."

그녀는 그제야 웃었다.

"주검으로밖에 볼 수 없겠지만."

* * *

"크으음, 계십니까?"

광휘가 침상에서 일어나 벽에 기대어 있을 때 밖에서 노인의 목소리가 들려왔다.

광휘는 문 쪽으로 시선을 돌렸다.
"안에 아무도 없는 것 같습니다."
"일단 들어가 보지."
안에서의 허락이 떨어지지 않았지만 그들은 문을 열었고 곧 안으로 들어왔다.
광휘는 익숙한 두 노인을 덤덤히 바라보았다.
이 장로와 삼 장로였다.
"아, 여기 계셨습니까?"
광휘를 발견한 삼 장로의 얼굴이 미미하게 떨렸다.
반가운 것도, 그렇다고 싫어하는 것도 아닌 의미를 읽을 수 없는 얼굴이었다.
"의원에게 들었습니다. 여기서 쉬고 계시다고요. 설마 해서 왔는데 정말 계시는군요."
광휘는 대꾸를 하지 않았다.
그 모습에 삼 장로는 계속 말을 이었다.
"솔직히 좀 그렇습니다. 묵객께서 이 공자를 구하고 오실 때 한 팔이 되셨어야 하는 것 아닙니까? 그런데 이곳에 누워계셨다니요."
"이 사람아, 사연이 있으셨겠지. 다른 분도 아니고 맹에서 직접 오신 분 아닌가."
삼 장로가 운을 떼자 이 장로가 말을 받았다.
한때 광휘를 보며 눈을 내리깔던 예전과 달리 당당해진 모습이었다.

그럴 만도 했다.

이름난 파불이 오고 묵객이 온 상황이다.

광휘 정도야 눈에 들어오지 않는 것이 당연했다.

"하고 싶은 얘기가 뭐요?"

삼 장로가 순간 흠칫했다.

광휘의 목소리가 차갑게 깔리자 왠지 모를 위압감을 느낀 것이다. 하지만 그는 다시금 헛기침을 하고 말을 이었다.

"다름이 아니라 말입니다. 귀하께서는 본 세가를 지키러 온 호위무사 아니십니까. 한데 몸이 불편하시다면 장련 아가씨께도 큰일 아니겠습니까."

삼 장로는 한 손을 바닥에 내려놓았다. 허연 천으로 싸인 약재가 놓였다.

광휘가 묵묵히 그 모습을 바라봤다.

"그러니 의원께 얘기해 몸에 좋은 약을 한 첩 지어 왔습니다. 본가를 위해 수고하는 호위무사에게 이 정도 정성은 보여야지요."

삼 장로가 계속 말을 해댔고 이 장로는 말없이 동의하는 눈빛을 보냈다.

광휘는 그런 그들을 말없이 지켜봤다.

여전히 감정이 드러나지 않는 얼굴이었다.

"여긴 어떻게 알고 오신 건가요?"

그때였다.

채 닫지 않은 문으로 장련이 걸어 들어오며 말했다.

이 장로와 삼 장로는 순간 얼굴을 굳히며 연신 기침을 해댔다. 장련이 오기 전 재빨리 나갈 생각이었는데 그게 늦어버린 것이다.

"의원에게 들었습니다. 아가씨를 보호해야 할 호위무사가 누워 있다고 말입니다."

삼 장로가 입을 열었다.

"그럼 인사만 하시고 가시면 되지 왜 쓸데없는 얘기까지 하시는 건가요?"

장련이 목소리를 높이자 이 장로는 고개를 돌렸다.

하지만 삼 장로는 아니었다.

그는 당당한 목소리로 말을 받았다.

"호위무사가 남을 호위하기도 전에 자신이 먼저 쓰러지면 안 되지 않겠습니까? 몸이 불편하다고 하기에 이렇게 약까지 지어 왔습니다."

장련이 한쪽에 놓인 약재를 힐끗 바라보았다. 그러고는 곧 눈꼬리가 매섭게 변했다.

"그리고 말입니다."

삼 장로는 계속 말을 이었다.

"그럼 아가씨는 여길 왜 오신 겁니까?"

"제가 제 오라버니 처소에 드나드는 것이 잘못된 일입니까?"

"그건 아닙니다만 혹시 호위무사를 간호하러 오신 것입니까? 아무리 호위라 해도 외간 남자이지 않습니까."

"그래서 제가 부끄러운 일을 하고 있는 것인가요?"

“부끄러운 일은 아니지만 상황에 따라서는 부끄러울 수 있는 일입니다. 자신의 몸도 지키지 못하는 자를 보살피는 일이 아닙니까.”

“그럼 자신의 몸도 지키지 못하는 자가 장로들이 데려온 고수들을 쓰러뜨린 것은 어떻게 설명하실 건가요?”

“예? 그게 무슨…….”

“그리고!”

장련이 큰 소리로 말했다.

“내가 일부러 그를 큰오라버니의 처소에 눕힌 까닭을 모른다고 할 생각인가요? 아픈 사람이 쉬지도 못하게 찾아들어 이 말 저 말 해대는 까닭이 무엇인가요. 두 분은 본 가는 호위무사가 아프면 약을 싸 들고 찾아들어 놀린다는 소문이라도 내실 생각이신가요?”

“아가씨.”

이 장로가 경고를 담아 그녀를 불렀다.

하지만 장련은 그만할 생각이 없었다.

이번엔 그를 바라보며 더욱 목소리를 높였다.

“삼 장로께서는 성품이 직선적이니 그렇다 하여도 이 장로께는 더욱 이해가 가지 않습니다. 일찍이 오경(五經)에 능통해 조정에 종오품 시강학사(侍講學士)로 이름을 떨쳤던 이 장로의 증조부(曾祖父)께서 지금 이 장로의 모습을 보셨다면 뭐라고 하셨겠습니까? 좋은 말을 하셨겠습니까!”

이 장로의 얼굴이 흙빛으로 변하며 아무런 대답을 하지 못했다.

역경(易經), 서경(書經), 시경(詩經), 예기(禮記), 춘추(春秋)인 오경에 능통했던 시강학사 장예춘(張譽春).

가문의 자랑이자 이 장로의 자랑인 그를 장련이 언급한 것이다.

"삼 장로, 나가지."

"하지만 이 장로……."

삼 장로도 당황한 기색이 역력했다.

오경은 인간이 마땅히 해야 할 도리를 실천에 옮기는 학문이다.

그러니 그의 입장이 더욱 난처할 수밖에 없었다.

"뭐 하는가! 나를 계속 부끄럽게 할 셈인가!"

"아, 알겠습니다."

삼 장로가 급히 발걸음을 했다. 그 뒤 이 장로가 그 뒤를 따랐다.

"하아. 하아."

그들이 나가자 장련은 호흡을 거칠게 내쉬었다.

이런 일은 처음인지, 아님 감정이 격해져서인지 힘들어 보였다.

광휘는 슬쩍 그녀를 보았다.

그러다 갑자기 노려보는 장련의 눈초리에 다른 곳으로 시선을 옮겼다.

"왜 가만히 계셨던 건가요?"

"……."

"응당 화를 냈어야 될 게 아닌가요. 저들의 행태를 왜 계속 가만히…….”

“슬퍼 보였소.”

“……?”

광휘를 바라보던 장련의 눈가가 조금 흔들렸다.

전혀 예상치 못한 답변이 흘러나왔기 때문이다.

“말과 다르게 그들은 슬픈 눈을 하고 있었소. 살 의지를 잃은… 그런 눈이었소.”

장련은 광휘의 말에 잠시 뭔가를 생각하듯 침묵했다.

그러다 천천히 입을 뗐다.

“이 장로와 삼 장로는 일 공자를 따랐던 분들이셨어요. 큰오라버니가 죽은 뒤로 저렇게 변했죠. 마치 이곳저곳 목적 없이 배회하는 유령처럼요.”

그녀는 광휘를 다시 바라보며 조용한 목소리로 말했다.

“아무튼 미안해요. 괜히 제가 조심하지 못해서 일을 크게 만들었네요.”

그녀는 다시 한번 사과했다.

과정이야 어쨌든 결과적으로 그는 충분히 모욕을 느꼈을 터였다.

그런데 광휘는 장련에게 전혀 엉뚱한 대답을 내놓았다.

“처음 봤소.”

“네?”

“소저가 그리 화내는 모습을 말이오.”

그 말에 장련은 눈을 몇 번 껌뻑거렸다. 그러다 눈에 힘을 주며 말했다.

"저 원래 이런 사람이에요. 그동안 보여 드리지 못했을 뿐이죠."

"그렇소? 그럼 나도 앞으로는 조심해야겠구려."

장련이 바라보자 광휘는 재미있다는 듯 입꼬리를 올렸다.

그 모습에 장련은 괜히 화가 났다.

"지금 웃었죠?"

"전혀."

"웃었잖아요."

"잘못 봤소. 난 웃지 않는 사람이오."

"뭐라고요?"

그녀는 허리춤에 손을 올리며 광휘를 노려봤다.

그러다 이내 눈을 찌푸리더니 말했다.

"몸이 괜찮아지셨으면 이제 그만 나오세요. 저와 급히 갈 곳이 있어요."

"갈 곳?"

광휘가 묻자 장련은 뒤돌아서며 말했다.

"구룡표국요."

* * *

덜컹덜컹!

마차가 심하게 요동쳤다.

그리 험하지 않은 길임에도 마차가 이리 흔들리는 것은 마부가 지나칠 정도로 채찍질을 가했기 때문이다.

'저 옆자리는 내가 앉았어야 하는데……'

마차를 탄 묵객은 마주 앉은 장련을 보며 속으로 자신의 실수를 몇 번이고 곱씹었다.

장련 소저가 올라탈 때 깜빡하고 그녀의 옆자리를 놓치는 우를 범해 버렸다.

그러다 이 자리에 앉아버렸고 우연을 가장해 손잡는 기회는 결국 다음으로 미룰 수밖에 없었다.

처음엔 그래도 나쁘지는 않다고 스스로 독려했다.

장련의 얼굴을 정면으로, 그것도 꽤 오랫동안 똑바로 볼 수 있었기 때문이다.

하나, 그 좋은 기분은 오래가지 못했다.

옆에 있는 시커먼 남정네가 그녀와 딱 붙어 있는 모습이 그의 심기를 건드린 것이다.

"소저, 혹시 그건 소저의 검이오?"

묵객은 화를 삭이기 위해 다른 곳에 관심을 두기로 했다. 그러다 평소 보지 못했던 것, 장련이 무릎에 올려둔 검을 보았던 것이다.

"네, 제 것이에요."

"오… 소저도 검을 좀 쓸 줄 아시오?"

"이제 막 배우는 수준이에요."

"하하, 그렇소? 그런데 검집이 참 예쁘구려. 소저의 어여쁜 얼굴과 잘 어울리오."

묵객은 웃으며 말을 이었다.

“시간 날 때 있으시면 말씀하시오. 소인이 두 팔 걷어붙이고 가르쳐 드리겠소.”

“말씀만으로도 감사해요.”

장련은 짧게 미소를 보이고는 더는 말하지 않았다.

그녀는 그저, 마차 바닥에 놓인 몇 개의 작은 상자를 붙잡고 있는 데 온 신경이 쏠려 있었던 것이다.

“그건 또 뭡니까?”

“선물이에요.”

“선물? 표국주에게 주는 예물이요?”

“네.”

“생긴 것도 그렇고 왠지 궁금하구려. 안에 뭐가 들었는지 알려 주시겠습니까?”

장련이 고개를 저었다.

“나중에 보실 터이니 지금은 참아주세요.”

묵객은 입이 근질근질했지만 더는 말을 잇지 않았다.

평소와 달리 그녀의 극도로 긴장된 표정 때문이었다.

“어이, 형장. 그 도(刀)는 대체 뭐에 쓰는 거요?”

이래저래 말 걸 상대가 없자, 그는 결국 장련 옆에 앉은 사내에게 관심을 보였다.

정확히 말하자면 광휘가 아닌 그가 들고 온, 장련의 등 뒤까지 닿을 정도로 정말 기다란 도였다.

“형장?”

"……."

'아, 정말… 한결같은 사내군.'

장련은 평소와 달리 조용하고 사내는 평소처럼 목석같다. 묵객은 고개를 좌우로 저으며 한쪽에 나 있는 창가로 시선을 돌렸다.

일렬로 심어진 거대한 나무가 보인다.

스산한 날씨 때문인지 단풍도 많이 떨어져 채 몇 개 걸려 있지 않았다.

"이런 날에는 호수가 보이는 방 안에 앉아 차를 마시며 즐기는 것이 딱인데……."

묵객은 다시 시선을 돌려 광휘를 향해 말했다.

"형장, 그렇지 않소? 풍류를 단출하게 즐기기에 그만한 것이 없지 않겠소?"

그 말에 광휘가 시선을 들었다.

묵객을 쳐다보지 않았지만 그쪽으로 시선을 돌린 것이다.

"좀 조용히 해줄 수 없겠소?"

"……."

"……."

"미, 미안하오."

묵객은 시선을 내리깔며 입을 닫았다.

그러고는 잠시 뒤 머리를 재차 흔들며 눈을 감아버렸다.

'목적지. 목적지. 목적지 빨리.'

그 이후 그는 목적지란 말만 되뇌었다.

이 안의 누구보다 빨리 도착하기를 기다리는 묵객이었다.

* * *

“어서 오십시오. 안에서 기다리고 계십니다.”

마차는 날이 어두워졌을 때야 목적지에 도착했다.

구룡표국의 입구에서는 건장한 체구의 무사가 그들을 기다리고 있었다.

“역시 이름 있는 표국이라 뭔가 좋아 보이는구려. 본부도 아니고 일개 지부의 건물이 이 정도라니…….”

회랑에 들어서는 묵객이 주위 조경과 정원을 보며 그제야 입을 열었다.

그는 구룡표국에 들어오는 와중에도 계속 입을 벌린 채 주위를 몇 번이고 둘러보았다.

회랑 앞에 도착한 장련은 중앙에 안치되어 있는 의자로 곧장 걸어가 자리에 앉았다.

그녀의 얼굴은 한결 차분해져 있었지만 속마음은 달랐다.

오늘 반드시 구룡표국의 국주를 설득시켜야 했다.

그렇지 못하면 향후 장씨세가의 미래에도 큰 영향이 있을 수밖에 없었다.

“장씨세가의 장 소저가 오셨다고?”

멀리서 노인의 목소리가 들려왔다.

앞을 응시하던 장련은 그곳으로 고개를 돌렸다.

"어인 일이시오? 기별을 듣긴 했지만 이리 빨리 오실 줄 몰랐소."

단구의 서글서글한 노인이 말을 걸어왔다.

송방이었다.

언제나 그렇듯 그는 여유로운 웃음으로 사람을 맞이했다.

"소녀, 장련이라 합니다. 본 가에 갑자기 큰일이 생겨 다시금 찾아뵙게 되었습니다."

장련이 자리에 일어서며 예의를 갖췄다.

"허허허, 장씨세가의 안살림을 맡고 계신다는 소저시구려. 참으로 반갑소. 일단 자리에 앉으시오."

그의 손짓에 장련은 다시금 자리에 앉았다.

그 후, 송방은 함께 왔던 호위무사 두 명의 안내를 받으며 맞은편의 의자로 걸어갔다.

기분 탓일까.

그가 자리에 앉자 묘한 긴장감이 흐르기 시작했다.

장원태가 왔을 때와는 다른 분위기였다.

'날 시험하려는 거구나.'

장련은 송방의 뒤쪽, 매서운 눈으로 바라보는 호위무사들을 보며 생각했다.

예전부터 많이 겪어오던 거래 방식이었다.

힘없는 여인이 협상하러 나갈 때 상대 쪽에서 위압적인 분위기를 내는 것.

그런 것들이 상대를 효과적으로 압박하는 수단으로 쓰였다.

구룡표국 역시 그 점을 잊지 않았을 것이다.

"거기 둘, 눈에 힘 좀 빼지 그래?"

장련은 그때 전혀 예상지 못한 곳에서 도움을 받을 수 있었다.

묵객이 눈살을 찌푸리며 목소리를 높인 것이다.

"뭐야? 불만 있어? 한번 붙어봐?"

묵객이 한 발 나서며 둘을 노려보자 호위무사들이 움찔댔다.

그러고는 송방을 바라봤는데 그도 눈이 커져 있었다.

"묵객이시오? 이거 참 반갑소이다."

"날 아시오?"

"허허허. 예전 먼발치에서 한 번 본 적이 있습니다. 장씨세가에 있다는 얘길 듣기는 했는데 소문이 정말 사실이었군요."

묵객은 떨떠름한 표정으로 고개를 돌렸다.

그러고는 인상을 풀었다.

그사이 송방은 등 뒤로 시선을 돌렸다.

"예의를 갖추게. 묵객이시네."

그 말에 두 호위무사들의 눈빛이 약간은 달라졌다.

칠객은 낭인. 자신들과 같이 소속을 두지 않은 무사들에겐 신화 같은 존재다.

정도(正道)의 길을 걸으며 무수한 영웅담과 가슴을 흥분시킬 이야깃거리를 만들어내는 자가 아닌가.

그들의 눈빛이 한결 누그러졌다.

"그럼."

묵객에게 예를 표하기 위해 잠시 일어났던 송방이 다시 자리에 앉았다.

"소가주, 이리 만나 뵙게 되어 반갑소. 미모의 여인이란 얘기는 익히 들었지만… 직접 보니 정말 미모가 뛰어나시구려."

"예의라 생각하고 감사히 듣겠습니다."

"후후후."

송방은 장련의 말에 밝은 미소를 한 번 더 띠고는 의자 등받이에 등을 기댔다.

"사실 소가주께서 온다는 얘기에 조금 당황했었소. 이미 가주께서 본 표국을 한 번 들르지 않았소. 그런데도 다시 방문하신다는 것은 이번 거래에 불만이 있다는 것이라 보이오만……."

"……."

"내 말이 맞소?"

미소가 지워진 송방은 눈꼬리를 올리며 말했다.

장련은 잠시 그를 힐끗 쳐다보며 침착한 어조로 말을 받았다.

"강호의 영웅호걸과 맺은 계약이 얼마나 중한지 소녀도 잘 압니다. 다만 힘없고 연약한 저 같은 아녀자들은 그 과정을 잘 알지 못하고 걱정스러운 부분이 많지요. 하여 이리 찾아오게 되었습니다."

그 말에 송방의 난처한 표정과 당황스러운 표정이 한데 뒤섞였다.

상대가 여자라서, 필시 이번 거래에 대해 추가적인 제안을 하러 올 것을 알고 압박을 주려 한 것인데 장련은 오히려 자신이 여자라는 것으로 빠져나간 것이다.

"힘이 없다라. 소가주께서 그리 말씀하시면 또 그렇게 생각할 수도 있구려. 강호가 원체 험하지 않소."

그는 잠시 눈을 다른 곳에 두다 말을 이었다.

"살펴주신다는 말씀 감사하게 생각하겠습니다."

'허어.'

장련이 별 어려움 없이 대답하자 송방은 얼떨떨한 표정을 지었다.

이번엔 상대의 능력이 낮음을 거론해 협상 시 유리한 포석을 마련하려던 것이었다.

한데 그 역시 능구렁이처럼 잘도 빠져나가 버렸다.

"좋소. 말씀해 보십시오."

결국 송방은 본론을 꺼내도록 유도했다.

"소녀가 여기 온 것은 한 가지 제안을 하기 위해서입니다."

"제안이라. 무엇이오?"

"앞으로 본 세가가 유통하는 모든 물자에 대한 표행을 구룡표국에 독점적으로 내드리겠습니다."

"으음."

송방은 신음을 내뱉었다.

그러고는 손을 들어 턱수염을 한 번 쓰다듬었다.

독점권.

작은 세가에서 독점권을 제안했다면 그다지 신경 쓸 만한 제안이 아니었다.

상단을 통해 각 지방에서 유통하는 물자가 많아야 몇 개 되지 않으니 말이다.

하지만 장씨세가는 달랐다.

끼고 있는 상단과 중소 상회의 모든 물자를 독점한다는 것은 장씨세가의 이익의 모든 부분에 구룡표국이 관여한다는 거다.

물자의 두 배를 올려준다는 장원태와 맞먹을, 상황에 따라선 더 파격적인 제안이었다.

"꽤 강한 요구가 나오겠구려."

장련은 뜸을 들이지 않고 말했다.

"구룡표국의 운송에 필요한 인원을 제외한 쟁자수와 보표와 표사, 표두, 즉, 소유한 병력 일체를 장씨세가에 넘겨주십시오."

"허허허."

송방은 곧장 웃음을 흘렸다.

파격적인 제안에 난처한 제시가 뒤따랐다는 느낌이 든 것이다.

장련은 그와 시선을 마주치지 않으려 애썼다.

자칫 상대의 심리에 흔들리면 이 계약은 절대로 성사시키지 못한다는 걸 알고 있었다.

"확실히 군침 도는 제안이오. 한데 실례지만, 이 송 모는 장 소저가 본 표국처럼 거친 곳에 어울리시는지 모르겠소."

장련이 얼굴을 찌푸렸다.

송방의 말은 대단히 예의 발랐지만 그 속뜻은 '네가 그런 걸 내놓을 자격이나 되느냐?'라는 말이나 다를 바 없었다.

장련은 기다렸다는 듯 소매의 무언가를 탁자에 내려놓았다.

"이것을 봐주십시오."

송방은 시선을 내리며 고개를 올렸다.
"가, 가패(家牌)?"
"예, 그렇습니다."
"이것을 왜 소저가……."
"세가의 전권을 받고 왔습니다."
"흐음."
송방의 미간이 좁혀졌다.
장련이 왜 이렇게 대차게 지르나 했더니 가주인 장원태와 미리 이야기가 되어 있었던 것이다.
그는 가패를 보며 한동안 말하지 않고 턱을 매만졌다.

第五章
제안

'이 거래, 쉽지 않겠군.'

묵객은 팔짱을 끼며 생각했다.

장련의 말은 구룡표국더러 전력을 다해 도와달라는 것이다. 그건 석가장과 싸우는 일에 완전히 손을 거들라는 뜻이기도 했다.

제삼자인 자신이 예상할 때도 승패를 떠나 피해가 클 터.

송 국주의 고민하는 모습은 그저 고민하는 척일 뿐. 실상은 거절할 시간을 벌려는 행동이었다.

'그가 적극적으로 개입할 수밖에 없는 이유가 필요해. 물론 그의 자존심을 건드리지 않는 방법으로. 이게 가능할까?'

생각은 그리 들었지만 묵객의 머릿속엔 좋은 방법이 떠오르지 않았다.

시작부터 부정적인 시선을 가진 그를 어떻게 설득시킬 것인가.

더구나 저들은 오랜 경험을 가진 상인이다.

웬만한 방법으로는 설득하기는커녕 난처한 상황만 벌어질 것이 뻔했다.

'저 한결같이 무뚝뚝한 자도 관심을 보이는 걸 보니 궁금하긴 한가 모양이군.'

이곳에 와서도 아무런 존재감 없이 조용히 자리를 지키던 광휘였다.

회당 위에 올라온 뒤로부터는 아예 다른 호위무사와 눈빛을 마주치지 않았다.

그런데 지금은 장련을 보며 누구보다 대화에 집중하고 있었다.

* * *

"대답하기 쉽지 않은 질문이구려. 그 전에 장 소저, 괜찮다면 가져오신 함들에 대해 여쭈어보아도 되겠소?"

말을 돌리려는 것일까. 아니면 상대의 다른 패를 보자는 것일까. 한참 얼굴을 굳히며 침묵하던 송방은 장련의 발치를 가리켰다.

"아, 소녀가 깜빡하고 내놓지 못했군요."

그녀는 탁자 한쪽에 놓아둔 옥함을 들어 탁자 위로 올렸다.

한 자 길이와 반 자의 두께로 된 고급스러운 옥함이 모두의 눈에 선명히 들어왔다.

끼이익.

장련이 옥함 앞, 쇠로 결합된 특정 부분을 누르자 안에 있던 내용물이 드러났다.

배처럼 생긴 모양의 중심에는 둥근 알의 형상을 하고 있는 물건이었다.

"은원보(銀元寶) 세 개입니다."

"……."

"재작년 가친께서 제게 선물로 주셨던 것이지요. 중원 칠대 표국의 표국주인 송 국주를 처음 뵙게 된 기념으로 드리는 것입니다."

"허, 부담스러운 선물이구려."

"부담 가지시지 않으셔도 됩니다. 이번 거래의 성사와 상관없이 귀인을 뵙는 자리의 예물로 가져온 것입니다."

"일의 성사와 상관없다?"

조금 경계하던 송방의 얼굴이 풀렸다.

"그렇습니다. 한데……."

장련이 은원보 한쪽을 가리키며 말했다.

"관리를 잘못했던 탓인지 은원보 위에 작은 돌멩이가 있습니다. 그래도 괜찮으시겠습니까?"

"흙이나 돌이야 털면 되는 것 아니오. 선물이니 감사히 받겠소."

스윽.

송방은 천천히 자기 품으로 가져갔다. 쉽게 볼 수 없는 은원보를 간만에 보니 기분이 좋아졌다.

'장(張)? 장씨세가의 것이라는 건가.'

돌멩이를 걷어내고 하나를 꺼내 든 송방은 은원보 한쪽에 그려진 표식을 발견하고는 슬쩍 실소를 흘렸다.

보통은 은원보에 이런 표식을 남기지 않는다.

표식이 있으면 은의 가치가 떨어지기 때문이다.

그런데도 떡하니 장이라는 글자를 남겼으니 실소가 나올 수밖에 없었다.

"아, 그리고……."

그가 은원보를 이리저리 보던 사이 장련이 탁자 위에 무언가를 다시 올려놓기 시작했다.

이번엔 사람 얼굴만 한 작은 동이였다.

그녀는 동이를 탁자 위에 올리고는 동이 위에 있는 검은 덮개를 천천히 열었다.

그 순간이었다.

샤아아앗!

"허?"

갑자기 안에서 무언가가 날카롭게 이빨을 내밀며 아가리를 벌렸다.

그 후 계속 안에서 심하게 요동치기 시작했다.

그렇게 사람들의 시선이 동이 안으로 향할 때쯤 장련이 입을 열었다.

"여기 안엔 금원보(金元寶) 하나가 있습니다. 오래전 소녀가 동이에 넣어둔 뒤 창고에 보관하고 있었는데 오늘 보니 이렇게 뱀이 들어가 있지 뭡니까? 이것도 함께 드리겠습니다."

송방의 눈빛이 장련으로 향했다.

이전과 달리 조금은 경계하는 표정이었다.

"받으시겠습니까?"

"……."

송방은 잠시 뜸을 들였다.

그녀가 말하는 바가 왠지 모르게 찜찜했던 것이다.

다짜고짜 이렇게 주는 이유가 뭔가 있는 것 같은데 그 이유를 알 수 없었다.

잠시 생각하던 그는 곧 결정을 내렸다.

무엇을 생각하는지 몰라도 준다고 하는데 굳이 사양할 필요가 없었다.

"이것도 그냥 주는 거요?"

"그렇습니다."

송방은 다시금 기분이 좋아졌다.

은원보 셋에 금원보 하나.

앉은 자리에서 거래와 상관없이 작은 표물 운송에 준하는 대금을 받은 것이니 기분이 좋아질 수밖에 없었다.

그가 받으려고 몸을 일으키던 그때 장련이 다시 말을 이었다.

"아, 제가 한 말씀 못 드린 것 같습니다. 소녀가 오는 길에 이 뱀에 특별히 이름을 하나 붙여보았습니다."

"이름?"

송방은 이름이란 말에 잠시 고민했다.
그러다 한낱 미물에도 이름을 붙이는 것이 여인네들이라 생각하니 속으로 피식 웃음이 나왔다.
그는 다시 자리에 앉고는 말했다.
"이름이 있다면 알고 받아야겠지요. 그래, 그 뱀의 이름이 뭣이오?"
"석(石)입니다."
"……!"
순간 송방은 장련을 보며 눈을 부릅떴다.
당황한 기색이 얼굴에 어렸다.
뱀의 이름이 석(石)이라는 말에 그의 머리가 빠르게 돌아간 것이다.
앞서 보낸 장씨의 표식으로 된 은원보 위의 돌멩이.
그리고 지금 금원보를 감고 있는 석(石)이라는 뱀.
그녀가 준 것은 단순히 선물이 아니라 장씨세가와 석가장이란 것을 그제야 깨달은 것이다.
캬아앗.
그 순간 동이 위에서 뱀이 서서히 기어 올라오기 시작했다.
그 모습을 보던 장련이 송방을 응시하며 말했다.
"소녀가 잠시 실례를 하겠습니다."
스캉.
장련이 허리춤에 차고 있던 검을 빼내 머리 위로 들어 올렸다.
척.

그 모습을 보던 호위무사들이 재빠르게 허리춤에 자루를 잡았다.

"경거망동할 것 없다."

송방이 턱짓을 보이자 그들은 다시 물러섰다.

이제 보니 그들이 보기에도 장련의 자세는 단련된 것이 아니었다.

여염집 처자보다 약간, 아주 약간 나은 정도였다.

사악!

장련의 검은 사정없이 동이의 주둥이로 찔러 들어갔다.

툭!

그리고 그녀가 멈췄을 때 한순간 정적이 흘렀다.

지켜보던 호위무사와 묵객도.

그녀와 마주 보고 있던 송방도 그 모습을 멍하니 바라봤다.

장련의 검은 동이 위에 있었다.

목이 눌려 동이의 구석까지 밀어붙여진 채 쉭쉭대는 독 오른 뱀을 향해 멈춰 있었다.

"소녀는……."

정적을 깨고 장련이 입을 열었다.

"앞서 말씀드린 대로 힘이 약합니다. 무사들과 비교해선 병약하기까지 하지요. 이제까지 세가에 숨어서 전쟁이 끝나기만을 기다리고 있던 여인입니다."

"……."

"하나 이제는 싸우려고 이렇게 검을 들었습니다. 송 국주께서 말씀하신 대로 힘이 약한 저도 이제는 칼을 들고 싸우려고 합니다."

숨소리까지 생생히 들리는 그녀의 목소리에 모두의 시선과 귀가 집중되었다.

"하지만 안타깝게도 힘이 없습니다. 그리하여 동이 안에 들어간 뱀도 죽이지 못하고 이렇게 선물을 드릴 수밖에 없습니다. 하지만 구룡표국인 송 국주라면, 녹림십팔채(綠林十八寨)의 도적들과도 검을 들고 싸울 정도로 용맹한 구룡표국이라면 다르리라 생각합니다."

장련의 고개를 들어 송방을 바라보았다.

"해서 한번 여쭤보려 합니다."

"……."

"이 뱀을 죽이는 걸 도와주시고 소녀의 선물을 받아주시겠습니까?"

* * *

'총명한 여인이구나.'

묵객은 자신도 모르게 입꼬리를 말아 올렸다.

단순히 선물이라 생각했던 예물 안에 여러 의미가 담겨 있다는 걸 그제야 깨달은 것이다.

은원보와 금원보는 장씨세가다.

석(石)이라는 이름의 뱀은 석가장.

그녀는 장씨세가가 처한 현 상황을 예물에 통해 현실적으로 보여준 것이다.

'거기다…….'

강호가 험해 나약할 수 있다는 송 국주의 말.

장련은 그것을 되레 그를 설득하는 데 이용했다.

나약한 여인도 검을 뽑을 정도인데 용맹한 구룡표국의 선택은 어떻겠느냐고.

'한 가지 더.'

짐짓 어중간한 태도를 나올 수 있는 송 국주에게 선택적인 판단을 유도했다.

도와줄 것이냐, 아니면 그냥 물러설 것이냐.

자칫 방관적 자세로 나올 수 있는 그를 좀 더 현실적인 협상으로 유도했다.

은원보 세 냥, 금원보와 뱀만으로 송 국주의 마음을 뒤흔들어 놓은 것이다.

'이제 송 국주의 판단만 남았군.'

상황이 이런 식으로 흐르니 묵객은 송방의 결정에 더욱 관심이 쏠렸다.

그가 자랑스레 외쳤던 중원 칠대표국이란 말은 지금 이 상황에서 오히려 독으로 작용하게 될 테니까.

"얘기는 잘 들었으니 일단 앉으시지요, 소저."

묵객이 장련의 행동에 대한 의미를 생각하고 있을 때 송방이 입을 열었다.

장련은 검을 천천히 회수하며 자리에 앉았다.

"그럼 구룡표국의 입장을 말씀드리지요."

스윽.

송방은 잠시 일어나 탁자 옆에 놓인 검은 천을 동이에 덮고는 다시 앉으며 말을 이었다.

그녀의 의중을 읽은 만큼 평소와 달리 조금 어두워진 얼굴이었다.

"구룡표국은 은원보만 받는 걸로 하겠습니다."

"……!"

"은원보만 받는다는 의미는 제안에 맞는, 표국에서 내줄 수 있는 고수들을 엄선해서 모두 보내 드리겠다는 겁니다."

"그럼 금원보는……."

"보류하겠습니다."

송방은 조용한 어조로 말을 이었다.

"금원보는 아직 받을 상황이 아닙니다. 그걸 받기 위해선 반드시 전제되어야 하는 조건이 있기 때문입니다. 참고로 우리 구룡표국은……."

송방은 눈에 힘을 주며 말했다.

"지는 싸움에 목숨을 걸지 않습니다."

장련은 안도의 한숨을 내쉬었다.

다행히 받지 않겠다는 얘기가 아니었기에 조금은 안도의 한숨을 내쉴 수 있었다.

장련이 다시 그와 시선을 맞추며 물었다.

"말씀하신 그 조건은 무엇입니까?"

"석가장의 기세가 생각 외로 매섭다는 건 아시지요? 물론 장씨세가에는 묵객이란 걸출한 분이 계시지만 그것만으로는 많이 부족합니다. 석가장은 알려진 고수 외에도 알려지지 않은 고수도 많기 때문이지요."

그는 손가락 세 개를 장련에게 내보였다.

"하여 그들을 상대하기 위해선 반드시 필요한 것이 있습니다. 바로……."

"……."

"솥이 흔들리지 않고 서 있을 수 있는 세 개의 다리가 필요합니다."

"세 개의 다리?"

장련의 물음에 송방은 진지한 표정으로 고개를 끄덕였다.

"첫째, 무엇이라도 뚫을 수 있는 창이 필요합니다. 둘째, 어떠한 공격도 막아낼 수 있는 방패도 있어야지요. 마지막으로 셋째, 기민하게 대처할 수 있는 검을 보유해야 합니다."

"……."

"두 개는 이미 장씨세가가 보유하고 있는 걸로 알고 있습니다. 저희 쪽에서 보냈던 방각 대사가 창이 되겠고 옆에 계신 묵객께서 방패가 되겠지요. 그런데… 검이 없습니다. 그것이 소저의 금원보를 받지 못하는 이유입니다."

장련은 그제야 그의 말을 이해할 수 있었다.

기민하게 대처할 수 있는 검.

쉽게 말해 본 가엔 백대고수나 그에 준하는 고수 한 명이 더 필요하다는 말이었다.

"시간을 더 드리겠습니다. 그만한 인물을 데려오신다면 언제든 금원보를 받아들이지요. 단, 명성이 있든 없든 우리에게 실력을 검증받아야 합니다. 그 검증은 제 뒤에 서 있는 호위무사 중 한 분을 선택해 이십 초 안에 승리하는 것으로 하겠습니다."

장련의 시선이 등 뒤로 향했다.

척 보기에도 무인의 기상이 느껴지는 강건한 사내들이었다.

"참고로 말씀드리지만 이들 역시 중원에서는 명성을 떨친 자들입니다. 왼쪽에 서 있는 분은 이숙공(李淑恭). 섬서 이남 칠성방(七星幇)이란 무가 출신으로 요즘 부쩍 위명을 떨치고 있으신 분이지요. 삼절 중 한 분이라 말하면 얘기하기가 편하겠군요. 그리고 제 오른쪽에 서 계신 분은 장록번(張綠飜). 이융산(二隆山)을 끼고 활동하는 남가방(南家防) 출신으로 이분 역시 중원 삼절이라 불리는 낭인 무사입니다."

"아!"

장련이 그 얘길 듣고 신음을 흘렸다.

그녀도 익히 아는 명호였다.

이화(二火), 삼절, 오귀(五鬼), 육봉, 칠괴(七怪), 구성(九星).

백대고수를 제외하고 그다음 언급되는 명호가 아니던가.

장련은 송방을 보며 입술을 깨물었다.

과연 칠대표국 중 한 자리를 꿰찬 노인이라 할 만했다.

양자택일을 유도했던 자신의 부탁을 그는 역제시를 통해 한 발짝 물러서는 길을 택했다.
구룡표국의 자존심을 지키면서도 현실적으로 받아들일 수밖에 없는 조건으로 말이다.
'이대로는 돌아갈 순 없어.'
장련은 고개를 저었다.
본가에겐 시간이 없다.
언제 무슨 일이 벌어질지 모르는 상황이다.
이때에 묵객 같은 고수를 또 어찌 데려온단 말인가.
시간을 갖자는 말은 지금으로선 협상이 실패했음을 의미했다.
'본가에는 없어. 그런 고수가… 아?'
그녀가 다른 대안을 제시할까 고민하던 그때였다.
그녀 앞에 잘 벼린 칼처럼 서 있는 광휘가 눈에 들어왔다.
이상하게도 다른 방법을 찾는 것보다 이쪽이 더 가능성이 있어 보였다.
"무사님……."
그녀는 등 뒤에 있는 광휘를 바라보았다.
사안이 중대한 만큼 그녀의 표정엔 진지함만이 가득했다.
"소, 소저?"
묵객은 반사적으로 그녀를 불렀다. 장련이 무엇을 말하려 하는지 느낀 것이다.
묵객은 급히 장련에게 다가가 귓가에 대고 속삭였다.
"무슨 생각을 하는지 알겠으나 상대를 잘못 고른 것 같소. 저들은 소저가 생각하는 그리 간단한 인물이 아니오. 삼절이라면 이미 중원에서도 그 실력을 인정받은 자들. 그런 자들을 상대로 어찌 이십 초 안에 쓰러뜨릴 수 있다는 것이오? 보통의 실력으로는 도저히……."

"무사님, 가능할까요?"

"이거 참."

장련은 광휘를 향해 재차 묻자 묵객은 머리를 긁적였다. 그러고는 그녀와 광휘를 번갈아 바라봤다.

"……."

광휘는 침묵하고 있었다.

그녀가 무엇을 원하는지 모르는 바가 아니나 그는 지금 상황에서 굳이 나서야 하는 건가에 대해 확신이 없었다.

하지만 장련의 거듭된 물음에 더는 버티기가 힘들어졌다.

시선을 내리던 광휘는 결국 입을 열었다.

"하라면 하겠소."

"이보게, 장씨세가 호위무사."

묵객이 당황한 목소리로 광휘를 불렀다.

하지만 장련의 표정이 이미 밝아져 있었다.

작은 희망이 샘솟은 것이다.

다른 방법을 찾는 것보다 지금으로선 이 방법이 취할 수 있는 최선이었다.

그는 불가능하다고 생각했던 세 명의 호위무사와의 대결도 승리하지 않았는가.

"지금 하죠."

송방은 눈을 좀 더 크게 뜨며 그녀의 목소리에 귀 기울였다.
"마침 그 검으로 나설 분이 여기 와 있는 것 같아서요."

* * *

장련은 거듭 말을 이었다.
"하는 김에 두 분 다 검증을 하는 건 어떨까요? 송 국주께서 직접 검증하고 싶어 하셨으니까요."
그 말에 송방은 당황한 기색을 비췄다.
두 사람이라면 옆에 있는 묵객도 포함되는 말이다.
백대고수에 필적할 만한 사내를 데리고 왔다는 말은 이해했지만 이 자리에 굳이 묵객까지 나설 필요는 없었다.
'무슨 의도인지 알겠군.'
송방이 당황하는 것과는 별개로 묵객은 장련의 의중을 단번에 알아챘다.
둘 중 더 강한 자를 자신에게 먼저 상대해 달라는 말인 것이다.
"소저, 내 소저의 의중을 모르는 건 아니나……."
묵객은 그녀 앞에 다가가 귀에 대고 속삭였다.
"크게는 도움이 되지 못할 게요. 둘의 실력이 생각보다 많은 차이가 나진 않소."
"묵객께서 좀 도와주세요. 지금으로선 이 방법밖에 없어요."
"하긴……."

묵객은 광휘를 곁눈질하다 고개를 끄덕였다.

설령 지금 저 사내가 패한다고 하더라도 달라지는 건 없었다.

송방이 시간을 준다고 한 상황이니.

“소인은 이숙공이란 분과 하겠소.”

묵객이 대뜸 한 사내를 가리키자 송방은 그제야 그가 흔쾌히 수락한 이유를 알아챘다.

“련 소저, 지금 이건 소저가 일부러…….”

“그리고 이십 초는 너무 기오.”

송방이 이 대결을 얼버무리려 할 때 묵객이 그의 말을 가로채며 말했다.

“오 초. 그 정도가 합당하다고 생각하오.”

“……!”

“……!”

그 말에 회랑 위에 있던 무사들의 표정이 일순간 경직되었다.

특히나 이숙공의 표정이 눈에 띄게 더욱 굳어졌다.

묵객이 강하다는 건 다 알고 있는 사실이다.

그 이름만으로도 충분히 대접을 받을 정도라는 것도.

하지만 이숙공 또한 삼절이라 불리는 고수다.

거기다 수많은 표행길을 성공으로 이끈 구룡표국을 대표하는 표두이기도 했다.

이런 그를 상대로 단 오 초 만에 끝내겠다니 이숙공의 심기가 많이 불편해질 수밖에 없었다.

“제 말은 그런 뜻이 아니라…….”

송방이 손을 내저으며 오해를 풀기 위해 입을 열었다.
"하겠습니다."
그때 이숙공은 고개를 숙이며 포권했다.
강한 호승심이 자존심으로 이어진 것이다.
송방은 강한 눈빛을 내비치는 이숙공을 보며 잠시 생각에 잠겼다.
하지만 그의 자존심이 상했을 거라 생각한 그는 할 수 없다는 듯 고개를 끄덕였다.
"뭐……. 그리하도록 합시다."

*　　*　　*

"저, 오 초는 너무……."
"확실하게 해야지요. 괜히 안 한다고 하면 가능성은 더욱 줄어드니까."
"그치만……."
"걱정 마시오, 소저. 난 충분히 자신 있소."
묵객은 걱정스러운 얼굴인 그녀에게 좀 더 다가섰다.
그러고는 장련을 뚫어지게 보며 말했다.
"사실 내 이제껏 소저에게 무위를 제대로 보여준 적이 없지 않소. 그런 상황에서 절호의 기회가 왔소. 해서 이제는 보여주고 싶소. 나 묵객이 소저에 걸맞은 사내라는 걸 말이오."
"아……."

"그럼 느긋하게 지켜보고 계시오."

묵객은 여유로운 발걸음으로 회랑을 벗어나 앞뜰인 평평한 바닥으로 내려갔다.

상대편 사내도 굳은 얼굴로 묵객과 사 장 정도 떨어진 곳으로 이동했다.

"경관 한번 좋군."

묵객은 그를 앞에 두고 주위를 바라보았다.

노을이 퍼지는 저녁.

인공 연못 안에 물레방아가 돌아가고 있었고 옷깃을 흔들 정도의 바람도 불어왔다.

감상을 즐기기에도 주목받기에도 참 좋은 날씨였다.

휘익 휘익.

묵객이 다시 뒤돌아 장련을 향해 손을 흔들며 웃었다.

그 모습에 마주 보고 선 이숙공의 눈썹이 파르르 떨렸다.

'이 자식…….'

묵객에 대한 존경심은 어느새 분노로 바뀌어 있었다.

백대고수의 위명이 대단하다는 건 인정하나 자신 또한 나름 강호 바닥에 산전수전을 겪은 몸이다.

백번 양보해도 이 정도 대접을 받을 수준은 아니었다.

"묵객께서 오 초 안에 날 쓰러뜨리지 못한다면 어떻게 하시겠소?"

이숙공이 결국 화를 참지 못하고 속마음을 드러냈다.

"그럼 난 평생 당신의 제자로 살겠소."

씨익.
이숙공이 입꼬리를 올렸다. 동시에 미간의 주름이 한곳으로 몰리기 시작했다.
"그 말, 꼭 기억하리다."
이숙공이 강한 살기를 띠며 검을 뽑아 들었다.
스르릉.
진검이 모습을 드러내자 장원 주위는 긴장감으로 물들었다.
싸늘한 검날과 사내의 눈빛에 진지함이 더해지자 이 대결로 인해 자칫 누군가는 죽을 수도 있다는 느낌을 받은 것이다.
"나쁘지 않은 자세요. 하나……."
하나, 묵객은 여전히 여유로웠다.
캉.
묵객이 등 뒤에 자루를 잡고 앞으로 내밀었다.
잘 갈린 단월도가 모두의 눈앞에 처음으로 모습을 드러냈다.
"기세에 압도당했던 어린 시절은 지났소."
"……!"
이숙공의 얼굴은 흙빛으로 변했다.
잠시 뒤 그는 매섭게 치켜뜬 눈으로 몸을 움직였다.
타탓.
적당한 거리점을 찾기 위해서인지 한 걸음 작게 뻗은 뒤 두 번째 보폭을 길게 뻗었다.
그 후, 곧바로 위아래의 방향으로 휘두르는 그의 독문무공이 펼쳐졌다.

"이연쇄수(二硏刷手)."

그의 공격에 묵객은 대응은 단순했다.

첫 동작은 오른쪽 발을 뒤로 슬쩍 빼는 것.

그리고 이어진 두 번째 동작은 몸을 숙이며 단월도를 아래로 휘두르는 것이었다.

캉!

이숙공의 검을 막는 순간 일 초가 지났다.

"하핫!"

캉!

몸을 회전시키며 동작을 연계시킨 이숙공의 가로 베기가 단월도에 부딪치며 이 초가 흘렀다.

탓.

한 걸음 다가선 이숙공의 찌르기, 삼 초.

약간의 도약 후 이숙공의 내려치는 초식이 흘렀을 때가 사 초였다.

"……!"

그 순간 묵객의 단월도가 처음으로 움직였다.

서 있는 자세에서 이숙공의 목으로 곧장 도를 찔러낸 것이다.

도(刀)를 쓰는 자의 찌르기?

이숙공의 눈엔 큰 의문이 생기며 그는 빠르게 물러서 검을 세웠다.

"……!"

묵객의 도는 그의 목에 닿지 않았다.

그는 그렇게 묵객과 반 장 정도가 떨어진 자리에 멈춰 섰다.
휘이이잉.
묵객이 호언장담한 오 초가 흘렀다.
이렇듯 대결은 모두의 생각보다 너무나 빨리 끝나 버렸다.
"크흐흐흠흠."
지켜보던 송방이 웃음 섞인 기침을 해대며 정적을 깼다.
오 초 만에 끝내지 못한 묵객을 향한 비웃음이었다.
장련의 표정도 어두웠다.
분명 오 초가 흘렀는데 상대가 쓰러지지 않았다.
대체 어찌 된 건지 그녀는 묵객과 이숙공을 보며 당황해하고 있었다.
"……."
희비가 엇갈리는 사이 정작 이숙공만은 조용했다.
눈빛도 조금 달라져 있었다.
그는 처음과 달리 멍한 눈으로 묵객을 바라보고 있었다.
스윽.
그렇게 서 있던 이숙공이 갑자기 자신의 목을 한 번 스윽 만졌다.
그러고는 이내 자신의 얼굴 앞으로 손바닥을 펼쳐 보더니 손을 떨어댔다.
손아귀에 피가 묻어 있었기 때문이다.
"서, 설마 도기(刀氣)?"
"……!"

"……!"

이숙공의 나직한 읊조림은 모두의 시선을 한곳으로 집중시켰다.

그리고 당황했던 시선은 놀라움으로, 놀라움은 경악에 가까운 시선으로 천천히 변해 버렸다.

도기라는 의미를 뒤늦게 이해한 것이다.

"도기가 맞는 듯합니다. 분명 묵객의 도는 이숙공의 목에 닿지 않았습니다."

그리고 그때 조용히 침묵하던 장록번이 상기된 얼굴로 입을 열었다.

그것이 결정적이었다.

"허허허! 기를 뿜어냈다고? 정말이야? 그게 가능은 한 건가?"

송방의 당황한 웃음이 새어 나왔다.

장련도 그와 같은 생각이었다.

처음 검을 잡았을 때 아버지에게 들은 말이 있다.

절정의 고수들 중에서도 특별한 몇 명만이 몸속의 기(氣)를 뿜어낼 수 있다고.

하나, 너무나 허황된 얘기에 그녀는 믿지 않았었다.

사람이 어찌 몸속의 기를 뽑아내 상대에게 상처를 입힐 수 있단 말인가.

"그뿐만이 아닌 것 같습니다. 그는 기(氣)를 조절했습니다. 그러지 않았다면 이숙공은 분명… 죽었을 겁니다."

그의 말은 송방과 장련을 더욱 큰 충격으로 몰아넣었다.

"졌습니다."

그때였다.

묵객을 마주 보던 이숙공이 깍듯이 고개를 숙였다.

도기의 존재를 느낀 그의 얼굴에는 조금 전 수치심 따윈 사라진 지 오래였다.

오히려 지금에 와서는 경외심마저 느껴지는 그런 얼굴이었다.

"형장도 훌륭했소."

묵객은 간단히 인사를 하고는 회랑 위로 시선을 돌렸다.

"장련 소저, 좀 괜찮았습니까?"

묵객은 심각하게 변한 좌중의 분위기를 모르는 듯 장련을 향해 손을 흔들며 외쳤다.

실로 아이같이 좋아하는 묵객의 모습에 그를 보던 장련이 다른 곳으로 시선을 돌렸다.

여러 가지의 마음이 얽혔다.

굳이 내려와 대련을 해준 것이 감사했고 훌륭하게 싸워준 것이 고마웠다.

하지만 모두가 보는 데서 자신을 향해 칭찬을 받으려는 모습이 부끄러웠다.

저 정도의 실력자가 자신을 향해 칭찬받으려고 손을 흔든다.

자신이 뭐라고.

"그럼 다른 분의 무위를 보지요!"

묵객이 당당히 회랑 안으로 걸어오자 송방이 급히 입을 열었다.

대결은 대결이다.

괜히 도기를 보았다고 하여 감격에 겨워 기분에 휩쓸릴 정도의 녹록한 자는 아니었다.

"묵객 님, 어떤 조언이라도 해주시는 것이……."

그사이 장련이 묵객의 옷깃을 잡아 당겼다.

묵객은 고개를 끄덕이며 한쪽에 우두커니 서 있는 광휘에게 다갔다.

"지금부터 내가 하는 말 잘 들으시게. 큰 도움이 되진 않겠지만 모르고 상대하는 것보다는 나을 걸세."

"……."

"장록번이라는 사내는 근접전이나 혼전 상황에서 매우 강점을 보이네. 부드럽게 검을 쓰는 만큼 대처를 잘한다는 말일세. 하나, 반격하지 않는 상대에겐 조금 무모한 공격을 하지. 그것에 그의 약점이 있네. 혹시 뭐 나에게 그에 대해 물어볼 것이 있나?"

"없소."

"허……."

묵객이 어색한 미소를 지었다.

잠시 어이없는 표정을 짓던 묵객은 잠시 뒤 고개를 끄덕였다.

그가 자신의 말을 잘 이해하지 못했다고 판단하고는 이번엔 좀 더 자세한 설명을 하고자 마음먹은 것이다.

"저자의 별호는 호접검(蝴蝶劍). 왜 그런 별명이 붙었나 하면 그의 검술이 나비의 날갯짓처럼 유연하고 부드럽기 때문이지.

하여 가까이 붙으면 붙을수록 그가 유리해질 걸세. 십팔 초 정도는 지켜보고 있게. 그러다 마지막 이십 초에 승부를 거는 게 좋겠군. 이 정도 말했으니 궁금한 게 있겠지?"

"그렇소."

묵객은 그럼 그렇지 하는 표정이었다. 그는 조금 전보다 좀 더 너그러워진 모습으로 되물었다.

"그래, 말해보게. 뭐가 궁금한가?"

"상대가 나를 기다리고 있는 듯하오. 이제 그만 내려가도 되겠소?"

"……."

"그럼. 허락한 줄 알겠소."

광휘가 곧장 묵객을 지나쳐 아래로 내려갔다.

묵객은 그런 광휘를 어이없는 표정으로 바라봤다.

터억.

상대와 대련하기 위해 걸어가던 광휘가 불편한 느낌을 받았다.

그는 잠시 동작을 멈추고 등 뒤를 한 번 둘러보았다.

그러다 장련의 얼굴에 천천히 고정되었다.

그녀는 누구보다 밝게 웃고 있었다.

"힘내요."

하지만 광휘는 그리 보지 않았다.

검집 때문이다.

허리춤에 찬 검집은 작은 움직임에도 심하게 요동친다.

바로 지금 그녀의 검집처럼 말이다.

그런 사실을 모르는지 장련은 여전히 과할 정도로 미소를 짓고 있었다.

잠시 서성이던 광휘가 결국 내려가던 길을 다시 돌아왔다.

그러고는 장련 앞에 서더니 입을 열었다.

"소저, 황 노인에게 오늘 일도 빼놓지 않고 말해주시오."

"네?"

황 노인의 언급에 장련이 이해하지 못하고 눈을 껌뻑였다.

그때 광휘가 입꼬리를 올렸다.

그 모습은 구룡표국으로 가기 전 짓던 미소와 흡사한 것이었다.

"자랑할 일이 또 생길 것 같으니까."

第六章
무공을 버려야 하는 이유

장련은 앞뜰에 서 있는 광휘를 보고 있었다.

질 가능성이 높은 대결이란 걸 안다.

설령, 이길 수 있다 하더라도 스무 번의 초식 안에 끝나지 않을 것이다.

묵객이 싸웠던 오 초도 눈 깜짝할 사이에 끝나지 않았는가.

'하지만 지금은 방법이 없어.'

도와주겠다는 말은 의미가 없었다.

무슨 이유가 되었든 그들의 전력을 이끌어내지 못한다는 것은 협상에 실패하는 것을 의미했다.

'믿어야 해.'

그래서인지 장련은 더 광휘를 믿고 싶었다.

그는 평소 신중하고 함부로 말을 내뱉지 않는 자.

그런 그는 나설 때마다 항상 자신이 생각한 그 이상을 해왔었다.

"이거 참……."

장련과 달리 묵객은 이미 결론이 난 싸움이라 생각했다.

그는 삼절 중 하나다.

끊을 절(絶)이란 명호의 시작은 웬만한 자들은 절대로 이길 수 없는 고수라는 것에서 비롯되었다.

그가 누군지 몰라도 많은 무인들이 즐비한 중원에서 수많은 대결을 통해 검증되었던 자를 쉽게 이길 수 없을 터였다.

설령 이긴다 하여도 이십 초 안에 끝낸다는 건 있을 수 없는 일이었다.

여러 생각이 교차하는 것과 달리 뜰로 내려온 광휘의 표정에는 어떠한 감정도 내비치지 않았다.

그저 허리춤에 있는 괴구검을 꺼내 바닥에 꽂고는 생각에 잠긴 채 가만히 서 있었다.

그 모습을 본 사람들의 시선은 광휘의 의도에 대한 의문이 가득했다.

그때쯤 송방의 시선은 유독 한곳에 쏠려 있었다.

검 자루 때문이다.

등 뒤에 있는 거대한 도신도 그렇지만 검 자루가 너무나 특이했다.

사(厶) 자 모양으로 엇갈린 자루의 모양.

누구 못지않은 견문을 쌓았다고 하는 그도 저런 것은 본 적이 없었다.

광휘는 사람들의 시선을 아랑곳하지 않고 머리로 손을 가져갔다. 그러고는 머리카락에 가려져 있던 천을 천천히 풀었다.

그 모습에 사람들의 의문은 더 커졌다.

대체 그가 뭘 하는 걸까 하는 것이었다.

처억.

광휘의 검 자루를 잡고는 비스듬히 세웠다.

그런 다음 머리에서 풀었던 천을 검날의 중앙 부분에 두르기 시작했다.

“허허허, 대체 뭐 하시려고 그러는지 모르겠소.”

송방은 결국 웃음을 터뜨리며 말했다.

진검을 겨루는 와중이다.

그런데 대체 왜 저자는 자루를 잡지 않고 검신에 천을 두르는 것일까.

광휘의 행동은 누가 보든 간에 납득의 수준을 넘어서고 있었다.

회당 위에는 웃는 송방.

노골적으로 비웃음을 머금은 이숙공.

굳은 표정의 묵객과 초조해하는 장련이 대결을 지켜보고 있었다.

스스스스.

그들이 각자의 생각에 빠져 있을 때였다.

광휘는 눈앞의 뿌연 잔상을 보고 있었다.
잔상은 점점 짙어졌다. 그리고 어느새 광휘를 과거의 기억으로 되돌리고 있었다.

"무공을 버려야 한다."
"……."
"무공을 버리지 못했기에 동료를 잃은 것이다."
광휘가 머리를 바닥에 닿을 만큼 숙이고 있을 때 눈앞에 다가온 노인이 말을 걸어왔다.
"지금 뭐라고 하셨습니까?"
결국 광휘의 울분 섞인 시선이 그에게 향했다.
지금 그의 훈수가 동료를 잃은 것에 대한 질책이었다고 생각한 것이다.
"잘나신 청성파 부단주, 지금 내가 하는 말 똑똑히 들으시오. 이번 임무 때 배정된 은자림 일급 살수가 무려 세 명이었소. 그들은 범선이 땅에 닿자 어부로 가장해 동료를 노렸었소. 완벽한 기회에 무려 세 방향에서 검을 찔러왔었단 말이오! 제아무리 당신이라 해도 그 당시 동료를 구할 수 있었다고 보시오!"
"동료를 구할 수 있다는 얘긴 하지 않았다. 단 네가 무공을 버리지 못했기 때문에 동료를 잃은 것이라 했다."
"부단주!"
광휘는 노인의 옷깃을 강하게 쥐어 잡았다. 하나 노인 그런 광휘의 눈길을 피하지 않았다.

"무공은 동작이 커진다! 동시에 불필요한 움직임이 커져! 그 찰나의 순간에! 동료가 죽는 것이다!"

"이 새끼가!"

광휘가 노인의 멱을 잡고는 뒤흔들었다. 하지만 노인의 말을 멈추지 않았다.

"네가 무공을 버렸다면 어찌했겠느냐! 가장 치명적인 검은 어깨로 막아낼 수 있었을 것이다. 동시에 두 번째 검은 쳐낼 수 있었을 것이고 마지막 검에서 살수와 승부할 수 있는 기회를 잡았을 것이다."

멱을 잡던 광휘의 손에서 힘이 빠져나갔다.

당시의 상황이 그려지던 광휘의 머릿속에서 스스로에 대한 의심이 생기기 시작한 것이다.

"난 버렸다……."

"……."

"나는 이미 무공을 버렸어. 처음에는 청풍검법(青風劍法)을 버렸고 그 뒤에 환환미종보(幻環迷踪步)라는 보법도 버렸지. 그리고 지금에 이르러서는 본파 최고의 무공인 청운적하검(青雲赤霞劍)도 버렸다. 결국 모든 무공을 버린 게다."

"……."

"버리니까 살아나더군. 웃기는 일이지. 처음에는 우연이겠지 했는데 아니었다. 그때부터 부쩍 성공률이 높아졌다. 그래서 생각해 봤지. 왜 그런 건지. 왜 무공을 쓰지 않느니 동료를 구할 수 있었던 건지. 그러다 어느 순간 알겠더군."

광휘는 멍한 눈으로 그를 바라봤다.

"기본이 부족했기 때문이다. 검이란 것은 찌르고 베고 휘두르는 것인데 우린 너무 무공에만 사로잡혀 있었던 것이다. 정말 무공을 쓰려고 한다면 기본이 완벽히 다져진 다음에 사용해야 하는 것이었다. 그러기엔 우린 아직 일러. 그 경지는 검과 하나가 되지 않고선 불가능한 거니까."

광휘는 천으로 감싼 중앙 부분을 손으로 잡고는 검을 들었다.

그러자 엉성한 모양이 나왔다.

손 아래에는 칼날이, 손목 위에는 삼각으로 꺾인 자루가 보였기 때문이다.

"시작하지."

광휘가 나직이 읊조리자 장록번이 눈살을 찌푸렸다.

상대가 취하는 행태에 모욕적인 기분을 느낀 것이다.

철컥.

하지만 그는 지체하지 않고 검을 뽑아냈다.

굳어진 그의 얼굴에는 어떠한 배려심도 보이지 않았다.

그가 검신을 내밀며 한 발짝 접근하는 중에도 광휘는 여전히 움직이지 않았다.

단지 자루를 앞으로 내민 채 상대의 검을 바라볼 뿐이었다.

"버리면 구할 수 있는 겁니까?"

"……."

"정말 무공을 버리면 동료를 구할 수 있는 겁니까!"

"무공을 버리는 것은 시작이다. 생각을 단순화시키는 것이 두 번째. 그리고 그다음은……."

"……."

"짧은 순간이라도 모든 것을 판단할 수 있는 직관력이 필요하다."

"직관력이 무엇입니까?"

"어떤 칼이 더 날카로운지, 어떤 적이 더 위협적인지. 어떤 부분이 적의 가장 매서운 부분인지 아는 것이다."

"그걸 한 번에 어찌 압니까? 어찌 인간이 그 짧은 순간 세 방향으로 날아오는 검을 보면서도 모든 것을 판단할 수 있습니까!"

"경험뿐이다."

"……."

"오로지 경험뿐이야. 동료를 많이 잃으면 잃을수록 경험이 더 쌓이게 돼. 웃기는 말이지만 내가 찾아낸 방법은 그것뿐이다."

"말도 안 되는 소리 집어치우시오! 검과 몸이 하나가 된다고? 그건 신검합일(身劍合一)이 돼야 한다는 말이 아니오!"

"핫!"

함성과 함께 장록번이 달려 나갔다.

시선들이 일제히 그와 광휘의 거리가 좁혀지는 지점으로 이동했다.

패앳.

장록번이 일검(一劍)을 빠르게 내질렀다.

능자진이 그랬듯, 첫 초식은 전력이 아닌 어느 정도 힘만을 배분해 적의 움직임을 살피는 것이 일반적이었다.

그가 일수를 뻗는 순간이었다.

광휘의 신형이 움찔거리듯 들썩였다.

캉!

이어진 쇳소리의 마찰음.

모두의 귓가에 선명하게 파고들었다.

카카캉 풍덩.

그리고 이어지는 비음과 물소리.

사람들의 시선은 두 사내가 교차하는 지점에서 곧장 옆쪽에 있는 연못으로 이동했다.

"……!"

"……!"

그랬다.

장록번의 검이 그곳으로 날아간 것이다.

* * *

스스스슷.

얇은 장포로는 감당하지 못할 차가운 한기가 찾아든 늦가을 밤.

이 공자 장웅은 거처 앞마당에서 가만있지 못하고 서성였다.

지금쯤 여기로 나올 누군가를 기다리기 위해서였다.

안에서 맞이해도 될 텐데 이리 나와 있는 것은 그만큼 머릿속이 복잡했기 때문이다.

"왜 추운데 나와 계십니까?"

곧 외총관 장태윤이 고개를 숙이며 말했다.

그의 얼굴에는 그간의 죄스러움과 미안한 감정이 물씬 풍겨났다.

"아니네. 그냥 마음이 좀 그래서 말일세."

"제가 그때……."

"그 뜻이 아니니 염려 말게. 그보다 내가 알아보란 것은 알아보았는가?"

"예."

장태윤은 한 번 숨을 돌린 뒤 말했다.

"삼 장로가 말하기를 이 공자님이 발견되었던 곳에서 이 검이 발견했다고 합니다."

"검을 열어보았던가?"

"만지지 않고 있는 그대로 들고 왔다고 했습니다."

"검의 위치는?"

"한쪽 벽에 놓여 있었다고 했습니다."

"이 상태 그대로였다고? 거기다 벽에 놓여 있었고?"

"예, 분명 그리 말했습니다."

이 공자의 눈썹이 꿈틀댔다.

그 모습에 장태윤은 어리둥절한 모습을 띠었다.

"무슨 일이라도……."

"아니, 그만 가보게."

장웅은 그 말을 끝으로 방 안으로 들어갔다.

'확실히 이상해.'

의자에 앉은 장웅의 눈빛은 점차 가늘어졌다.

묵객이 이 청광검을 사용하지 않았다는 것을 의심하는 것은 아니다.

예컨대 누군가 이 검을 들고 싸우려 하다 피가 묻을 수 있을 것이다.

장웅이 고민하는 문제는 정작 다른 곳에 있었다.

바로 검이 꽂혀 있는 검집.

이 부분이었다.

'묵객은 이 검이 내 것인지 아닌지 모르는 상황이었다. 그런데 상대를 죽인 후 검을 검집에 넣는다? 굳이 그럴 필요가 있었을까?'

장웅은 이해가 가질 않았다.

과한 친절이다. 휘둘러서 상대를 죽이고 난 다음 검을 검집에 넣어두다니.

그러고도 모자라 벽에 친절히 세워두기까지 하다니.

'의문은 또 있어.'

당시 문밖에서는 급박한 상황을 알아차릴 만큼 큰 소동이 있었다.

문 앞을 삽시간에 정리한 '누군가'는 장웅을 감시하는 사내를 문도 열지 않고 일검에 죽였다.

그리고 이어진 정적.

처음에는 대수롭지 않게 여겼지만 지금 생각해 보니 이상했다.

한참이나 가만있던 후에야 묵객이 들어오지 않았는가.

"아냐, 묵객이 아니라면 그 대단한 기관진식을 누가 뚫었겠는가!"

이 공자는 고개를 세차게 저었다. 하지만 그의 생각과는 달리 의문이 꼬리에 꼬리를 물자 강한 의심이 생겨나기 시작했다.

"만약 묵객이 날 구한 게 아니라면……."

그는 고개를 천천히 들었다. 그의 눈빛은 더욱 확신에 가깝게 변해 있었다.

"대체 누가 날 구해준 거지?"

* * *

"다, 다시 하겠습니다."

얼굴이 벌게진 장록번은 송방을 향해 말했다.

어찌나 당황했는지 말까지 더듬었다.

그사이 광휘는 묵객을 향해 포권 자세를 취했다.

"도움이 많이 되었소."

그 행동을 본 묵객의 입가엔 어색한 미소가 걸렸다.

광휘의 행동이 두 가지 느낌으로 다가온 것이다.

자신은 오 초 만에 적을 상대했다. 한데, 그는 단 일 초에 승부를 결정지었다.

이십 초에 쓰러뜨리라는 자신의 말을 정면으로 어긴 것이다.

그런데 생각해 보면 자신의 말을 따르기도 했다.

그는 장록번을 상대로 기습적인 승부를 걸었다.

상대의 검을 자루에 집어넣고는 재빠른 속도로 잡아당겨 버렸다.

물론 말이 쉽지 누구나 할 수 있는 것은 아니다.

꺾인 자루에 상대의 검이 깊게 들어가면 팔목이 베일 수 있다.

또한, 너무 적게 들어가면 낚아채는 힘이 약해진다.

적당한 간격에 강한 힘.

그리고 순간적인 반응 속도가 정확하게 맞아떨어져야 하는 것이다.

'거참.'

묵객은 머리를 긁적였다.

정말 도움을 받은 것인지.

자신과 다르다는 것을 보여주려 했던 건지.

알 수 없는 이 미묘한 느낌을 어찌 받아들여야 할지 난감해했다.

"정말 실수였습니다. 첫 수에 자루로 검을 낚아채는 사술(邪術)이 날아올 거라곤 누구도 예상 못 했을 겁니다. 한 번 더 기회를 주십쇼. 다시 하겠습니다."

한편 장록번은 계속 이 대결이 제대로 된 것이 아니라고 주장하고 있었다.

그로선 너무 억울했다.

상대가 저런 행동을 하리라고는 전혀 예상하지 못했던 것이다.

"정말입니다. 생각해 보십쇼. 저런 식으로 검을 낚아채는 방법이 무슨 검술이란 말입니까. 저잣거리에서도 저런 식의 검술은 쓰질 않습니다."

"……."

장록번은 연거푸 억울함을 토해냈지만 송방은 침묵한 채 어떠한 대답도 하지 않았다.

장련도 침묵하고 있었고 이숙공 역시 그랬다.

"소녀가 한 가지 물어도 되나요?"

다들 당황하고 있을 때쯤 장련은 송방을 향해 말을 건넸다.

"무사끼리 싸우다 검을 놓쳤어요. 송 국주께선 그 싸움을 누가 이긴 싸움이라 보시나요?"

"흠……."

송방은 신음을 내뱉었다.

그는 꽤 풀기 어려운 문제라는 듯 이마에 고뇌하는 듯 수심이 가득해 보였다.

하나, 길지는 않았다.

"패배를 받아들이겠소."

"송 국주!"

멀리서 장록번이 그를 불렀다.

그러자 송방이 그에게 시선을 돌리며 말했다.

"물론 무인들이 보기엔 장 호위의 말이 틀린 말이 아니오. 고작 검을 놓쳤다고 하여 패배했다는 것은 말이 되질 않소."

그 말에 장록번의 표정이 잠시 밝아졌다.

"하지만……."

송방은 장련에게 고개를 돌리며 말했다.

"상인들이 봤다면 진 싸움이라 말했을 것이오. 무인이 칼을 놓치면 그것은 곧 한쪽이 완벽히 불리해지는 것을 의미하니까. 어찌 되었든 내가 말하고 싶은 것은……."

"……."

"난 무인이 아닌 상인이란 사실이오."

"국주님……."

장록번의 표정이 삽시간에 굳어졌다.

반면 장련의 얼굴에 화색이 돌았다.

다시 한번 싸우자는 얘기가 나오면 어쩌나 하는 생각을 하고 있었는데 의외로 송방이 인정을 한 것이다.

송방은 고개를 돌려 장련을 보며 말했다.

"오늘부로 구룡표국은 장씨세가와 뜻을 같이하기로 하겠소."

"국주님……."

"내 솔직히 말씀드리겠소. 금원보를 받지 않는다 했을 때 조금 마음에 걸린 게 있었소. 나약한 소저도 검을 꺼내는데 이익만 따라가려 하는 모습을 보였으니 말이오. 그런 상황에 이렇게까지 믿음을 주시니 이젠 더는 안 되겠소. 늦었지만 나 자신에게 부끄럽지 않으려 하오."

"아닙니다. 송 국주께서 신경을 써주신 거지요. 정말 감사합니다."

"그렇게 생각해 주신다면야 나야 좋소. 그런데……."

송방은 아직 뜰 안에 우두커니 서 있는 자를 가리키며 말했다.

"대체 저자는 누구요?"

"이번에 새로 뽑은……."

장련은 웃으며 당차게 말했다.

"장씨세가 호위무사입니다."

*　　　*　　　*

바닥에 깔린 붉은빛 융단.

좌우 벽에 진열된 최상급 자기.

천장에 음각된 웅대한 용.

실로 평범하지 않는 이곳이 바로 석가장주 집무실이었다.

스윽스윽.

석가장주 석대헌이 책상에 앉아 무언가를 작성하고 있었다. 온종일 이곳을 벗어나지 않고 그는 이 일에만 몰두했다.

이미 그의 오른쪽에는 검토를 마친 서류들이 수북이 쌓여 있었다.

"석원(石原)입니다."

"석감운(石甘雲)입니다."

석대헌이 방금 작성을 끝낸 서류를 집어 들 때였다.

방문으로 노쇠한 목소리가 들려왔다.

그는 서류를 다시 내려놓고는 의자에 등을 기대며 입을 열었다.

"들어오시오."

잠시 뒤 두 명의 노인과 두 명의 사내가 모습을 드러냈다.

"날도 어두워지는 시각에 대장로와 감운 장로께서 웬일이시오?"

석대헌이 밝은 얼굴로 말을 걸었다. 하지만 장로들의 표정은 밝지 못했다.

척 보기에도 불만이 어린 표정들이었다.

"드릴 말씀이 있어서 왔습니다."

그들 중 대장로 석원이 먼저 운을 뗐다.

"말씀해 보시오."

"이번 계획을 주도했던 혈패수사 노야방이 결국 일을 그르쳤다고 들었습니다. 그런 상황에 또다시 다른 자에게 실권을 넘겨준다는 얘기를 들었습니다. 하여 이리 찾아왔습니다."

석대헌이 말없이 그를 응시하자 석원은 재차 말을 이었다.

"소인도 알고 있습니다. 이번엔 외부에서 온 거물급 인사가 장씨세가의 일을 맡았다는 것을요. 하나, 석 장주. 정상적인 절차라면 외부 인사에게 일을 맡기시기 전에 저희와 대화를 나누는 것이 먼저 아닙니까? 그간 저희도 나름대로 준비한 것들이 있지 않겠습니까."

"……."

"저번에도 말씀드렸다시피 제 뒤에 있는 이분은 강소성(江蘇省)에서는 모르는 사람이 없는 관엽(關燁) 대협입니다. 현 중원을 대표하는 신진고수 중 하나로 거론되고 있으며 일대일로는 근 삼 년간 패배한 적이 없으신 분입니다."

석대헌의 시선이 뒤로 향했다.

그러자 탄탄한 체구의 중년인이 포권을 해왔다.

눈가에 서려 있는 기세와 등 뒤에 메고 있는 거대한 장도가 무시 못 할 기운을 뿜어내고 있었다.

"관엽이라 합니다."

머리를 반듯하게 묶은 그가 고개를 숙였다.

석대헌은 자리에 일어서며 포권을 했다.

"반갑소. 장주 석대헌이라 하오."

그들이 인사를 나눌 때쯤 장로 감운은 자신이 데려온 사내에 대해서도 말했다.

"제 뒤에 계신 분은 곽상(郭尙)이란 분으로 길림성(吉林省)에서 오신 분입니다. 각법에 관한 한 중원 어디에 내놓아도 적수가 없다고 합니다."

상체에 비해 하체가 길고 기품이 느껴지는 장년이었다.

"곽상이라고 합니다. 감운 장로의 부탁을 받고 석가장에 오게 되었습니다."

"잘 오셨소."

간단한 소개가 끝난 뒤 석대헌이 자리에 앉자 대장로가 입을 열었다.

"장주님, 이분들 말고도 장로들이 초빙한 고수들이 많이 있습니다. 다들 묵객이란 이름에도 두려워하지 않는 자들입니다. 그러니 이번에는 저희에게 한번 기회를 줘보시는 것도……."

"아직은 기다릴 때라 생각합니다."

두 장로의 표정이 일시에 구겨졌다.

어느 정도 납득시켰다 생각했는데 장주는 전혀 받아들이지 않고 있었다.

참다못한 석원이 언성을 높였다.

"장주님, 오늘 아침 장씨세가가 다시 한번 구룡표국과 접촉했다는 소식을 들으셨습니까? 한 번도 아닌 두 번 정도 표국을 들를 정도라면 상황이 어떻게 흘러가는지는 알 수 있는 것이 아니겠습니까?"

뒤이어 감운 장로가 말을 이었다.

"그렇습니다. 구룡표국은 중원에서도 손꼽히는 표국입니다. 그곳이 장씨세가를 밀어준다면 분명 일이 힘들어질 것입니다. 계속 이렇게 두 손을 놓고 그들을 믿다가 또다시 실패라도 하게 되면……."

"이번 일은!"

석대헌이 말을 자르며 목소리를 높이자 두 장로들이 멈칫했다.

"비 단주가 맡았습니다."

"큼큼."

"험험."

그의 말에 앞서 소개를 했던 두 사내가 헛기침을 했다.

불편한 심기를 우회적으로 나타내고 있는 것이다.
그것엔 자신들을 홀대하는 석대헌에 대한 불만도 섞여 있었다.
잠시 정적이 흘렀다.
그리고 그 정적은 두 장로의 외침으로 일시에 깨져 버렸다.
"정말 너무하십니다. 저희가 이리 말씀 드리는 의중을 모르시겠습니까?"
"솔직한 말로 혈패수사도 너무 믿으시다가 실패하지 않았습니까. 이번에도 일을 그르치지 말라는 법은 없지 않습니까."
석대헌은 잠시 침묵했다.
무슨 생각에 잠긴 듯 시선을 바닥에 내리깔고 있었다.
이내 그는 고개를 들고 두 장로를 번갈아 보며 입을 열었다.
"그럼 직접 한번 찾아가 보시겠습니까?"
"……."
"……."
"한번 찾아가 비 단주의 얘기를 들어보는 것이 좋을 것 같습니다. 어떤 계획을 세웠는지, 그리고 이번에는 정말로 믿고 맡길 만한지를 말입니다."
그 말에 장로들의 얼굴이 펴졌다.
석대헌이 드디어 가능성을 열어둔 것이다.
"들어보시고 정말로 두 분께서 마음에 들지 않았다면 제게 말씀해 주십시오. 그땐 이 문제에 관해 저는 다시 고민해 보겠습니다. 참고로 비 단주는 이 집무실 뒤쪽, 별채에 머물러 있습니다."

"물론이지요."
"지금 당장 가겠습니다."
그들은 기다렸다는 듯 곧장 말을 받고는 뒤를 돌아섰다.
그러던 그때 석대헌이 그들을 붙잡았다.
"아, 이건 알고 가셔야 할 것 같습니다."
그들이 다시 몸을 돌렸다.
가려는 중간에 왜 잡느냐는 그런 표정들이었다.
"소위건이란 했던가? 뭐, 그런 비슷한 이름을 들었습니다. 이번에 그녀가 초빙한 고수입니다."
"……!"
"……!"
"……!"
"……!"
장로와 사내들은 일시에 눈을 부릅떴다.
그중 감운 장로는 얼굴색까지 변해 있었다.
사파 절정고수.
혈혼삼인 중 한 명.
중원 사람이라면 결코 모를 리 없는 이름이었다.
"그분 외에도 두 분 더 있긴 한데… 직접 가보면 한눈에 알 수 있을 것입니다. 중원에서 이름을 좀 날렸다고 하더라고요."
그 말에 다들 침묵했다.
무슨 말을 해야 할지 선뜻 나서는 사람이 없었다.
그때 대장로가 관엽에게 넌지시 말을 걸었다.

"오늘 보는 것은 좀… 그렇겠지요?"

"아, 생각해 보니 그렇긴 합니다. 손님이 와계신 것 같으니까요."

그사이 감운 장로도 곽상에게 말을 걸고 있었다.

"곽 대협, 가만 생각해 보니 비 단주 역시 일이 많을 것 같습니다. 다음에 뵈려고 하는데 어찌 생각하십니까?"

"저 역시 그러는 게 좋을 것 같습니다. 꼭 오늘만 날인 것은 아니니까요."

장로들과 사내들은 서로 예의를 갖춘 뒤 그렇게 문밖을 나가버렸다.

석대헌은 그런 그들의 모습을 보고 피식 웃더니 다시금 서류를 바라보기 시작했다.

*　　*　　*

"애새끼들이 보이면 그냥 잡아 죽이면 되는 거지 무슨 전략씩이나 짠다는 거요?"

탁자 위에 엉덩이를 반쯤 걸친 한 사내가 고성을 질러댔다.

그의 얼굴은 끔찍한 흉터투성이였다.

특히 이마에서 입술까지 긴 검상 자국은 징그러울 정도였다.

구혈악인 엽살혼.

잔악한 사건이 발생할 때면 항상 그의 이름이 빠지는 적이 없었다.

무양후는 그에 비하면 양반이었다.

엽살혼은 사람을 죽이는 것을 취미 삼아 즐겼기 때문이다.

"딴 놈은 모르겠지만 계집애만은 내 거다. 허락 없이 건드리면 내가 미치는 꼴을 보게 될 거야."

음양우사 적우자.

잔혹한 것이 엽살혼이라면 더러운 짓은 그의 차지였다.

어릴 때부터 아녀자를 겁탈하는 짓뿐만 아니라 간살, 인신매매 등 추악한 짓은 다 하고 다녔던 자였다.

"비 단주도 외로우면 말하쇼. 내 당장 극락을 보게 해줄 테니까. 아, 그러고 보니 비 단주의 호위무사도 여인이라 했지?"

적우자는 비연과 그녀의 호위무사를 보며 노골적으로 음흉한 눈빛을 보냈다.

그 순간 호위무사, 흑선의 시선이 비연 쪽으로 향했다.

그의 시선에 비연은 고개를 저었다.

통제가 힘들다는 걸 알고 부른 만큼 괜히 그들을 자극할 필요 없었다.

"그런데 우자야, 난 정말 한번 싸워보고 싶었어. 칠객 끄트머리에 껴서 내가 칠객입네 하며 돌아다니는 묵객이란 놈 말이야. 내가 그런 녀석들을 정말 싫어하잖아."

"알지. 배때기에 칼침 좀 들어가야 정신 차리는 인간들. 그동안 명성 있는 놈 치고 이제껏 변변한 놈들이 있었나? 켈켈켈."

엽살혼과 적우자는 신이 난 듯 말을 주고받았다.

그러던 그때였다.

"함부로 주둥이 놀리지 마라. 묵객은 네놈들 따위가 입에 담을 정도로 나약한 사내가 아니다."

뒷벽에 붙어 앉아 침묵을 지키던 사내가 입을 열었다.

"뭐?"

"이런 씨……."

그들은 매섭게 변한 눈으로 그를 노려보았다.

그러다 갑자기 엽살혼이 배시시 웃어댔다.

"어이구, 천하의 소위건 님이 겁을 먹으신 건가? 내 귀가 멀쩡한 것 맞지?"

"요즘 활동이 뜸하시지 않나. 그러니 부쩍 자신감이 없어진 걸 수도 있지 않은가."

"하긴 말이야. 나도 요즘 잠잠하시다는 얘길 듣긴 했지. 껄껄껄."

둘은 재미있다는 듯 서로 마주 보며 깔깔댔다.

그러던 그때 소위건이 나직한 어조로 다시 입을 열었다.

"지금부터 내 말에 대꾸 한 번만 더 해. 다리를 잘라 불에 태워 죽여 버릴 테니까."

"……!"

"……!"

사내들의 부릅뜬 시선이 소위건으로 향했다.

하나, 둘 중 누구도 먼저 말을 꺼내지 못했다.

생각이 난 것이다.

이제껏 그는 자신의 내뱉은 말을 결코 어긴 적이 없다는 것이.

"그럼 이제 집중 좀 해주시겠어요?"

비연은 그제야 입을 열었다.

그들의 시선들이 한곳으로 모이자 그녀는 입을 열었다.

"세 분이 할 일은 심주현의 차우객잔(遮雨客棧)으로 가 사람들을 죽이는 일입니다."

"……."

"단, 모조리 죽이면 안 됩니다. 시간을 정해 한 명 한 명씩, 죽이는 것이지요. 장씨세가가 대객잔을 지킬 힘이 없다는 것을 보여주기 위함입니다."

비연의 눈매가 가늘어졌다.

"우선 엽 대인만 움직일 겁니다. 그리고 정해진 시간에 남은 두 분이 합류할 겁니다."

"뭐야? 나는 남은 반찬만 처리하라는 거야?"

적우자의 반문에 비연은 신경 쓰지 않고 엽살혼을 보며 말을 이어갔다.

"엽 대인께서는 불필요한 살생은 줄이십시오. 너무 많은 사람들이 죽게 되면 인질의 효력이 없어지니까요. 시간을 끌다보면 묵객이 곧 나타날 겁니다."

"이년이. 내 말을 무시해? 나보고 남이 먹다 남은 것만 처리하라는 거야 뭐야?"

"그 더러운 주둥이, 지금 찢어줄까?"

소위건이 목소리를 높이자 적우자가 움찔댔다.

볼을 씰룩댈 만큼 불만이 많아 보였지만 그는 또다시 입을 떼지 않았다.

'그를 데려오길 잘했군.'

비연은 소위건을 보며 생각했다.

엽살혼과 적우산만 데려왔다면 분명 문제가 생길 터였다.

하지만 소위건이 같이 일을 함으로써 그들을 통제하는 것이 가능했다.

일을 그르치게 되면 화살이 그들에게 쏠릴 것이니까.

어차피 생존을 가장 중요하시는 것이 사파 아닌가.

"액수를 보고 판단하지."

적우자는 말을 돌렸다.

비연 단주가 고개를 끄덕였다.

그러고는 한쪽의 서랍을 뒤지며 탁자 위에 올려놓았다.

"선금 금 오십 냥입니다. 일이 성공하게 되면 두 배로 쳐드리지요."

순간 엽살혼과 적우자의 표정에 평온함이 깃들었다.

"몇 번은 참을 수 있겠군."

"적당히 죽일 수 있도록 노력해 보지."

저벅저벅.

엽살혼과 적우자가 만족감을 표하는 사이 소위건이 자리에서 일어섰다.

그는 비연 앞으로 다가와 돈을 낚아챈 뒤 그대로 방문을 나가 버렸다.

"저 좆만 한 새끼……."

"조용히 해. 그러다가 정말 뒈질 수도 있다."

"해보라지. 그동안 자기만 칼질한 줄 알아?"

"사파 사화련(邪火聯) 일급고수 삼십 명이 객잔에서 떠들었다는 이유로 모두 도륙한 놈이야. 넌 할 수 있어?"

"…좀 어렵겠군."

사화련은 흑도 중소문파 뒤를 봐주는 짐승들.

사파 내에서도 이름을 떨칠 정도로 꽤 유명 인사였다.

"에잇. 저놈이 오는 줄 알면 안 왔을 텐데……."

"더러워서 피하는 거라 생각해."

그들은 그렇게 투덜거리더니 획 하고 밖으로 나갔다.

비연은 그런 그들을 말없이 바라보다 한마디 내뱉었다.

"미친놈들……."

* * *

늦은 저녁, 장련이 탄 마차가 장씨세가에 도착했다.

그와 맞춰 구룡표국에서 보낸 병력 일부분도 함께 왔다.

무려 스무 명의 보표와 표사들 즉, 최정예 고수가 즉시 파견된 것이다.

입구에 나와 있는 장로들과 당주, 원로들의 얼굴에는 밝은 기색이 가득했다.

가주의 말만 들었을 때는 설마했었지만 이렇게 눈으로 직접 보니 감격이 벅차오른 것이다.

장원태는 애써 담담한 표정을 지었지만 마음속에는 딸을 향한 대견함이 가득했다.

"송 국주가 일체의 병력을 지원해 주겠다는 약조를 해주었습니다."

장련은 즉시 대전으로 이동해 구룡표국에서 있었던 일을 설명했다.

첫 표국주의 반응.

자신이 준비해 간 예물을 차례로 말하자 긴장 어린 시선으로 보고 있던 사람들은 곧 감탄했다.

"묵객께서 먼저 나섰습니다."

뒤이어 장련은 역제시를 통한 표국주의 요구에 묵객이 활약한 얘기를 했다.

그 말을 듣던 장로들은 흥분된 표정을 감추지 않았다.

단 오 초 만에 그 유명한 중원 삼절이란 사내를 꺾었다는 얘기에 짜릿함을 느낀 것이다.

"그리고 광 호위가 우릴 구해냈습니다."

이어진 광휘의 얘기 때는 장로들은 놀라움을 감추지 못했다.

특히나 황 노인은 그 얘기를 듣고는 눈물까지 보였다.

물론 고개를 숙여 누구도 알아채지 못했지만.

그때 한쪽에서 이 공자만이 별다른 감정을 내비치지 않았다.

이 장로와 삼 장로도 어색한 표정으로 기쁨을 표하는 와중에도 오직 그만은 담담해 보였다.

그렇게 시간이 조금 흐르고 대전 밖을 모두 빠져나간 뒤.

장웅은 기다렸다는 듯 어디론가 빠르게 걸어갔다.

*　　*　　*

"장웅입니다. 들어가도 되겠습니까?"

"들어오시지요."

장웅은 조심히 문을 열고 들어갔다.

방 안에 있던 묵객이 그를 친절히 맞이했다.

묵객은 더 이상 장씨세가의 외원 밖으로 나가지 않았다.

장로들의 부탁과 가주의 간청 때문에 결국 내원 안으로 들어온 것이다.

내원 입구 가까운 곳에 배정되었고 그는 별다른 불평 없이 받아들었다.

"이 시각에 여기까지 웬일이십니까?"

장웅이 자리에 앉자 묵객이 말했다.

"그간 인사 한번 제대로 드리지 못했습니다. 적당한 기회도 찾지 못해 염치 불고하고 이런 늦은 시각에 찾아뵌 것입니다."

"굳이 이렇게 하지 않아도 됩니다."

"어찌 그렇습니까. 본가를 위해 해주신 것이 얼마나 많습니까."

묵객은 약간 미간을 찌푸렸다.

잠시 뭔가를 생각하는 듯 침묵하던 그는 이내 고개를 끄덕였다.

"그렇다면 다행이군요. 그리고 마침 잘 오셨습니다. 저 역시 이 공자께 드릴 말씀이 있었습니다."

"예?"

자신을 기다렸다고 말하는 묵객의 말에 장웅이 눈을 껌벅였다.

묵객은 그런 장웅과 시선을 맞췄다.

"지금부터 제 말을 잘 들으셔야 할 겁니다. 지금부터 할 얘기는 전부 사실이니까요."

"……."

진지한 표정으로 바라보는 묵객을 보며 장웅은 알 수 없는 뭔가 야릇한 기분을 느꼈다.

"일전에 낙선산에서 제가 이 공자를 구했던 사건 기억하시지요?"

"예, 기억합니다."

묘한 기분이 예리하게 살아나 온몸으로 퍼져 나갔다.

그리고 묵객의 마지막 말에 몸에 경련이 일 듯 짜릿하게 변했다.

"그건 제가 한 일이 아니었습니다."

"……."

"제가, 이 묵객이 이 공자를 구한 게 아니라는 말입니다."

第七章
서서히 밝혀지는 광휘의 정체

"부끄러운 일입니다. 당시에 적극적으로 해명을 했어야 했는데 그러질 못했습니다."

말과는 달리 묵객의 표정은 밝아 보였다.

마치 큰 짐을 내려놓은 것처럼.

"사실 이리 말하니 후련함이 더 큽니다. 정도의 길을 걷는 자가 남의 공을 가로채는 일이라니. 절대로 있을 수 없지요."

"그럼 누가 저를 구한 겁니까?"

"그건 저도 모릅니다. 밑에 두고 있는 사람 하나가 조사를 한다고는 했지만 아직까지 듣지 못했습니다."

"……."

"그보다 우선 잘못된 것을 바로잡아야 할 것 같습니다. 제가 오늘 결심을 굳혔으니 내일 아침에라도 대전을 들러 모두가 보는 앞에서 이 사실을 밝히겠습니다."

"그러지 마십시오."

"예?"

묵객이 눈을 동그랗게 뜨며 장웅을 바라보았다.

장웅은 진지한 표정과 목소리로 말을 이었다.

"당분간 묵객께서 하신 걸로 하면 안 되겠습니까?"

"이 공자."

"부탁드립니다."

장웅은 고개를 숙였다.

그러자 묵객이 난처해했다.

그럴 이유가 없었기 때문이다.

"드러내고 싶어 하지 않는 자일 겁니다. 묵객께서도 분명 조금은 그 점을 염려하셨을 겁니다. 그런 상황에 굳이 그 사실을 들추어낸다면 존재를 숨기고 싶어 하는 그가 정녕 기뻐하겠습니까?"

"하나 이 공자……."

"또한, 그렇게 조사를 해서 그의 존재가 밝혀진다고 생각해 보십시오. 석가장은 또 그에 맞는 대비를 할 것입니다. 그리되면 우리가 취할 수 있는 선택이 하나 줄어들게 됩니다. 무엇보다 소인이 생각하기에 지금은 그를 드러내지 않을 시기라 생각합니다."

"하지만 이 공자를 구한 건 제가 하지 않았던 일입니다. 제가 하지 않은 일을 했다고 할 수는 없습니다."

"하지 않은 일을 했다고 언제 제게 그러셨습니까?"

"예?"

"방금 묵객께서 제게는 하지 않았다고 다 털어놓지 않으셨습니까. 하니, 그걸로 된 것이 아닙니까?"

"이 공자……."

묵객은 말을 흘리다 잠시 침묵했다.

장웅의 확고한 눈빛에 어떤 얘기를 해야 할지 망설이고 있는 것이다.

"하아."

묵객은 큰 한숨을 내쉬었다.

마차에 오면서 더는 미룰 수 없다고 결심을 했었다.

그런데 일이 다시 이런 식으로 흐르니 그는 못내 상황이 답답했다.

"그리고 한 말씀 더 드리겠습니다."

그 순간 장웅이 입을 열었다.

"묵객께서 당시 저를 구하러 오신 것은 엄연한 사실입니다. 그가 먼저 손을 써서 오히려 난처한 상황에 빠진 것이지요. 묵객께서 숨기려고 한 사실이 없다는 겁니다."

"……."

"그리고 설령 그것이 아니라고 하더라도 묵객께선 본 가를 여러모로 돕고 계십니다. 그런 상황에 감히 누가 뭐라고 말을 하겠습니까."

"……."

"마지막으로 이건 제가 부탁을 드리는 것입니다. 묵객께서 사실을 알리려고 하는 것을 이렇게 협박해 가며 말이지요."

장웅의 목소리가 굵어지자 묵객은 한곳에 제대로 시선을 두지 못했다.

여러 가지 생각이 들었다.

자신이 한 일이 아닌 것을 드러내지 못하는 상황.

이 공자의 부탁.

자신의 존재를 숨기고 싶어 하는 자.

묵객은 어떻게 하는 것이 옳은지 쉽게 판단하기가 어려웠다.

한동안 침묵하던 묵객이 말을 꺼냈다.

"알겠습니다. 지금은 참겠습니다. 하나, 계속 숨길 수만은 없는 법입니다. 제 스스로 때가 되었다고 판단하면 그땐 모두에게 밝힐 것입니다."

"고맙습니다. 정말 고맙습니다."

장웅이 고개를 다시 숙여오자 묵객도 고개를 숙였다.

그렇게 장웅이 자리에서 일어날 때쯤 묵객이 고개를 들며 말했다.

"그런데 저를 찾아오신 것이 단순히 안부 인사만 여쭙고자 함이었습니까? 제게 궁금한 것이라도 있으신 것은……."

"사실 있었습니다. 그런데 방금 해결되었습니다."

"예?"

"방금 묵객께서 말씀을 해주셨거든요."

묵객이 이해를 하지 못하는 눈빛을 보였다.

장웅은 그런 그를 보며 재차 말을 이었다.

“그리고 이번 일로 확실히 알게 되었습니다. 묵객에 대한 세간의 평가가 전부 사실이라는 것을요.”

보통은 없던 공도 드러내며 흠을 감추려는 것이 사람의 본성이다.

그런데 장웅의 눈엔 비친 묵객은 확실히 달랐다.

오히려 자신이 한 적이 없는 공은 스스로 부끄러워했다.

“정말 본 가를 도우러 와주셔서 감사합니다. 그럼… 편히 쉬십시오.”

* * *

휘이이잉.

장웅은 거처로 돌아오다 발길을 멈췄다.

그러고는 담장 아래에 등을 기대며 잠시 고민에 빠졌다.

대체 그는 누구일까?

누가 장씨세가를 위해 도와주고 있는 것일까?

이렇게 위험한 일을 하고도 왜 자신을 드러내지 않는 것일까.

사실 장웅은 묵객의 방을 나올 때까지 아무것도 모르는 사람처럼 행동하려고 했다.

그게 그가 원하는 것이니 그렇게 해주는 것이 맞다고 생각했다.

하지만 조금 걷다 보니 생각이 바뀌었다.

정녕 모른 체하는 것이 그를 돕는 것일까에 대한 의문이었다.

‘그를 도와줘야 해.’

물론 모두가 알 필요는 없었다.

그건 그에게 정말 피해가 가는 걸 테니까.

하나, 누군가는 그의 존재를 알아야 했다.

그리해야 그가 드러나지 않게 손을 쓰면서도 도움을 줄 수 있다.

그것이 그가 원하는 것일 테니 말이다.

'분명 본가에 머무는 사람일 텐데…….'

본가로 왔을 때 외원의 사람들은 자신이 납치되었다는 사실만 알 뿐 어디에 잡혀 있었는지 모르는 눈치였다.

그러니 낙선산이란 위치를 알 정도라면 내원의 사람일 가능성이 높았다.

장웅은 머릿속에 최근에 영입한 고수들이 떠올렸지만 곧 기억에서 지워 버렸다.

지금은 모든 가능성을 열어두고 조사하는 것이 우선이었다.

*　　*　　*

"외총관 장태윤을 불러오게."

장웅은 장태윤에게 자신이 납치되어 장씨세가로 돌아오기 전날, 장씨세가 내원 밖을 나간 사람을 모두 조사하라 시켰다.

또한, 그것과 별개로 장로들이 데려온 호위무사 세 명에 대해 자세히 조사하라 일렀다.

"그제 내원을 나간 사람들을 말씀드리겠습니다."

반 시진 뒤 장윤이 이 공자의 처소를 찾았다.

그는 시녀 몇 명과 하인 몇 명, 그리고 장로의 아들이나 당주급 처자 등 익숙한 이름들을 나열했다.

물론 뒤늦게 나간 방각 대사와 장로들은 제외하라고 장웅이 미리 말했기에 그는 언급하지 않았다.

'이들은 아냐.'

장웅은 외총관이 조사한 내용을 듣고 생각했다.

대부분 알고 있는 친가나 외가 식구, 하인들이었다. 그들은 가능성이 없다고 본 것이다.

'가만, 그는 자신을 드러내는 것을 좋아하지 않잖아? 그런데 왜 난 다른 사람들 눈에 띄었을 거라고 생각한 거지?'

생각해 보니 그랬다.

만약 그가 내원을 나갔다고 해도 다른 사람들 눈에 띄지 않게 행동했을 가능성이 높았다.

"한 달 전부터 내가 본가로 오기까지 본가로 온 무사들이 모두 몇 명이지?"

장웅의 관심은 이번에 들어온 호위무사에게 자연스럽게 쏠렸다.

세가에 신비의 고수가 존재한다면 아마도 그쪽이 더 확률이 높다고 짐작한 것이다.

"장로들이 모시고 온 호위무사 세 명과 황 노인이 데리고 온 호위무사, 그리고 최근 가주께서 모셔 온 방각 대사와 더불어 삼룡표국에서 온 스무 명의 무사들, 이름 모를 표사 다섯과, 보표 여섯 명이었습니다."
"많군."
장웅의 표정은 굳어졌다.
두세 명이라면 모를까 모두 조사하기에는 힘든 인원이었다.
"이번에 장로들이 데려왔던 세 명의 호위무사들은 그날 뭐 하고 있었다더냐?"
장웅은 조사할 사람이 많아지자 가장 심증이 가는 쪽을 거론했다.
방각 대사와 함께 온 자들이나 그 전에 온 자들도 상황을 미루어보건대 자신을 구할 명분이 없었다.
그러니 무게추는 당연히 그곳으로 쏠릴 수밖에 없었다.
"내원에 머물러 있었다고 했습니다."
"아침까지?"
"예, 그들을 본 자가 있습니다."
"으음."
이 공자는 눈썹을 찡그렸다.
예상한 것과 다른 대답에 장웅은 머리가 어지러워지는 기분을 느꼈다.
'본가에 있는 자가 아닌 건가? 그럼 어디에 있는 건가?'
장웅은 생각을 정리하듯 혼잣말로 읊조렸다.
"다들 거처에서 쉬고 있었겠군."
"그건 아닙니다."
"응?"

장윤의 말에 이 공자의 고개를 들었다.
"능자진이란 자는 그날 밤 장련 아가씨 처소에 있었습니다."
"련이의 처소? 그가 왜?"
"광 호위란 자가 잠시 자리를 비웠습니다. 그래서 그가 호위를 섰다고 합니다."
장웅의 눈이 커졌다.
뭔가 이상한 느낌을 받은 것이다.
동시에 자신이 뭔가 한 가지를 놓쳤다는 사실도 깨달았다.
"그럼 광 호위란 자는 어디에 있었는가?"
"장서고에 있었답니다."
"장서고엔 왜?"
"몸이 아팠답니다. 아침까지 누워 있던 그를 능 호위가 발견했습니다."
그 순간 이 공자의 눈에 이채가 어렸다.
"왜 그러십니까?"
"아니다."
이 공자는 급히 자리에서 일어섰다.
그리고는 곧장 문밖으로 나서려다 멈칫했다.
"그 능자진이란 호위무사, 거처가 어디에 있다고 했지?"

*　　*　　*

짤그락.

곡전풍이 은 열 냥이 든 전낭을 기분 좋게 흔들어댔다. 한동안 돈 걱정 없이 살 생각을 하니 석가장에 대한 두려움도 사라지는 기분이었다.

탕.

그때 황진수가 문을 활짝 열고 들어왔다.

"돈 받고 오시는 길이오?"

"물론이오. 말만 하면 선금으로도 준다는데 미룰 수야 없지 않겠소. 돈 많은 집안이라 뭔가 달라도 다르구려."

그는 만족스러운 얼굴로 다가오더니 한쪽 의자에 앉으며 말했다.

"거 말씀하시는 걸 보니 영락없는 저잣거리의 파락호 같소."

"그래 보였소?"

황진수는 피식 웃으며 말을 이었다.

"형장도 알겠지만 돈도 매우 중요하오. 정의란 것도 내 마음에 여유가 없으면 지키지 못하는 것이지 않소. 당장 먹을 돈이 없는데 어찌 협을 위해 나설 수 있겠소?"

"하긴 그렇소. 일단 내가 살아야 남을 돕는 거니. 거 말하는 걸 들어보니 인생의 깊이가 느껴지는구려."

"말도 마시오. 내 인생 얘기 하면 날 새울 거요."

"허허허."

그들은 그렇게 서로를 보며 웃어댔다.

잠시 뒤 황진수가 전낭을 허리춤에 넣으며 말했다.

"그런데 능 형은 어디 갔소? 오늘도 하루 종일 보이질 않더만."

"지금 연무장에서 계실 게요."

"또 그렇소? 완전 열심이구려."

"그럴 수밖에 없을 거요. 저번 대련 때 패했던 충격이 워낙 크지 않았겠소."

"이럴 때는 화산파 출신이라는 자긍심이 오히려 방해가 되는구려."

"전화위복이 될 수도 있지 않겠소. 모르는 일이지요. 벌써 깨달음을 얻어 맹에서 온 무사와 대련을 하고 있을지."

"검술이란 게 어디 하루아침에 되는 거요? 그리고 그 맹에서 온 무사분의 실력이 어마어마하지 않았소?"

"하긴. 대단하긴 대단했소. 거의 눈 깜짝할 사이에 우리 세 명을 쓰러뜨렸지. 모르긴 몰라도 이번에 장씨세가에 온 묵객이나 방각 대사와 싸운다고 해도 그리 쉽게 밀리지 않을 거요. 응? 누구요?"

곡전풍은 갑자기 느껴지는 인기척에 고개를 돌렸다.

반쯤 열린 문 앞에는 그들도 익숙히 보아온 한 청년이 서 있었다.

"아? 이 공자 아니십니까?"

황진수가 급히 자리에서 일어섰다.

"오랜만입니다."

"아, 그렇군요. 한데 무슨 일로 오셨습니까?"

"능 호위에게 볼일이 있어 왔습니다."

이어 곡전풍이 말을 받았다.

"능 호위는 지금 연무장에 있습니다."

"아, 그렇습니까. 말씀 감사합니다."

장웅이 그들을 향해 포권을 했다. 그 모습에 곡전풍과 능자진을 서로 마주 보며 어색한 표정을 지었다.

"혹시 말입니다."

장웅이 뒤돌아 나가려던 찰나 걸음을 멈추며 입을 열었다.

"맹에서 온 무사라는 건… 혹시 광 호위를 말씀하시는 겁니까?"

둘은 눈을 껌뻑였다.

그러다 이내 곡전풍이 고개를 끄덕였다.

"하하하. 그렇습니다."

"아, 감사합니다."

이 공자 그들에게 웃음을 보이며 이내 사라졌다.

잠시 뒤, 곡전풍이 황진수를 향해 가늘게 눈을 뜨며 말했다.

"이 공자께서 소문내시지는 않겠소?"

"설마요. 배우신 분이시잖소."

"그래도 모르는 일이오. 혹여나 소문내서 월급이 더 낮아지기라도 하면……."

황진수가 고개를 저었다.

"어헛, 그건 안 되지요. 나중에 직접 뵙고 말씀드려야겠소."

"나도… 나도 같이 가겠소."

연무장을 걸어가던 장웅은 한 사내의 이름을 읊조렸다.

"광 호위라……."

*　　　*　　　*

능자진은 연무장 중앙에 앉아 있었다.
그는 두 시진 동안 검법 수련을 한 후 이렇게 바닥에 앉아 수련한 것들을 떠올리고 있었다.
초식.
기본적으로 하나의 의미가 담긴 동작을 말한다.
때론 여러 가지 작은 동작을 모은 큰 동작일 때도 있다.
매화검법.
화려함으로 무장된 초식이다.
이 초식을 사용하면 동작과 움직임이 커질 수밖에 없다.

"한 호흡 안에 다섯 개의 그림을 그릴 수 없다면 세 걸음 안에 두 초식을 연계하지 않는 게 좋소."

어렵게 들렸던 말이다.
하지만 최근 능자진은 그 말이 어렵기만 한 얘기가 아니란 것을 깨달았다.
베기와 찌르기.
검을 쓸 때 가장 우선시되어야 하는 것이다.
화려함 검술을 구사하는 것도 기준이 되는 것, 즉, 기본이 바탕이 되어야 했다.

"흠."

문 쪽에서 인기척이 들릴 때였다.

능자진은 느릿하게 눈을 뜨며 고개를 돌렸다.

그곳엔 익숙한 얼굴의 청년이 서 있었다.

"죄송합니다. 수련 중이셨군요. 나중에 다시 오겠습니다."

"아닙니다."

능자진이 자리에서 일어섰다.

그러고는 장웅이 포권을 거둘 때쯤 연무장 위에서 내려와 말했다.

"무슨 일로 여기까지 발걸음을 하셨습니까?"

"궁금한 것이 있어섭니다."

"예, 말씀해 보십시오."

호의적인 능자진의 말에 장웅의 눈빛이 또렷해졌다.

"며칠 전… 우리 련이의 호위를 하셨다고 들었습니다."

순간 밝았던 능자진의 눈매가 가늘어졌다.

장웅은 급히 손을 내저었다.

"아, 아닙니다. 그때의 책임을 물으려는 것이 아니니 오해 마십시오. 단지 그에 관해 궁금한 것이 있어 이리 온 것입니다."

"이 공자께서 궁금한 것과 제가 장련 소저의 호위를 선 것과 무슨 관계가 있습니까?"

"상황에 따라서 같을 수도 있습니다."

"왜 그런 거지요?"

능자진이 더욱 날카롭게 물어오자 장웅은 잠시 뜸을 들였다.
이내 결심을 했는지 그는 능자진을 응시하며 말을 이었다.
"제가 찾고자 하는 그분이 능 대협이 잘 아는 그분과 일치할 수 있기 때문이지요."
"……!"
능자진의 눈썹이 꿈틀댔다.
그가 뭔가를 알고 왔다는 생각이 든 것이다.
그 순간 장웅의 눈도 빛났다.
능자진의 반응에서 서로의 생각이 일치했음을 느낀 것이다.

"며칠 전 좋은 말(馬)을 선물 받았던 적이 있었습니다. 목적지에 약속된 시간에 맞춰 가야 할, 시간이 매우 촉박했던 순간이었는데 때마침 누군가 그 말을 제게 선물로 주었습니다. 다행히 전 약속 시간에 맞춰 그곳에 도착할 수 있었지요."
"……?"
"그런데 말에 내린 후 놀라운 사실을 하나 발견했습니다. 제가 타고 온 말이 그 당시 선물을 받았던 그 말이 아니었기 때문입니다."
"……!"
"해서 저는 그 말의 주인을 찾기로 결심했습니다. 그러다 보니 여기까지 오게 되었습니다. 혹시 그 말에 대해서 아시는 것이 있습니까?"
능자진은 텅 빈 연무장 위를 보고 있었다.

그의 말이 끝나고도 아무런 대답도 하지 않았다.

잠시 정적이 일고 장웅의 시선도 바닥에 내려갈 때였다.

"잘못 찾아오신 것 같습니다. 아무리 생각해도 저는 그 말에 대해서 아는 게 없습니다."

"능 대협……."

이 공자는 간절한 시선으로 바라봤지만 능자진은 이미 다른 곳에 시선을 두고 있었다.

한동안 침묵이 흘렀음에도 그는 굳게 다문 입을 끝내 열지 않았다.

"하아, 알겠습니다. 혹여 마음이 바뀌시게 되면 언제든 말씀 주십시오."

장웅은 땅이 꺼질 듯 한숨을 내쉬며 뒤돌아섰다.

아쉬움이 가득했지만 그는 더는 입을 열지 않았다.

그렇게 장웅이 몇 걸음 걸었을 때였다.

"조금, 이해가 되질 않습니다."

끝끝내 침묵할 것 같았던 능자진이 입을 열었다.

"도움을 받으면 된 거지, 왜 주인까지 찾으시려고 하시는 겁니까. 그 말이 주인 없이 그저 떠도는 말일 수도 있지 않습니까?"

능자진도 장웅도 이미 서로가 말하는 것이 '말'이 아님을 알고 있었다.

그럼에도 대상을 '말'로 불렀다.

"지켜주고 싶기 때문입니다."

능자진의 고개가 장웅으로 향했다.

장웅은 능자진의 옷섶을 바라보며 조금 길게 대답했다.

"능 대협의 말씀대로 그저 떠도는 말일 수도 있습니다. 하나, 그렇기에 더더욱 도움을 주고 싶은 겁니다. 이름도 모르는 말에게 큰 도움을 받았습니다. 그래 놓고는 그저 모른 체 내버려 두는 것이 어찌 제대로 된 행동이겠습니까. 물론 저는 말을 관리하고 다루는 법을 모릅니다. 하지만 제가 할 수 있는 것 안에서는 보탬이 되고 싶습니다."

"만약 그 말이 사람을 싫어한다면 어찌하시겠습니까? 그 말이 이 공자 또한 싫어할 수 있는 것 아니겠습니까?"

장웅의 시선이 능자진의 얼굴로 향했다.

"그렇다면 멀리서 돕겠습니다. 사람을 싫어하면 제가 가까이 가지 않고, 사람들도 가까이 가지 못하게 막겠습니다. 그러면 말이 더 편히 여길 수도 있지 않겠습니까?"

더 편히 여길 수도 있다.

능자진은 마지막 말에 무심코 고개를 끄덕였다.

사심 없이 그를 바라보는 장웅의 시선에 능자진은 한참을 침묵하다 입을 열었다.

"사실 저도 그 말에 대해 잘 모릅니다. 하지만 이 공자의 말씀을 들으니 제가 아는 말이 맞는 것 같습니다."

"……!"

장웅의 눈이 화등잔만 하게 커졌다.

설마 했는데 정말이었단 말인가.

장웅이 한동안 말을 잇지 못하고 서 있자 이번엔 능자진이 문 쪽으로 걸어갔다.

그렇게 그를 지나쳐 갈 때였다.

이 공자가 다시 그를 불렀다.

"하나 더 여쭤도 되겠습니까."

능자진은 눈을 찌푸렸다.

이미 알 건 다 알았다고 여겼는데 또 말이 남았다는 것인가.

하나, 그의 마음을 아는지 모르는지 장웅이 다시 말을 잇기 시작했다.

"앞으로 긴 여행을 떠나야 할 것 같은데 많이 힘이 들 것 같습니다. 그런 와중에 타고 다니는 말이 얼마나 잘 달리는 말인지 알 수 있다면 정말 힘이 날 것 같습니다. 혹시 그건 아시고 계십니까?"

"그것까지는 저도 잘 알지 못합니다."

"아, 그렇습니까."

장웅이 더 묻고 싶었지만 이내 고개를 저었다.

이 정도 확인한 것만으로도 충분했다 싶었다.

"그래도 반드시 알아야 하신다면."

그러던 그때였다.

능자진이 읊조리듯 말했다.

"방각 대사를 한번 찾아가 보시지요. 그가 그 말이 지나간 길을 보았으니 얼마나 잘 달릴지 조금은 알 듯싶습니다."

"……!"

그 순간 이 공자가 눈을 크게 뜨며 고개를 숙였다.

"감사합니다. 정말 감사합니다."

"그리고 이 공자……."

능자진이 그를 보며 말을 이었다.

"이 일은 꼭 비밀로 했으면 좋겠습니다."

"오히려 그건 제가 능 호위께 부탁드리고 싶습니다. 오늘 제가 한 말은 비밀로 해주십시오."

장웅은 그렇게 밖을 나갔다.

능자진은 고개를 들어 그가 나간 방향을 바라보다 한숨을 내쉬었다.

"내가 괜한 말을 한 건지……."

그는 다시 고개를 들었다.

연무장을 밝히고 있는 각등이 몇 개가 흔들리고 있었다.

"그래도 아무도 모르는 것보단 나을 것이야. 적어도 한 명은 알아야 무시당하는 일은 적어질 것이 아닌가."

그는 들고 있는 검을 검집에 집어넣었다.

그러고는 다시금 천장을 올려다보며 말했다.

"그런데 나도 궁금하긴 하구나. 대체 그가 얼마나 대단한 자인 건지."

*　　*　　*

"계십니까? 이 공자 장웅입니다."

"……."

대답은 들려오지 않았지만 장웅은 문 앞을 떠나지 않았다.
분명 방각 대사가 거처에 머물고 있다는 얘길 듣고 왔기 때문이다.
꽤 시간이 흐른 후였다.
방 안에서 딱딱한 목소리가 들려왔다.
“들어오십시오.”
허락이 떨어지자 장웅은 조심히 방문을 열었다.
끼이이익.
방 안을 들여다보는 순간이었다.
답답하다는 생각이 장웅의 머릿속을 제일 먼저 스쳐 지나갔다.
열댓 명 정도 들어갈 정도의 공간.
탁자와 침상을 빼고 나니 척 보기에도 불편할 만큼 비좁은 공간만 남았다.
원래 이곳은 창고로 쓰였던 곳이다.
간소한 것을 좋아하는 방각 대사의 의사를 존중해 본가에서는 이곳을 내주었다.
“제가 넓은 방을 싫어합니다.”
장웅의 표정 변화를 읽었던 것일까.
탁자에 앉은 그는 딱딱한 표정으로 장웅을 맞이했다.
“아닙니다. 저도 허례허식은 좋아하지 않습니다.”
장웅은 더는 내색하지 않고 그의 맞은편 의자에 걸어가 앉았다.
“이 밤에 무슨 일로 소승을 뵙고자 하신 겁니까?”

방각이 곧장 의도를 물었다.

"본가를 돕고자 오신 분께 그간 고맙다는 말 한마디 드리지 못했습니다. 지난번 제 일신을 구해주신 일도 있고 해서 감사하다는 말씀을 드리려 왔습니다."

"돈을 받고 일을 하는 것입니다. 애초에 그런 생각은 갖고 있지 않습니다."

장웅은 그가 예의에 구애받지 않는 직선적인 성격을 가지고 있다는 생각이 들었다.

뒤이은 그의 채근을 듣고는 더욱 확신했다.

"늦게 저를 찾아오신 만큼 하실 말씀이 있으실 줄로 압니다."

"엊그제 말입니다. 저를 도와주시려고 낙선산까지 직접 오지 않으셨습니까."

"그랬지요."

"혹시 오다가 기관진식을 보셨습니까?"

"보았습니다."

"그와 관련해 궁금한 것이 있습니다."

방각의 눈빛이 조금 깊어졌다.

"말씀하시지요."

"당시 도착하셨을 때 어떤 상황이었습니까. 노야방이란 자의 기관진식이 워낙 기괴하고 대단하다고 하는데 말입니다. 그것을 대사께서……."

"하고 싶은 말을 먼저 해주십시오."

"죄, 죄송합니다."

이 공자는 급히 사과했다. 무림의 다른 고수들에게 응당 해줘야 할 공치사가, 방각 대사에게는 오히려 방해가 된 것이다.

"만약에 말입니다. 묵객이 아닌 자가 그것을 뚫었다면 어느 정도 수준이어야 할까 궁금해서 말입니다."

"묵객의 수준이 궁금하신 게로군요."

장웅은 순간 멈칫했지만 내색하지 않으려 노력했다.

생각해 보니 자신의 질문 자체가 그리 들릴 수 있다고 느낀 것이다.

방각은 당시 묵객이 한 거라 확신하고 있으니.

"두 가지 생각이 들었습니다."

"……."

"한 가지는 묵객이 노야방이 설치한 기관진식에 대해서 이미 알고 있었을 것이라는 생각입니다."

"알고 있었다?"

"산문에서 무양후란 자가 있는 곳까지는 대략 삼백여 장이나 됩니다. 그 공간엔 스치기만 해도 감염되는 독분(毒粉), 근거리에서 터지면 절대 피할 수 없는 폭뢰침 같은 치명적인 암기들이 숨어 있었지요. 그런 기관진식들이 발동되는 와중에도 그는 일직선으로 돌파했었습니다. 그렇다면 답은 나온 거지요. 묵객은 기관진식을 완벽히 이해하고 있었다는 결론이 말입니다."

"아……."

"그리고 다른 한 가지는 묵객의 무위가 제가 예상한 것보다 뛰어나다는 것입니다."

"……?"

"무양후의 시체를 살펴본 결과 일검에 죽은 흔적이 있었습니다. 그 주위에는 일반 화살과 다른, 강노에 쓰일 만한 화살이 두 개가 부러져 있었지요. 모든 것을 고려해 봤을 때 절정의 경지에는 도달했을 것으로 생각됩니다."

장웅은 들어올 때 보지 못했던, 탁자 위에 놓인 이름 모를 불상을 보고 있었다.

방각 대사는 조금 더 무언가를 짚어보는 듯하다가 입을 열었다.

"답변이 되셨습니까?"

"예, 말씀 감사합니다."

장웅은 고개를 끄덕였다.

"나가지 않겠습니다."

방각이 곧장 일어섰다.

그의 성격의 단면을 보여주는 행동이었다.

방각이 침상으로 움직이려 하다 고개를 돌렸다.

아직까지 자리에서 일어나지 않는 이 공자를 본 것이다.

"아직… 말씀이 남았습니까?"

방각은 눈가를 찌푸리며 물었다.

"만약에 말입니다."

장웅이 신중하게 말을 골랐다.

"만약에 낙선산에 온 자가 묵객이 아니라고 한다면… 그러니까 사전 조사를 하지 않고 낙선산에 들어와 기관진식을 뚫고 무양후를 죽였다면 그건 어느 정도 수준이겠습니까?"
방각은 표정을 더욱 찡그렸다.
주제와 다른 질문에 대답할 필요성을 못 느낀 것이다.
하나, 장웅의 표정이 워낙 진지해서인지 그는 못 이기는 척 입을 열었다.
"있을 수 없는 일입니다. 중원에서 수사란 별호가 괜히 붙여지는 것이 아닙니다."
"정녕 그렇습니까?"
그 순간 장웅이 눈에 힘을 주며 말했다.
"제 이름을 걸고 단언하지요."
"……."
장웅은 반박 없이 자리에서 일어섰다.
느릿하게 나갈 동작을 하던 장웅이 다시 입을 열었다.
"그래도 그런 자가……."
하지만 이내 입을 닫았다.
잔뜩 찌푸린 방각의 표정을 보니 더는 묻기가 힘들어졌다.
장웅은 조심히 의자를 탁자에 밀어 넣고는 문으로 걸어갔다.
"있을 수 없는 일이지만……."
장웅이 문지방을 넘으려 할 때였다.
방각이 입을 열었다.
"이 공자께서 말씀하신 대로 사전 조사도 하지 않은 채 기관진식을 돌파하다시피 뚫고 무양후를 벨 수 있는 자가 있다면……."
"……."

"단언컨대 중원을 찾아봐도 몇 명 없을 겁니다."

"……."

"저는 지금 십대고수 같은 전설적인 인물들을 말하는 겁니다."

"십, 십대……."

되물으려던 장웅은 자신도 모르는 사이 목소리가 떨리자 급히 입을 닫았다.

알 수 없는 감정이 가슴을 거쳐 손끝과 발끝으로 퍼져 나가자 이상하게도 그동안 눌러왔던 감정이 북받쳐 올랐기 때문이다.

십대고수.

십대고수라.

"말씀… 고맙습니다."

그는 마음을 급히 다잡으며 고개를 숙였다.

그러고는 힘들게 말을 내뱉고는 방각을 보지도 않은 채 방안을 나갔다.

* * *

늦은 밤.

장련은 광휘와 한정당을 걷고 있었다.

그녀의 얼굴은 밝았다.

오라버니가 돌아왔고 구룡표국의 협상이 잘 마무리되면서 큰 짐도 내려놓을 수 있었다.

쌀쌀한 저녁 날씨에도 이렇게 나온 것은 마음에 여유가 생겼기 때문이다.

"날씨가 점점 추워지겠죠?"

가을이 온 지도 며칠 된 것 같지 않은데 날씨가 유달리 추웠다.

낙엽은 거의 떨어져 보이지 않았다.

"그때 정말 대단했어요. 무사님도 보셨어요? 그 기(氣)라고 하는 거요."

장련이 광휘를 보며 물었다.

광휘는 생각에 잠긴 사람처럼 침묵하다 입을 열었다.

"처음 봤소."

"그렇죠? 저도 처음 봤어요. 정말 신기했어요. 눈으로는 보이지 않는 그것으로 사람을 죽일 수 있다는 거. 묵객께선 정말 대단하신 분 같아요."

장련이 갑자기 손뼉을 탁 하고 쳤다.

"맞아요! 사람이 아닐 수 있어요. 인간의 탈을 쓴 뭐 그런 거 있잖아요."

"……."

"뭐 아무렴 어때요. 그런 분이 우릴 지켜주시는데. 이 얼마나 정말 좋은 일이에요."

장련은 그때를 떠올리며 흥분하고 있었다.

그런 그녀를 보는 광휘의 얼굴엔 별다른 감정이 느껴지지 않았다.

"아."

순간 장련은 자신이 뭔가 실수를 했다고 생각했는지 광휘를 보며 급히 말을 이었다.

"무사님도 대단했어요. 어떻게 그 상황에서 어떻게 그런 생각을 하셨죠? 혹시 묵객께서 가르쳐 줬나요?"

광휘는 느릿한 어조로 대답했다.

"도움을 조금 받았소."

"그렇죠? 그래도 대단한 거죠. 전 정말 걱정했거든요, 그때 다시 또 싸우면 어쩌나……. 정말 다행이에요."

광휘는 잠시 장련을 바라봤다.

너무나 해맑게 웃는 그녀의 모습이 눈에 들어오자 이내 다른 곳으로 시선을 돌리고는 묵묵히 고개를 끄덕였다.

"다행이었소."

"정말 고생하셨어요."

장련과 광휘는 잠시 멈췄던 길을 다시 걷기 시작했다.

그렇게 몇 개의 나무를 지나칠 때쯤 장련이 다시 입을 열었다.

"그런데 맹의 어디서 근무하셨어요?"

광휘가 그녀를 바라봤다.

왜 그런 걸 묻느냐는 표정이었다.

"그냥 궁금해서요. 생각보다 너무 강하신 것 같아서. 정말로요."

"별것 아니오. 소저가 무공을 모르니 그리 보였을 게요."

"치……."

장련이 입술을 삐죽 내밀었다.

감사함을 더 적극적으로 표현하려 했던 것인데 그는 얄밉게 자신의 약점을 언급했던 것이다.

"하긴 그렇긴 하네요."

하지만 곧 그녀는 대수롭지 않게 여겼다.

그가 뭐라 하든 상관없었다.

결과가 좋았으니 된 거다.

"어쨌든 전 무사님이 옆에 있어서 맘이 놓여요."

장련의 말에 광휘는 미간을 찡그렸다 펴기를 반복했다.

뭔가 말하기가 어려운 그런 느낌이 든 것이다.

광휘는 고개를 한쪽으로 돌리며 감정을 숨겼다.

그때 어둠 속에서 누군가 자신들 앞으로 다가섰다.

광휘의 눈이 점점 매서워지다 이내 누그러졌다.

아는 사람이었던 것이다.

"응? 오라버니?"

이 공자 장웅이었다.

"여긴 왜 계셨어요? 날이 추운데 장포도 좀 걸치지 않고요."

"그냥… 너를 찾다가 보니 이리로 왔구나."

이 공자는 밝게 웃으며 화답했다. 그러다 천천히 광휘에게 시선을 돌렸다.

처음에는 우뚝 솟은 도에 먼저 눈길이 갔다.

그다음은 괴이한 검 자루에 시선이 머물렀다.

뒤이어 그의 얼굴을 보았다.

자신을 바라보는 그의 무심한 얼굴이 보였다.

두근두근.

조금 전 빙각 대사의 말이 떠오르자 장웅의 가슴이 다시금 뛰기 시작했다.

그렇게 그는 입을 벌리고는 멍하니 서 있었다.

"오라버니."

한참 동안 아무 말도 하지 않는 그를 보며 장련이 불렀다.

장웅은 그제야 자신의 실수를 깨닫고 급히 고개를 숙이며 포권했다.

"결례를 범했습니다. 기분 나쁘셨다면 죄송합니다."

"오라버니……."

너무나 지나친 존대에 장련이 다시 그를 불렀다.

광휘도 난감한 듯 눈을 껌뻑였다.

하나, 장웅은 그 점을 전혀 인식하지 못했다.

"항상 고맙다는 말씀드리고 싶었습니다. 황 노인의 부탁으로 본 가에 찾아오시지 않았습니까. 그간 제가 부덕하고 미천하여 번번이 인사를 드리지 못하고……."

"괜찮소."

광휘는 이해할 수 없는 말을 주저리 늘어놓는 그를 향해 짧게 대답했다.

"혹시 실례가 안 된다면 잠시 자리 좀 비켜주시겠습니까?"

장웅이 재차 고개를 숙이자 광휘는 별다른 말 없이 몇 걸음 걸어 그들과 거리를 벌렸다.

장련은 그 이유를 물으려 했지만 평소와는 다른 장웅의 모습에 입을 다물었다.

잠시 뒤 둘만 한정당을 걸었다.

조금 전까지 입김이 나올 정도로 추웠던 곳이었는데 바람이 잠잠해졌는지 지금은 그리 춥지 않았다.

"오라버니, 제게 무슨 할 말이 있으세요?"

"아니다. 그냥 너랑 좀 걷고 싶어서 그랬다."

"안 좋은 일이 있는 건 아니죠?"

"그 반대지."

"네?"

"아니다."

그렇게 몇 마디를 더 나눈 후 둘은 어느 한 곳에 멈춰 섰다.

인공 호수가 있고 정자가 있는 곳이었다.

"여기 앉자꾸나."

나무 의자를 가리키며 장웅이 말했다.

장련이 자리에 앉자 장웅이 입을 뗐다.

"련아."

"네, 오라버니."

"이 오라버니가 항상 널 대견하게 생각한다는 걸 알고 있느냐?"

"예? 아니에요. 오라버니가 더 대단하신걸요. 저는 운이 좋았던 거예요. 그리고 오라버니가 가셨더라도 구룡표국쯤은 충분히 설득시킬 수 있었을 거고요."

장련의 말은 진심이었다.

장웅은 세간에 알려지기보다 훨씬 더 현명한 자였다.

과거에는 세 명의 오라버니가 있었지만 그중에서 장웅이 가장 현명했다.

"아니다. 너였으니까 가능했다. 오로지 너였으니까 가능했던 것이야."

"아니라니까요……."

하지만 사람들에게 그런 인식이 심어지지 않았던 건, 지금처럼 본인의 부족함을 느끼면 스스로가 공을 다른 자에게 넘겼기 때문이었다.

분명 그에게 초조함만 없었더라면 자신보다 더욱 훌륭하게 해냈을 거라 장련은 확신했다.

"그런데 련아, 너와 이렇게 시간을 갖는 게 얼마 만인지 모르겠다. 아마 장로들이 세 명의 호위무사들을 초빙해 왔을 때지?"

"그렇네요."

"앞으로 우리 자주 이런 시간을 갖자꾸나. 아무리 본가가 힘들어도 말이지."

"네, 그래요. 꼭 그래요."

장련은 장웅의 말에 오라버니에게 느낄 수 있는 따뜻함을 받았다.

"그러고 보니… 가끔 너와 이 길을 걸을 때면 내게 이런 말을 자주 하곤 했었지."

"예? 무슨 말요?"

"정말로 대단한 자가 우리 본가에 나타나 석가장을 물리쳐 주면 좋겠다는 말 말이다."

"오라버니도 참. 그게 언제 적 얘긴데요. 벌써 반년도 지났어요. 부끄럽게 그런 얘길 지금 왜……."

"나도 그랬단다."

"네?"

장련이 눈을 크게 뜨며 장웅을 바라보았다.

"당시 말은 하지 않았지만 나도 그런 마음이 있었었다. 누구도 건들지 못하는 자가 나타나 석가장을 벌해주기를 말이다."

"오라버니, 그건 그냥 꿈이잖아요. 현실에서 일어날 수 없는……."

"그러니까 더 그런 게지. 우린 늘 꿈을 꾸며 살아가지 않느냐?"

"오라버니……."

"해서 말이다. 해서 오늘 하루만큼은 한번 꿈을 꿔보았다. 존재를 숨긴 대단한 고수가 보이지 않는 곳에서 우릴 지켜주는 꿈 말이다."

"……."

"그런 생각을 하니 정말로 가슴이 떨리더구나. 너무나… 많이 행복해지더구나."

장련은 감정적으로 변하는 장웅을 걱정스러운 눈길로 바라봤다.

그러다 그가 왜 그런 얘기를 했는가를 생각하다 이해할 수 있게 되었다.

점점 이제는 희망이 보이는 본가에 대한 기쁨을 표하고 있다는 것을.

장련은 자리에 일어서며 말했다.

"더는 걱정 말아요. 예전과 지금은 다르잖아요. 구룡표국의 고수들이 있고 묵객과 방각 대사가 있잖아요."

"그렇지. 이젠 우리에게도 대단한 자들이 있지."

장웅은 수긍하며 고개를 끄덕였다.

'련이에게만은 말을 해주는 것이 좋을까?'

장웅은 속으로만 그가 그랬던 말을 되짚었다.

문득 그런 생각도 들었지만 그는 곧 고개를 저었다. 그리고 피식 웃었다.

'뭐, 모르는 것이 더 좋을 수도 있는 법이니까. 그래야 더 친해질 테고.'

잠시 침묵하던 그는 주위를 한번 슥 돌아보았다.

그러고는 다시 말을 이었다.

"련아, 너는 광 호위에 대해 어떻게 생각하느냐?"

"예? 어떻게라뇨?"

장련이 약간 당황한 듯 물었다.

"호위무사로 말이다."

"아……."

순간 장련은 자신이 잘못 이해했다는 걸 깨닫고는 멋쩍게 웃었다.

"음……."

그녀는 검지로 입술 밑을 누르며 생각에 잠겼다.

그러다 잠시 뒤 말을 이었다.

"우선 과묵하죠. 가끔은 예상치 못한 말을 해요. 성격도 조용하고 사람 대하는 것도 좀 답답한 구석이 있죠."

"그리고?"

"그리고 대화도 많이 안 해본 사람인 것 같아요. 가끔 말도 안 되는 행동도 하는데 뭐, 그건 넘길 수 있어요. 인상 쓸 때는 좀 험악해 보이기도 하고 그나마 돈은 안 밝히는 것 같고……."

"후후후, 그에겐 장점은 없느냐?"

장웅이 활짝 웃으며 물어오자 장련은 아차 하는 표정을 지었다.

"맹에 있었던 만큼 놀라울 정도로 임기응변에 능해요. 문제 해결 능력도 뛰어나고 왠지 모르게 든든하기도 해요. 아, 그리고 구룡표국 때 그 얘기 들으셨죠?"

"그래, 삼절이라 불리는 고수를 일 초에 꺾었다지?"

"뭐, 꺾었다 하기엔 좀 그렇지만… 그래도 정말 놀라웠죠. 어떻게 자루를 이용해 상대의 검을 떨어뜨리게 했을까요. 전 아무리 무공을 익혀도 그런 생각을 못 할 거예요."

"그렇구나."

"그런데 왜 그러세요?"

장련은 오늘따라 유독 이것저것 물어보는 장웅이 이상하게 느껴졌다.

그런데 그 느낌이 낯설지는 않았다.

그러고 보면…….

예전 그의 성격이 그랬다.

항상 밝고 여유로우며 상대의 말을 귀담아들어 주는 그의 성격 말이다.

"그냥. 네가 대견해서 하는 말이니 신경 쓰지 말거라."

장웅의 말에 장련의 얼굴이 밝아졌다.

자신이 알던 예전의 장웅으로 돌아온 것 같은 느낌 때문이었다.

잠시 정적이 흘렀다.

장웅이 말없이 호수를 향했고 장련도 기분 좋은 느낌을 받으며 그와 바라보는 곳을 같이 보고 있었다.

그렇게 시간이 꽤 흘렀을 때쯤이었다.

"련아, 광 호위란 자… 말이다."

이 공자가 장련을 향해 입을 열었다.

"네, 오라버니."

"우리가 생각하는 것보다 더 대단한 사람일지도 모르겠구나."

"……?"

잠시 장련이 장웅이 한 말의 의미를 이해하지 못했다.

그러다 이내 무엇을 얘기하려는지 알고는 대답했다.

"저도 그렇게 생각해요. 과묵하지만 할 말을 할 때는 문제가 해결되고. 실력도 그렇고요. 맹에 있었으니 뛰어난 거겠죠? 뭐 그래도 묵객과 방각 대사란 분보다는……."

"련아, 네가 지금 내 말을 오해하고 있구나."

장웅이 장련에게 고개를 돌렸다.

그의 눈은 평소보다 촉촉하게 젖어 있었다.

"나는 우리가 생각하는 것보다 더 대단한 사람이라고 말하는 것이야."

"……?"

"누구와도……."

장웅은 속으로 말을 다 내뱉지 않았다.

적어도 장련에게는 그렇게 보였다.

하지만 그는 속으로 못다 한 말을 계속 잇고 있었다.

'누구와도 견줄 수 없는, 늘 꿈에서만 그려왔던 사람… 그랬기에 더 간절했었던 그런 사람 말이다.'

둘은 한동안 마주 보며 입을 떼지 않았다.

서늘한 가을바람은 그들의 옷깃을 스치며 그 주위를 몇 번이고 맴돌고 있었다.

第八章 장원태의 결단

짜앵짜앵.

창가 사이를 타고 들어오는 햇살이 방 안을 아름답게 수놓는 아침.

장련은 세상모르게 잠들어 있었다.

휘이이잉.

샛바람이 그녀의 코끝을 몇 번 간질였을 때쯤.

그녀가 몸을 뒤척였다.

그 후 누운 자세로 두 손을 머리 위로 천천히 올리며 기지개를 켰다.

"으으음."

그렇게 장련은 몸을 반쯤 일으키며 침상에 앉았다.

하지만 여전히 눈을 감고 있었다.
눈을 떴다 감기를 몇 번.
이내 고개를 끄덕이더니 다시금 침요 속으로 파묻히듯 숨었다.

"련아, 네가 지금 내 말을 오해하고 있구나."

잠잠해지던 장련의 몸이 꿈틀댔다.
잠을 청하기 위해 안간힘을 쓰려는 듯 덮고 있는 침요를 가슴 쪽으로 더욱 잡아당겼다.

"나는 우리가 생각하는 것보다 더 대단한 사람이라고 말하는 것이야."

"아이 참!"
장련은 침요를 밀어내며 자리에서 일어났다.
잠을 더 청하려 했는데 어젯밤 장웅이 했던 말이 머릿속에 맴돌아 도저히 잠이 오지 않았다.
"계속 왜 이렇게 신경 쓰이는 거지?"
장련은 투덜거리며 화장대 앞으로 걸어가 자리에 앉았다.
"꼴이 말이 아니구나."
장련은 자신의 얼굴을 보고는 배시시 웃었다.
머리카락은 산발.
잠도 아직 다 깨지 않은 눈을 보니 자신도 웃음이 절로 나온 것이다.

그녀는 면경을 보며 다시 한번 피식 웃다가 머리를 매만졌다.

"그런데 어제 무사님에게 쉬라고 말했던가?"

갑자기 뭔가 생각이 난 듯 장련은 문 쪽으로 고개를 돌렸다.

고개를 갸웃거리던 그녀는 다시 머리를 정리했다. 그 뒤 한쪽에 비치된 물동이로 이동해 세안을 했다.

이내 다시 화장대에 앉아 빠르게 화장을 하고는 옷을 갈아입었다.

"아 참. 그걸 챙겨 가야지."

문밖으로 나가려던 장련이 다시 책장 쪽으로 이동했다.

책을 하나 빼낸 그녀는 이름 모를 양피지 하나를 꺼내 들었다.

그러고는 문밖으로 천천히 걸어 나갔다.

* * *

"벌써 나오셨어요?"

문을 열고 나오던 장련은 한쪽 벽에 기대서 있는 광휘를 발견했다.

"……."

광휘는 짧게 고개를 숙이는 것으로 답했다.

늘 그랬듯 조심스러운 동작과 무뚝뚝한 표정은 변함이 없었다.

"설마, 어젯밤부터 여기 계셨던 거예요?"

장련은 그를 바라보다 놀란 얼굴로 다시 물었다.

평소보다 충혈된 그의 눈동자를 본 것이다.

광휘는 시선을 내릴 뿐 말하지 않았다.

"정말 그런 거예요?"

걱정스러운 눈길로 변한 장련이 한 걸음 다가설 때였다.

광휘는 의식적으로 한 걸음 물러섰다.

"정말 여기 하루 종일 계셨던 거예요? 지금까지요?"

"……."

"이러면 언제 쉬어요? 이러다 또 예전처럼……."

"내가 해야 할 일이오."

"……?"

장련이 멈칫하며 광휘를 바라봤다.

너무 가까이 다가온 그녀의 시선이 부담스러웠는지 광휘는 고개를 돌렸다.

마당에 심어진 동백나무에 시선을 두고는 나직이 읊조렸다.

"소저를 안전하게 호위하는 것 말이오."

장련은 더는 말을 잇지 못했다.

융통성이 없다는 한마디를 하려다 호위를 해야 한다는 말에 순간 입을 닫아버린 것이다.

밤새 잠도 자지 않고 자신을 호위한 그다.

그럼 누구보다 힘들다는 내색이나 불평을 털어놓아야 했다.

그럼에도 그는 아무런 불평도 하지 않았다.

대가를 받는 사람들도 하지 않을 일을, 아무런 대가도 받지 않았던 그가 말이다.

그것이 장련의 가슴을 뭉클하게 만들었다.

"어제 추웠죠? 두꺼운 장포라도 좀 입으셨어야죠. 이리 와봐요."

그녀가 다시 광휘에게 다가가 말했다.

"…이보시오."

광휘가 당황하며 한 발짝 물러섰지만 장련은 광휘의 옷깃을 매만졌다.

"왜 이렇게 얇아요? 아이 참. 가을 장포를 입었으면 다른 것도 내어달라고 하셔야죠."

"……."

"아버지 서재(書齋)에 들른 후, 상비청(裳緋廳)에 이야기해서 두꺼운 장포 하나 내드릴 테니 그때까지만 참아요. 알겠죠?"

상비청은 본가의 옷을 내어주는 곳이었다.

장련의 손길을 광휘는 묵묵히 바라봤다. 그러다 그녀의 말에 의문스러운 부분을 되짚었다.

"서재?"

"네, 곧 중요한 모임이 있거든요."

장련은 광휘의 옷깃을 끌며 말을 이었다.

"지금 가야 해요. 늦으면 저 혼나요."

* * *

묵객은 처소 앞에 지어진 누각 이 층에서 주변의 경치를 둘러보고 있었다.

간격에 맞게 심어놓은 고송과 그 밑에 잘 다듬어놓은 작은 묘목들.

반듯한 길 주위에 일렬로 세워놓은 사괴석 같은 돌들과 어울려 주변의 운치를 한껏 살려주고 있었다.

"네 명으로 좁혀졌습니다."

담명은 조사한 내용을 보고하고 있었다.

"능자진, 황진수, 곡전풍, 그리고 광휘란 잡니다."

"호위무사들이군."

"옙."

담명은 고개를 끄덕이며 말을 이었다.

"사실 호위무사 네 명은, 이 공자를 구하던 그날 장씨세가에 있었다고는 합니다. 하지만 정황상 다른 자들은 이 공자를 구했을 가능성이 낮습니다. 우선 구할 명분이 없고, 실력이 떨어지는 자들이 대부분이니까요. 그렇기에 이들이 숨은 인물일 확률이 가장 높습니다."

"그들은 누가 데리고 왔지?"

"앞선 세 명은 이 장로와 삼 장로가, 광휘란 자는 황 노인이란 자가 데리고 왔습니다."

"황 노인? 그가 누군가?"

"장씨세가의 하인입니다."

"흐음."

묵객은 턱을 쓰다듬으며 잠시 생각에 잠겼다.

뭔가 느낌이 올 것 같은 생각이 든 것이다.

"그리고 조사하던 중에 흥미로운 사실을 한 가지 알아냈습니다."

묵객의 시선이 담명에게로 향했다.

"광휘가 무림맹 출신이라 합니다."

"무림맹 출신?"

묵객의 눈에 이채가 어렸다.

"이거, 냄새가 좀 나는군."

그는 엊그제 있었던 구룡표국의 일을 떠올렸다.

광휘란 자는 단 일 초에 삼절이란 고수를 꺾었다.

당시 괴이한 검술이며, 순간적인 움직임이 뛰어났다고만 생각했었지만 지금 생각해 보면 일류를 바라보는 무인들이 할 수 있는 일도 아니었다.

"그럼 스승님, 나중에 다시 일이 있으시면 찾아오겠습니다."

"알겠다."

묵객은 고개를 끄덕였다.

그러다 뭔가 생각이 나서 옆을 돌아봤다.

"스승? 이 녀석이… 누가 스승이야?"

하지만 담명은 없었다.

삽시간에 사라진 것이다.

묵객은 한참을 투덜거리다 다시 아래를 내려다봤다.

"실력을 숨긴 고수라……."

그의 입꼬리가 천천히 올라갔다.

"한번 알아봐야겠군."

*　　　*　　　*

가주의 서재.

집무실 주위를 둘러놓은 담 뒤편에 지어진 건물.

청소하는 시녀와 하인 외에 거의 드나들지 않는 곳이기도 했다.

"지금은 안 들어오서도 돼요. 조금 있다가 부를 테니 여기서 쉬세요."

서재 안으로 들어가려던 장련은 광휘를 보며 말했다.

광휘는 고개를 끄덕였다.

앞서 중요한 모임이 있다는 말을 상기한 것이다.

광휘가 입구 옆 벽에 등을 기대자 장련은 서재 안으로 걸음을 옮겼다.

"왔느냐?"

문 앞에 마중 나와 있던 장원태가 그녀를 맞이했다.

"네, 아버지."

공식 석상이 아니기에 장련은 장원태를 아버지라 불렀다.

"모두 모여 있다. 내가 미리 좀 불렀어."

"네."

장련은 예의를 차리며 안으로 더 들어갔다.

기역 자로 꺾인 방 안쪽으로 들어서자 좌우에 앉아 있는 사람들이 보였다.

좌측에 일 장로, 이 장로, 삼 장로가, 우측에 장웅이 앉아 있었다.

장련은 장웅 옆으로 이동해 자리에 앉았다.

"다들 모였으니 시작하지. 련아."

그녀와 함께 들어온 장원태가 탁자 중앙에 앉으며 입을 열었다.

좌라락.

장련은 들고 왔던 양피지를 탁자 위에 펼쳤다.

장로들의 시선이 탁자 위로 이동했다.

지도였다.

수기로 그려진, 석가장과 장씨세가를 기점으로 주변 이백 리 이상을 포괄한 매우 상세한 지도.

딸그락.

지도가 펼쳐지자 장원태는 손에 쥐고 있던 납작한 구슬을 지도 위에 올려놓았다.

붉은색, 검은색, 흰색의 납작한 구슬이었다.

그는 그 구슬을 모두 장씨세가라고 적힌 지도 위에 올려놓았다.

"먼저 이 구슬에 대해 설명을 하겠네."

장원태는 말을 이었다.

"검은 구슬은 세가를 대표하는 사람들과 그의 자식들이네. 그리고 흰색, 이것은 우리를 도와주는 하인들과 시녀들이고. 마지막 붉은색은 우리가 보유한 전력들을 가리키네."

장로들의 시선은 구슬 쪽으로 모아졌다.

가주가 무슨 말을 하는지 곰곰이 되짚는 그런 눈빛들이었다.

"내가 왜 자네들과 자식들을 이곳에 부른 줄 아는가?"

장원태가 입을 열자 세 명의 장로와 장웅의 시선이 그에게로 향했다.

미리 언질을 받은 듯 장련만이 조용히 시선을 내리깔고 있었다.

"더는……."

장원태는 시선들을 담담히 받아들인 후 말을 이었다.

"지키는 싸움을 하지 않겠다는 의미네."

*　　　*　　　*

석가장 대전 뒤쪽의 회당.

그곳엔 장씨세가와 마찬가지로 주요 인사들이 한자리에 모여 있었다.

기다란 책상을 두고 좌측에는 대장로부터 시작하여 다섯 노인이 앉아 있었고 우측에는 비연 단주와 석대헌의 아들 석도명이 자리에 함께하고 있었다.

"시작하지요."

석가장 장주 석대헌이 입을 열었다.

그 말이 떨어지자 등이 구부정한 노인이 탁자 위로 걸어와 거대한 양피지를 하나를 올려놓았다.

장씨세가와 마찬가지로, 석가장과 장씨세가 중심으로 그려진 지도였다.

"비 단주, 설명을 부탁하오."

석대헌의 시선이 그녀에게로 옮겨지자 비연이 자리에서 일어섰다.

"우선 제 계획을 말씀드리기에 전에 먼저 확인할 것이 있습니다."

비연이 석대헌을 바라보았다.

"장씨세가의 장원태라는 인물은 어떤 인물입니까?"

"……."

석대헌은 단번에 알아듣지 못하고 그녀를 물끄러미 바라보자 비연이 다시 말을 이었다.

"장씨세가의 현 병력은 표사 칠십여 명, 보표 사십여 명이 됩니다. 거기다 묵객 같은 절정고수와 구룡표국에서 파견된 신비의 고수 한 명도 있다고 합니다. 앞서 말한 수와 장씨세가가 이제껏 보유했던 병력의 수를 모두 합치면 대략 이백여 명이 되는 걸로 파악되고 있습니다."

"……."

"무사마다 실력의 고하(高下)가 있겠지만 단순하게 장씨세가가 보유한 머릿수만으로 놓고 보더라도 그들은 저희와 충분히 전쟁을 할 수 있습니다. 하여 이 싸움에선 석 장주의 의중이 중요합니다. 그가 어떻게 나오느냐에 따라 그에 맞춰 전략을 수정을 해야 하니까요."

"풋."

"크흐흐."

비연의 말이 끝나자마자 장로 두세 명이 피식하고 웃음을 뱉어냈다.

비 단주는 그 모습을 보고는 그들을 이해하지 못한 눈으로 바라봤다.

"모두 집중하시오!"

석대헌이 목소리에 힘을 주며 말했다.

그러자 장로들은 곧 조용해졌다.

그렇게 정적이 일 때쯤.

석대헌이 입을 열었다.

"비 단주, 그건 저번에도 말씀드렸지만……."

"……."

"장원태 그놈은 배포가 아주 얕은 놈이요. 제집 지키기는 것도 힘들어 급급할 정도로."

"하면 이번에도……."

"그렇소. 내 장담하지. 그놈은 또다시 지키는 싸움을 할 것이오. 그는 그 정도밖에 안 되는 놈이니까 말이오."

*　　　*　　　*

"싸우겠다."

장원태는 눈에 힘을 주었다.

눈가에 안광이 새어 나올 만큼 그는 분노하고 있었다.

"본 가가… 우리 장씨세가가!"

콰앙!

장원태는 의지를 보여주려는 듯 탁자를 내려치며 말을 이었다.

"석가장을 칠 것이다!"

장원태의 외침이 이는 순간 서재 안은 싸늘한 한기가 흘러들었다.

그가 석가장과 전면전을 선언한 것이다.

장로들의 안색이 급변했다.

대회의장이 아니라 서재에서 회동한다는 얘기에 어느 정도 짐작은 했었다.

하지만 이 정도로 사태가 커질 줄은 몰랐던 것이다.

처음 있는 일이었다.

아니, 석가장뿐만 아니라 단 한 번도 장씨세가는 어딜 공격한 적이 없었다.

"가주……."

삼 장로가 불안한 음성으로 읊조렸다.

말속의 위중함을 누구보다 심각하게 이해한 것이다.

두 장로의 표정도 밝지 못했다.

장웅의 표정 역시 굳어 있었다.

하나, 장련은 이미 장원태와 얘기를 나눴는지 별다른 내색을 하지 않았다.

"명분이 부족합니다."

결국 일 장로가 먼저 운을 뗐다.

장원태의 시선이 그에게로 이동했다.

"석가장을 친다는 말씀에는 동의합니다. 하나, 저희는 정파입니다. 무력으로 정파에 소속된 곳을 선제공격한다는 것은 정파인들을 납득시키기가 어려울 것입니다."

"일 장로, 방금 명분이라고 했나?"

장원태는 섬뜩할 정도로 일 장로를 매섭게 노려보았다.

"작년 중추절, 내 목숨보다 소중했던 아들 두 명이 죽었다. 평생 장씨세가에 목숨을 바쳐 살아온 무사 수십 명도 함께 죽었어! 그뿐이더냐. 며칠 전 그들은 선산을 내어달라고 말도 안 되는 요구를 했다. 그것도 모자라!"

장원태의 눈에는 안광이 비칠 정도로 충혈돼 있었다.

"본가의 이 공자인 우리 장웅도 납치를 해갔다. 이 이상! 이 이상!"

그의 고성이 모두의 귓가를 파고들 만큼 거세졌다.

"더 얼마나 사람들의 눈치를 보아야 하고 더 얼마나 많은 명분을 쌓아야만 하는가! 정녕 모두가 죽어나가야만 명분을 만들 수 있는 것인가!"

장원태의 목소리가 서재 안에 쩌렁쩌렁 울렸다.

평소와 다른 그의 외침에 장로들은 뒤이어 하려던 말을 곧장 삼켰다.

"하나, 가주, 이건 정말 위험합니다."

하지만 삼 장로는 입을 열었다.

경직된 다른 장로들을 제쳐둘 만큼 그는 이 문제를 다른 시각으로 바라보고 있었다.

"압니다. 이제는 저희가 보유한 병력이 석가장과 맞서도 충분히 싸울 수 있다는 것을 잘 압니다. 하나 그것은 전력으로 붙었을 때의 얘깁니다."

장원태의 시선이 그에게로 천천히 이동했다.

"저들은 바보가 아닙니다. 우리가 그들을 친다면 그들도 우리를 공격하지 않겠습니까. 그럴 경우, 방비도 해야 하고 공격 갔던 병력도 조정해야 합니다. 병력이 분산된다면 이 싸움은 결코 승부를 보장하지 못합니다."

잠시 침묵이 일었다.

장로들은 안색이 변해 있었다.

가주의 의지를 읽은 만큼 어떤 말을 해야 하는지 깊은 고민에 빠진 듯했다.

"삼 장로의 말은. 우리가 전력으로 그들을 칠 수 있다면 해볼만하다는 것인가?"

장원태가 묻자 삼 장로는 굳은 낯빛으로 입을 열었다.

"그렇습니다. 하지만 그것은 있을 수 없는 일입니다. 본가를 방어할 병력을 갖추지 않고 어찌 모든 전력을 적진에 밀어 넣을 수 있겠습니까."

"방법은 있어요."

삼 장로의 고개가 돌아갔다.

장원태가 아닌 다른 사람이 그의 말을 받았기 때문이다.

장련이었다.

그녀는 확신에 찬 듯 말을 이었다.

"뒤를 비우면 됩니다."

그 순간,

장로들의 시선이 장련에게로 향했다.

그녀의 의미심장한 말 한마디가 모두의 시선을 한데 모은 것이다.

장련은 검은 구슬을 짚었다. 그러고는 석가장의 반대 방향, 장씨세가와는 뒤쪽 사선 방향으로 천천히 이동시켰다.

그러다 어느 지점에서 손을 놓았다.

"이렇게요."

장로들은 지도의 위치를 더듬었다.

그리고 누구보다 빨리 구슬의 위치를 확인한 일 장로가 읊조렸다.

"지부(地府)……."

"맞아요."

장련은 고개를 끄덕였다.

"삼형부(三炯府), 지부 대인이 있는 곳입니다. 천 명 이상의 군사를 거느리는 장(將)도 있지요."

지부 대인.

도성급 이하에서 가장 큰 시(市)의 장.

천백 명의 군사를 움직이는 천호장이란 자가 있는, 그곳을 장련은 가리키고 있었다.

나라의 군사.

그들은 곧 도성의 도지휘사사와 연결되어 있고 나라의 오부(五府)에 관련된 병부의 지휘를 받는 곳이다.

검은 구슬이 놓인, 그곳으로만 이동하면 장씨세가의 안전은 확실하다는 말이었던 것이다.

"그럼 하인들과 시녀들은……."

삼 장로가 말을 잇자 장련은 기다렸다는 듯 흰 구슬을 뒤쪽으로 움직이다 손을 놓았다.

"남은 사람들은 모두 여기로 이동할 것입니다."

"……!"

"……!"

"……!"

장로들의 시선이 흰 구슬이 놓인 곳을 보며 놀란 눈빛을 내비쳤다.

장씨세가의 가까운 대객잔.

차우객잔이었다.

그렇다.

그녀가 뒤를 비운다는 건.

본가의 모든 사람들을 뒤쪽으로 물린다는 것이었다.

"그럼 이제 이것은."

장련은 붉은 구슬이 움직였다.

그러고는 석가장 앞에 붉은 구슬을 놓으며 손을 뗐다.

"이곳에 갈 수 있게 됩니다."

장로들은 눈을 부릅떴다.

뒤를 비운다는 장련의 묘안.

바로 관과 객잔으로 상황을 타개하려는 계책을 그제야 깨달은 것이다.

*　　*　　*

"장 가주가 전면전을 할 의사가 없는 이상 우리 쪽에서도 무리하게 칠 필요는 없습니다. 그들은 여러 표국을 통해 병력 보강한 상황입니다."

비연의 말에 석가장 장로들은 모두 동의하는 분위기였다.

"그 말은 다시 말해 최소한의 방어 병력을 제외한 모든 병력을 투입하여도 무방하다는 겁니다."

비연은 장로들의 반응을 둘러본 후 말을 이었다.

"하여 저는 석가장의 병력 이 할을 남겨놓고 팔 할의 병력으로 우리 쪽 병력의 손실 없이 장씨세가의 머리를 제거하려고 합니다."

"머리?"

"모두의 병력으로?"

"무슨 말이오?"

비연의 말에 장로들이 저마다 의문 섞인 한마디를 했다.

그들 대표로 대장로 석원이 나섰다.

"전면전을 할 생각이 없는데 본가의 병력 팔 할씩이나 필요한 이유가 뭐요? 그리고 장씨세가의 머리를 제거한다는 말도 무슨 뜻인지 모르겠소."

"이제부터 말씀드리지요."

비연은 한쪽 벼루에 놓인 붓을 집어 들었다.

그러고는 지도 안의 석가장 위치에 찍더니 장씨세가까지 일직선으로 주욱 그었다.

"본가의 오 할의 병력은 적진을 칠 것입니다. 그리고 남은 삼 할의 병력은……."

그녀는 일직선으로 그은 선, 중간 지점에서 우측으로 곡선 하나를 그리기 시작했다.

그 곡선은 장씨세가라 적힌 지도의 뒤쪽, 이름 모를 땅에 멈췄다.

"이곳을 칠 것입니다."

석도명과 장로들은 이해하지 못하는 시선으로 바라봤다.

대체 저 뻗어 나온 곡선의 의미가 무엇일까 유추하는 그런 눈빛들이었다.

"직선으로 그은 이것. 이 길을 타고 석가장의 오 할의 병력은 장씨세가로 갈 것입니다. 그리고 공격은 하지 않고 앞에서 멈춰, 치고 빠지는 행동을 반복할 것입니다."

"이왕 갔으면 쳐야지 시늉만 하는 이유가 뭐요? 그리고 아시는지 모르겠지만 장씨세가는 관(官)과 유대 관계가 좋소. 괜히 시간을 끌다 관에서 알아차리고 개입하게 되면 난처한 상황에 빠지게 될 거요."

이제껏 장로와 아버지의 눈치를 살피고 있던 석도명이 입을 열었다.

그런 그를 보며 비연은 입가에 미소를 머금었다.
"바로 그것을 노리는 것입니다."
"예?"
그녀는 곡선을 그렸던 선의 마지막을 가리켰다.
"이 곡선의 끝에 차우객잔이란 곳이 있습니다. 그곳을 공격하면 관의 관심을 돌릴 수 있을 겁니다."
모두들 그녀의 목소리에 귀를 기울이기 시작했다.
"차우객잔엔 지부 대인의 아들 당경(唐慶)이라는 사내가 있습니다. 그가 사흘이 멀다 하고 이 객잔의 술을 즐기는 것은 인근 사람들 사이에선 이미 알려진 사실이지요."
"…설마?"
"그렇습니다. 관의 시선을 돌릴 것입니다. 제가 불러온 사파, 그중에서도 흑도라고 불리는 녀석들이 있습니다. 그들이 이곳에서 분탕질을 쳐놓을 겁니다. 수법은 간단합니다. 정해진 시간 내에 한 명씩, 한 명씩 사람을 죽이면 효과가 극대화되지요."
"큼큼."
"흐으음"
"험험."
잔인한 수법을 언급하자 장로들의 헛기침을 해댔다.
그중에는 사파가 꼬인다는 것을 불쾌하게 여긴 자들도 있었다.
비연은 아랑곳하지 않았다.
"그 뒤 우리 쪽 사람이 관에 소문을 퍼뜨릴 것입니다. 그러면 그 지역 관에서는 장씨세가보다 지부 대인 아들의 안위를 걱정해 이곳을 먼저 살피게 될 것입니다."

"대체 그게 뭐 하는 거요? 굳이 병력을 분산시키고 관의 관심은 왜 이끄는 거요? 머리를 자르겠다는 건 대체 뭐요?"

석도명은 도대체 영문을 모르겠다는 듯 물어왔다.

"두 가지 이유가 숨어 있지요."

비연은 다시금 지도에 그려진 곡선 하나를 짚었다.

"첫째, 관의 관심을 사는 것입니다. 이 곡선 방면으로 이동한 석가장 삼 할의 병력은 장씨세가가 도착하기 전에 사파 고수를 처리합니다. 차우객잔은 본시 장씨세가가 치안을 맡는 곳. 그런 곳에 석가장이 도움을 준 사실이 밝혀지면 장씨세가를 바라보는 눈은 매서워지고 석가장을 보는 눈이 달라질 것이지요. 그 말은……."

그녀는 눈에 힘을 주며 말했다.

"다음에 장씨세가와 전면전을 하더라도 관이 개입하지 않을 명분을 얻을 수 있다는 것입니다. 상황에 따라서 우리의 싸움을 합법하게 여길 수 있는 우군까지요."

"아……."

감운 장로가 신음을 터뜨렸다.

비연은 계속 말을 이었다.

"두 번째는 장씨세가에서 어떤 행동이든 끌어낼 수 있다는 것입니다. 말씀드렸다시피 차우객잔은 본래 장씨세가가 관리하는 곳이며 지부 대인의 아들의 안위까지 걸려 있는 중대한 곳."

그녀는 장씨세가의 입구를 가리켰다.

"저희 쪽 병력이 이곳에 주둔해 있다면 장씨세가는 결국 선택을 해야 할 것입니다. 많은 병력이 이동하지 못하는 상태. 한데 차우객잔에는 사람들이 죽어나가는 상황. 그 말은 소수 정예가 움직일 수밖에 없어지는. 이를 테면……."

비연은 목소리를 높였다.

"묵객 같은 고수가 움직일 수 있는 환경이 갖춰진다는 겁니다."

"……!"

"참고로 저는 묵객 같은 수준 있는 자를 제거할 만한 고수도 영입해 놓았습니다."

"……!"

장로들의 눈썹이 꿈틀댔다.

장씨세가의 머리를 제거한다는 말을 그제야 깨달은 것이다.

석도명도 그제야 만족스러운 듯 고개를 끄덕였다.

"그럼 여기서 의문이 하나 생기겠죠. 왜 곡선의 방향 끝, 차우객잔으로 병력이 무려 삼 할씩이나 이동하느냐?"

그녀는 장로들을 슥 둘러본 뒤 다시 말을 이었다.

"그것은 제가 영입한 고수가 묵객을 치지 못할 만약의 경우를 대비하는 것임과 동시에 우리가 차우객잔에 주둔하여 사파 녀석들의 행패를 막았다고 관에 알리는 역할을 하기 위함이죠."

"아아……!"

"오호……!"

이번엔 장로 서열 삼사 위인 이운(李運) 장로와 백문(伯文) 장로가 감탄을 터뜨렸다.

머리를 치고 병력을 분산시킨 이유를 그때에야 온전히 이해할 수 있었던 것이다.

"쉽게 이해할 수 있게 짧게 요약해 말씀드리겠습니다."

비연은 지도를 더듬으며 말했다.

"석가장의 오 할의 병력이 장씨세가를 칠 때, 사파 중 한 사내가 차우객잔에 들어갈 것입니다."

그녀는 지도에 있는 장씨세가와 차우객잔을 가리켰다.

"그리고 객잔에 있는 한 명을 살려주어 장씨세가에게 소식을 전할 수 있게 이용을 합니다. 물론 지부 대인 아들 당경의 존재도 함께 말이지요. 차우객잔은 장씨세가에서 한 시진이면 가는 가까운 곳이니 전달도 빨리 될 것입니다. 그 이후 장씨세가는 묵객 같은 고수를 객잔으로 파견할 것입니다."

그녀는 지도 한쪽을 붓으로 칠했다.

심주현의 관(官)이 있는 곳이었다.

"그 이후 적당한 때를 보아 차우객잔의 소식을 관에 알립니다. 심주현의 현령은 지부 대인 아들이 위험하다는 소식을 듣고 차우객잔으로 관병을 보내겠지요. 거리를 계산하면 반나절 정도가 될 겁니다."

비연은 차우객잔을 가리켰다.

"관이 움직일 사이 장씨세가의 엄선된 고수가 이곳에 도착할 것입니다. 그때 남은 사파 흑도 고수가 움직일 것이고요. 물론 장씨세가가 고수를 파견하지 않는다면 관의 관심을 받고 전쟁의 명분을 얻을 수 있는 정도 선에서 끝날 것입니다. 하나, 그들은 올 것입니다. 반드시."

그녀는 생각한 것을 속으로만 되새겼다.

'왜냐하면, 묵객 외에도 숨은 고수가 있기 때문이지요.'

"마지막으로……."

비연은 다시 곡선이 그려진 지점을 손으로 가리켰다.

"석가장 삼 할 병력은 차우객잔에 당도하여 관병이 오기 전까지 주둔할 것입니다. 만약 장씨세가에서 오지 않았다고 하면……."

그녀는 눈에 빛을 띠며 말을 이었다.

"사파 녀석들만 제거하면 됩니다. 단, 소위건이란 분은 상황을 보고 판단해야겠지요."

비연은 흑도 녀석들을 가만 놔두지 않을 생각이었다.

어차피 그들은 사파다.

돈을 주어 입을 다물게 하는 것보다 죽이는 것이 더 깔끔하다.

그러니 장씨세가와의 난전 중에 처리한다. 지부 대인의 아들이 보는 앞에서 사파의 흉신 악살을 처리한다면 그건 가장 좋은 그림이 될 터였다.

"제 계획은 여기까지입니다. 다시 말하지만 이건 어디까지나 장씨세가가 전면전으로 나서지 않는다는 가정하에 이루어지는 전략입니다."

그 말에 장로들은 모두 저마다 긍정적인 눈빛을 내비쳤다.

석도명은 과도할 정도로 고개를 끄덕이는 모습을 보였다.

"동굴에 불을 피워 짐승을 끌어낸다라……."
잠잠히 듣고 있던 석대헌이 그제야 웃음빛을 띠었다.
비연은 그의 읊조림에 미소로 답했다.
"네, 관문착적(關門捉賊)입니다."

*　　*　　*

"금선탈각(金蟬脫殼)입니다."
장련의 말에 이 장로가 읊조리듯 말했다.
"껍질은 그대로 두고 몸만 빠져나가는 매미라……."
"네, 그렇습니다."
장로들은 고개를 끄덕였다.
심각했던 눈빛이 많이 누그러진 듯했다.
"한 가지 걸리는 것이 있습니다."
그때 이 장로가 자리에서 일어섰다.
그러고는 지도의 한 지점을 가리켰다.
그곳은 관과 조금 떨어진, 장씨세가보다 가까운 곳이었다.
"황가장입니다. 만에 하나 황가장이 석가장과 함께한다면, 이번 계획은 모두 수포로 돌아갈 수 있습니다."
모두의 시선이 이 장로에게로 향했다. 그러자 삼 장로가 끄덕였다.
"황가장은 석가장과 사이가 좋지도 나쁘지도 않지만, 우리 장씨세가와는 사이가 확실히 나쁘지요. 확률이 희박하다 해도 가능성이 있습니다. 혹여나 그 방법은 생각하셨습니까?"
"그건……."
장련의 표정은 어두워졌다.
그녀도 거기까진 생각이 미치지 못했던 것이다.
"그건 그다지 어려운 문제가 아닙니다. 그들과 동맹을 맺는 것으로 하면 됩니다."
주위의 시선이 장련의 옆으로 이동했다.
지금껏 침묵하던 이 공자 장웅이 입을 연 것이다.
이 장로가 재차 입을 열었다.
"황가장이 말입니까? 그들이 우리와 동맹을 맺을 리가 없지 않습니까."
"저는 동맹을 맺는다고 하지 않았습니다. 동맹을 맺는 것으로 한다고 했지요."
"그게 무슨……."
"정보를 사면 됩니다."
"정보를 산다고요? 이 공자. 그들은 무가입니다. 무가가 무슨 정보를……."
"무가이긴 하나 황가장이 정통 무가는 아니지요."
장웅이 탁자를 짚으며 말했다.
"황가장은 무공을 좋아하던 하오문 출신의 조혁서(助奕墅)란 사람이 독립하여 세력을 일궈 세운 신생 무가입니다. 뿌리가 얕기에 자금을 동원해서 세력을 세우고 있고, 그래서 그간 우리 장씨세가와 알력 다툼이 있었던 것입니다."

"묘가현. 지융현의 상권 말이로군."

장원태가 고개를 끄덕였다.

하지만 장로들의 시선은 아직 이해하지 못한 듯 보였다.

장원태가 재차 입을 열었다.

"그럼 장웅, 네 말은 그 상권을 넘겨준다는 것이냐? 그걸로 정보를 사겠다고?"

"……!"

이어진 장원태의 말에 장로들이 일순간 눈을 치켜떴다.

"그렇습니다. 정보를 산다는 것은 그들이 알고 있는 것뿐만 아니라 자신들이 동맹을 맺고 있거나 동맹을 맺으러 온 사람들까지도 알 수 있다는 이야기입니다. 동맹이든 아니든. 손을 잡게 되는 것은 확실하지요."

이 장로가 목청을 높여 반대했다.

"안 됩니다, 가주! 지융현은 세가의 연 수입의 이 할을 넘습니다. 그것을 포기하는 것은……."

"오라버니 말이 맞아요."

그때 장련이 끼어들었다.

"아가씨."

"한 가지 묻겠어요."

장련이 이 장로를 보며 말을 이었다.

"장로께선 지금 우리가 하는 것이 이익을 추구하려는 겁니까. 적들과 싸우려는 겁니까?"

"그거야 당연히 싸우기 위해……."

"맞습니다. 본가의 모든 것을 걸고 석가장과 싸우려는 겁니다. 이 싸움에서 진다면 지융현의 상권뿐만 아니라 모든 것을 잃게 되겠지요. 하나 이긴다면……."

탁.

장련은 석가장 부근 지도에 손바닥을 펼치며 눌렀다.

"석가장의 상권, 그 대부분을 우리가 가져가게 되는 겁니다. 물론 합법적으로 말이지요. 그렇죠, 오라버니?"

장웅은 자신을 바라보는 장련에게 고개를 끄덕였다.

"그래, 내가 말하고 싶은 건 그것이다."

"하지만 이 공자."

이번엔 턱을 괴고 있던 일 장로가 입을 열었다.

"그들이 정보를 내어주겠다고 해도 결정적인 순간 파기를 할 수 있지 않겠습니까. 안 그래도 우리 본가와 사이가 안 좋은 황가장이 아닙니까?"

"파기를 못 하게 막으면 됩니다."

"어떻게 말입니까?"

"그들이 원하는 것을 주고 소문을 내면 되지요."

"소문?"

장원태의 의문 섞인 눈길이 장웅을 바라보았다.

"그들은 엄연히 정파입니다. 우리가 소문을 내 상단을 받았다는 얘기가 흘러나오면 결코 계약을 파기할 수 없을 겁니다."

그 말에 다른 장로들이 고개를 끄덕였다.

일 장로는 그런 장웅을 바라보며 희미하게 미소를 지었다.

'이제 자신감을 찾으셨구나.'

분명 이 얘긴 가주와 상의한 내용이 아닐 터였다.

만약 그랬다면 이 장로의 질문에 장련이 말을 더듬는 일은 없을 것이다.

하나, 이 공자는 쉽게 해결해 냈다.

즉각 묘안을 이해하고 대처하는 능력.

그것은 상계 쪽 정보에 관해 같이 의논하며 늘 보아왔던 모습이었다.

최근에는 더 위축되거나 큰 실수를 하여 걱정을 했었는데 지금에서야 본연의 능력을 보인 것이다.

"저는 가주의 명을 따르겠습니다."

일 장로가 말했다.

"저도 그렇습니다."

"하겠습니다."

차례로 이 장로와 삼 장로 역시 동의 의사를 내비쳤다.

모든 의문이 걷히자 더는 망설일 필요가 없었다.

장원태의 얼굴이 밝아졌다.

장씨세가의 가장 주축인 세 명의 장로가 모두 동의한 것이다.

"그럼 모두 동의했으니 이제 모두에게……."

"아버님."

장련이 장원태의 급히 불렀다.

"더 남았더냐?"

"네."

장련은 흰 구슬을 가리켰다.
“하녀와 시녀들을 움직일 사람이 필요합니다. 석가장과 전쟁이 일어나면 우리야 민첩하게 대응하면 된다지만 하인이나 시녀들은 그러지 못합니다. 거기다 상단 쪽에서 온 사람들이나 미처 소식을 못 들은 사람들도 제법 있을 것입니다.”
“음.”
“그들을 통제할 사람이 필요합니다. 사람들을 아우르는 능력이 있으며 상단에도 밀접하게 소식을 주고받을 수 있는 사람. 거기다 적들이 우릴 공격할 때 본가의 사람들을 신속하게 대피시킨 후, 여전히 머무르고 있다는 것을 연기할 사람이 있어야 합니다.”
“황 노인이군요.”
일 장로가 입을 열었다.
장련은 그 말에 동의했다.
“네, 황 노인이 필요해요.”
이 장로와 삼 장로 역시 고개를 끄덕였다.
“그렇구나. 알겠다. 황 노인에게 지시를 주겠다.”
장원태가 동의 의사를 내비쳤다.
그때였다.
장웅이 급히 말을 이었다.
“그럼 광 호위도 본가에 두는 것이 어떻겠습니까?”
장로들의 시선이 그에게로 이동했다.
“광 호위는 황 노인이 데리고 온 사람입니다. 황 노인의 신변을 위해 광 호위가 있는 게 맞다고 봅니다."
장웅은 들었었다.
황 노인이 과거의 은정으로 그를 불렀다고.
그럼 그에겐 신변의 안전이 필요했다.
만약 그가 잘못되면 광 호위가 장씨세가를 지켜주지 않을지도 몰랐다.
"제 생각도 같아요. 황 노인의 신변을 위해 광 호위도 남아야 해요. 제 호위무사는 잠시 없어도 돼요."
장련이 장웅의 말에 동의했다.
그가 어떻게 해서 본가에 왔는지 잘 아는 것이다.
"흐음."
장원태가 선뜻 말을 하지 않았다.
그는 광휘란 사내가 묵객과 방각 대사와 같이 동행하기를 바랐다.
실력이 뛰어난 자다.
이번 구룡표국에서도 입증되었다.
이런 상황에 전력을 굳이 뒤로 뺄 필요는 없었다.
그때 삼 장로가 입을 열었다.
"그 생각에는 저도 의견이 같습니다."
"……?"
"과거의 은정으로 본 가를 도우러 온 몸입니다. 이 공자의 말대로 하는 것이 좋을 듯합니다."
그 말에 옆에서 듣고 있던 이 장로가 의미를 유추하다 뭔가 떠오른 듯 고개를 끄덕였다.

공을 세우는 것을 막기 위한 삼 장로의 의중을 눈치챈 것이다.

'본가를 위해 공을 세우게 할 순 없지.'

장원태의 마지막으로 일 장로를 보며 물었다.

"그대 생각은 어떻소?"

"저 역시 모두의 생각과 같습니다."

장원태는 그 말에 결국 고개를 끄덕였다.

"그러도록 하자. 묵객과 방각 대사만큼은 아니지만 무공이 뛰어나니 하인들도 목숨을 부지할 수 있을 테니까."

"그럼 이제 묵객과 방각 대사를 부릅니까."

"그러지. 광 호위는 밖에 있으니 그들이 올 때 같이 들어오라 이르고."

"예."

가주의 말에 다들 대답했다.

* * *

"꽤 중요한 얘기를 했나 보오."

벽에 등을 기대던 광휘가 장련이 나오는 모습을 보며 말했다.

앞서 먼저 나온 이 장로와 삼 장로가 어디론가 바삐 움직이는 것을 말한 것이다.

"가주께서 묵객과 방각 대사를 찾으시네요."

"……."

"그리고 무사님도요."

"나를 말이오?"

"네."

장련이 미소를 지으며 답했다.

광휘는 바닥으로 시선을 돌리고는 말했다.

"전쟁을 하려나 보구려."

"드, 들렸어요?"

광휘는 고개를 저었다. 그러고는 다시 입을 열었다.

"비밀리 회의를 갖고 그 뒤에 방각 대사와 묵객을 부르는 것을 보면 쉽게 유추할 수 있소. 장씨세가가 누굴 납치하거나 특정 인물을 죽이지 않을 테니 말이오."

"하긴……."

장련은 쉽게 수긍했다.

자신의 눈에도 그렇게 생각할 만해 보였다.

물론 비밀회의에 참석한 이와 불러올 이를 알 경우에.

잠시 침묵이 흘렀다.

그리고 그 침묵을 의외로 광휘가 깼다.

"석가장주도 바보는 아닐 거요. 장씨세가에 모인 병력의 의미를 알고 있다는 말이오."

"아뇨. 이번에는 반드시 성공할 거예요."

장련은 확신한 듯 말을 이었다.

"그동안 많이 당했었잖아요. 그렇게 당해오면서 단 한 번도 공격하지 않았어요. 그 이유가 뭐였겠어요?"

"……."

"맞아요. 힘이 없었기 때문이죠."

광휘의 시선이 그녀에게로 이동했다.

그녀가 하고 싶은 말은 그것이 아니란 걸 깨달았기 때문이다.

"하지만 의도치 않게 두 가지를 얻게 되었죠. 바로 힘이 생겼을 때 가장 필요한……."

"……."

"명분과 방심이에요."

광휘의 한쪽 눈썹이 올라갔다.

"아무것도 하지 못했기 때문에 가장 필요했던 게 생긴 거예요. 재밌게도 말이죠."

수없이 많이 괴롭힘을 당했다는 명분.

아무것도 하지 못했기 때문에 이번에도 그럴 것이라는 방심.

건곤일척의 싸움을 할 수 있는 강력한 무기 중 두 가지를 얻었다고 그녀는 말하고 있었다.

광휘는 다시 본래의 눈초리로 돌아왔다.

그러다 어느 순간 입꼬리를 올렸다.

"장 가주… 무서운 사람이구려."

"그들이 그렇게 변하게 만든 거죠."

둘은 그렇게 다시 침묵했다.

서로 무슨 생각인지 말을 하지 않았지만 이번 전쟁이 많은 것을 바꿔놓을 것이란 것만은 알고 있었다.

침묵의 시간이 지루하게 느껴질 때쯤.

대문에서 느껴지는 인기척에 장련은 고개를 들었다.

"오셨어요?"

방각 대사였다.

그는 장련을 향해 한 손을 들고 묵례를 했다. 그 뒤 방각은 서재 안으로 발걸음을 돌렸다.

그러던 그때,

광휘를 슬쩍 바라보며 지나치려던 그가 갑작스레 동작을 멈췄다.

무릎을 굽힌 자세 그대로 굳어버린 것이다.

광휘가 천천히 고개를 돌렸다.

그 순간 그 역시도 눈을 부릅떴다.

단 한 번도 표정의 큰 변화가 없던 광휘의 얼굴이 누가 봐도 알 정도로 변해 있었던 것이다.

"혹시……."

방각 대사가 입을 열었다.

"우리 어디서 본 적이 있던가?"

第九章

묵객의 도발

광휘는 시선을 거두었다.

하지만 방각의 시선은 여전히 광휘에게로 고정되어 있었다.

그 때문인지 같이 걸어온 이 공자 장웅도 더는 들어가지 못하고 자리에 섰다.

"대사님, 이분은 제 호위무사예요. 그리고 무사님, 이분은 구룡표국에서 오신 방각 대사예요."

장련이 나서 양쪽을 소개했다.

그사이 방각 대사가 굽혔던 자세를 천천히 폈다.

잠시 스쳐 갔던 당혹스러운 표정도 어느새 지워져 있었다.

"하긴, 살아 있을 리가……."

방각 대사가 영문 모를 말을 내뱉었다.

그는 광휘를 향해 다시 한번 예를 표했다.
그러고는 더는 말을 걸지 않고 서재 안으로 빠르게 들어갔다.
"뭐라고 하신 거지?"
장련은 고개를 갸웃거렸다.
광휘 역시 입을 닫고 아무 말도 않았다.
하나, 장웅은 달랐다.
'살아 있을 리가 없다고?'
그는 방각 대사가 들어간 서재 입구를 조용히 바라보고 있었다.

* * *

묵객이 들어오고 세 명이 모이자 장원태는 각자 할 일을 간단히 설명했다.
묵객은 흔쾌히 동의했고 방각과 광휘는 별다른 말을 하지 않았지만 수긍하는 눈치였다.
장원태의 몇 마디가 오고 간 뒤 다들 서재 밖을 나갔다.
황 노인은 그들이 나설 때 서재로 들어갔다.
"이거야 원. 가주께서 아주 단단히 작심을 하셨는데."
이각(삼십 분) 정도 서재에 머물다 나온 묵객이 놀란 얼굴로 고개를 저었다.
순후하고 신중한 성품이던 장원태가 저렇게까지 공격에 열을 올리는 모습은 상상도 못 했던 것이다.

"그간 본가가 받은 핍박이 적지 않아서요. 대협께서 기분이 상하셨다면 넓은 아량으로 양해해 주시길 바랍니다."

장련이 고개를 숙이며 말했다.

그러자 묵객은 언제 그랬냐는 듯 얼굴을 밝게 폈다.

"아니, 아니. 아무려면 이런 걸로 기분이 상하겠소. 그저 조금 의외였다 뿐이지. 그렇지 않소, 대사?"

방각이 잠시 생각하는 듯 침묵하더니 이내 대답했다.

"딱히. 소승은 돈만 받으면 되오."

"허허."

노골적인 대답에 묵객은 고개를 설레설레 흔들며 곧 광휘에게 시선을 돌렸다.

"형장은 어떻소?"

광휘는 대답하지 않았다.

'거참…….'

누가 말 걸지 않으면 하루 종일 입 다물고 있는 중(僧)에다 중보다 더 말이 짧은 사내.

이래서야 말을 거는 보람이 없지 않은가.

묵객은 그저 한탄만 했다.

그 과장스러운 모습에 장련은 후후 웃다 아 하며 뭔가를 떠올렸다.

"무사님, 저희는 잠시 상비청으로 가요."

"……?"

"빨리요."

장련은 광휘를 재촉하며 곧장 걸어갔다.

*　　*　　*

상비청.

필요한 물품을 주는 곳.

그곳에 들어서자 중년의 여인이 웃으며 장련을 맞이했다.

"아가씨, 오랜만입니다."

"정말 오랜만이에요. 그동안 잘 계셨죠?"

"저야 항상 잘 있죠. 아가씨께서 신경 써주시는 덕분에 얼마나 잘 지내는데요. 자양(慈陽)아, 여기 와 아가씨께 인사드려라."

부인의 말에 똘망똘망한 소년 한 명이 걸어와 배꼽까지 고개를 숙였다.

"안녕하세요, 아가씨."

"아! 네가 그 자양이구나."

장련은 무릎을 꿇고는 소년의 머리를 매만졌다.

그리고 소매에 뭔가를 꺼내 자양의 손에 쥐여주었다.

은 한 냥이었다.

"이걸로 나중에 맛있는 거 사 먹어."

"아가씨, 누가 보기라도 하면……."

"괜찮아요. 아무도 안 보는걸요?"

부인은 장련 뒤에 서 있는 사내를 바라보았다.

"크흠."

광휘는 그녀와 눈이 마주치자 급히 시선을 돌리며 기침을 했다.

"아, 그런데 아가씨. 무슨 일로 오셨어요?"

부인이 다시 물었다.

"추위를 잘 막고 활동하기 편한 장포 하나 주세요."

"어떤 분이 입으실 건가요?"

"저분요."

장련은 뒤쪽으로 손가락을 가리켰다.

여인은 광휘를 위아래로 훑어보더니 고개를 끄덕였다.

"마침 맞는 옷이 있을 것 같아요. 굳이 만들지 않아도 되겠어요."

"그래요? 잘됐네요."

장련은 웃으며 말을 이었다.

"두 벌 주세요."

"두 벌요?"

"네."

장련이 부인과 대화를 나누고 있을 때 광휘가 눈을 굴렸다.

왜 두 벌씩이나 필요한 건가.

광휘가 고개를 갸웃거릴 때쯤이었다.

등 뒤에서 누군가 쿡쿡 찌르는 듯한 느낌을 받았다.

"우와, 아저씨. 칼 되게 크다."

조그만 소년이었다.

허리까지밖에 오지 않는.

"이거 진짜 쓰는 거예요? 이걸로 막 휘둘러요?"

소년은 배시시 웃으며 광휘를 올려다보았다.

장도(長刀)를 보고 신기해하는 소년을 광휘는 물끄러미 내려다보았다.

"와, 정말 되게 멋지다."

"자양아, 무사님한테 그러면 못써."

뒤늦게 부인이 소년을 끌어당기며 품으로 앉았다.

"엄마, 나도 저런 거 갖고 싶어."

"그건 안 돼."

"왜 안 되는데?"

"저렇게 위험한 건 무사님들만 차고 다니는 거야."

"무사?"

"그래, 무사."

그 말에 소년이 뭔가가 떠올랐는지 눈을 동그랗게 뜨며 말했다.

"아, 그럼 아저씨가 묵객이에요?"

"자양아, 저분은 다른 분이시란다."

"그래요? 그럼……."

소년은 잠시 골몰하더니 입을 열었다.

"아저씨가 강해요? 묵객이 강해요?"

"……."

"……."

일순간 침묵이 흘렀다.

소년의 말에 분위기가 묘하게 흐른 것이다.
"풋."
결국 지켜보던 장련이 웃음을 터뜨렸다.
이내 그녀는 소년 앞으로 다가가 머리를 쓰다듬으며 말했다.
"자양아, 묵객이란 분은 전국을 떠돌아다니며 이름을 날리신 분이셔."
"그럼 묵객이 더 강한 거예요?"
"그야……."
장련이 잠시 뜸을 들이다 광휘를 슬쩍 바라봤다.
광휘는 이곳과 상관없는 사람처럼 다른 곳으로 시선을 돌리고 있었다.
잠시 그에게서 눈을 뗀 장련이 재차 말을 이었다.
"아니, 누가 더 강한지는 알 수 없단다."
"왜요? 묵객은 엄청 대단하신 분이라 사람들이 그러던걸요?"
"대단한 분이시지. 하지만 저분도 대단하신 분이셔. 다만 실력을 드러내지 않아서 사람들이 잘 모른단다."
"왜 실력을 드러내지 않아요?"
"호위무사니까."
"호위무사?"
소년은 눈을 동그랗게 뜨며 물었다.
"그래, 호위무사."
"호위무사가 뭐예요?"
"음……."

장련은 무슨 말을 해야 할지 잠시 망설이다 미소와 함께 말했다.

"호위무사란 말이야. 사람을 지켜주는 사람들을 말한단다."

"사람을 지켜줘요?"

"그럼."

장련은 소년이 알아듣기 쉽게 또박또박 말했다.

"호위무사는 사람을 다치지 않게 한단다. 힘을 숨겨 자신의 존재를 감추지만 사람들이 두려움에 떨 때 그때야 비로소 나타난단다."

"그럼 아저씨가 우리 세가를 구해주는 사람이에요?"

"그래, 저분이 지켜주시고 계셔."

"우와, 그럼 멋진 사람이네요?"

"물론이지. 훌륭하신 분이야."

그때 부인이 나섰다.

"이제 그만 물어보거라. 아가씨가 불편해하시잖아."

"아, 죄송합니다. 아가씨."

소년은 곧바로 고개를 숙였다.

"아니에요."

"아가씨, 장포는 내일 가져다 드릴게요."

"네, 그래요."

장련은 이리저리 눈을 굴리고 있는 소년의 머리를 다시 한번 쓰다듬고는 일어섰다.

그러곤 광휘 옆으로 다가서더니 말했다.

"저 잘했죠?"

그 말을 끝으로 장련은 문밖으로 나가 버렸다.

광휘는 멀뚱히 서 있는 중년 여인과 소년을 한 번 바라보고는 앞서 나간 장련을 따라 나섰다.

'쓸데없는 짓을.'

하지만 말과 달리 그의 입꼬리 한쪽이 올라가 있었다.

* * *

싸늘한 바람이 부는 늦가을의 밤.

장씨세가 내원은 사람들이 거의 보이지 않을 정도로 을씨년스러웠다.

휘릭휘릭.

이름 모를 건물, 처마 밑에 걸린 각등 하나가 강한 바람에 몸을 가누지 못했다.

그와 함께 건물 안, 문창살 사이로 호롱불에 투영된 사람의 그림자 하나가 나타났다 사라지기를 반복하고 있었다.

끼익. 끼익.

장웅은 심란했다.

전쟁에 대한 걱정보다 지금은 다른 것이 더 신경 쓰였다.

'분명 뭔가 아는 듯했어.'

최근 광휘란 자에 부쩍 관심을 가졌기 때문일까.

그가 과거에 무엇을 했는지 궁금하던 차에 오늘 방각 대사와의 장면을 목격한 것이다.

그 장면이 아직까지도 머릿속을 떠나지 않았다.

'하나, 때가 좋지 않다.'

석가장이 언제 공격해 올지 모르는 때다.

그런 상황에서 곧 전쟁에 참여해야 하는 인물을 방해하고 싶지 않았다.

하나, 자신의 생각과는 달리 장웅의 귓가엔 그때의 목소리가 들려왔다.

"하긴, 살아 있을 리가……."

방각 대사는 대체 무엇을 본 것일까?

실력을 드러내지 않는 광휘란 자의 사연은 대체 무엇일까?

아니, 그보다 광휘란 자는 대체 누구이기에 그런 대단한 실력을 가진 건가.

'생각을 접자. 곧 전쟁을 해야 해.'

장웅은 계속 그렇게 되뇌었지만 생각과는 달리 자리에도 앉지 못한 채 진정하지 못하고 방 안을 계속 거닐었다.

"이 공자 안에 계십니까?"

"……!"

이러지도 저러지도 못하던 그때였다.

장웅의 고개가 문 쪽으로 홱 돌아갔다.

들려오는 목소리가 자신의 방에 찾아올 인물의 것이 아니었기 때문이다.

"소승 방각입니다. 야심한 밤에 죄송합니다."

철컥.

장웅이 급히 문을 열자, 거기에는 가삼 자락을 걸친 작은 체구의 고승, 방각 대사가 한 손을 들어 반장을 하고 있었다.

"들어오십시오. 바깥바람이 찹니다."

장웅은 그를 안으로 들게 했다. 그러고는 의자를 내어줬다.

드르륵.

방각이 느릿하게 걸어와 자리에 앉는 사이 장웅은 왠지 이상함을 느꼈다.

지난번에 보았던 강건하고 고집스러웠던 분위기가 오늘은 왠지 많이 누그러진 것같이 보였기 때문이다.

"이 늦은 시간에 무슨 일입니까?"

"부탁을 하나 하려고 왔습니다."

"…부탁이요?"

장웅은 귀를 의심했다.

방각 대사의 입에서는 전혀 예상치 못한 얘기가 나온 것이다.

터억.

두툼한 전낭이 장웅 앞으로 내밀어졌다.

눈으로 물어보자 방각은 풀어보라는 듯 고개를 끄덕였다.

"아."

전낭 안에는 엄청난 거금의 전표가 들어 있었다.

돈이라면 딱히 부족함이 없는 장씨세가의 이 공자도 놀랄 만한 금액이었다.

“이 돈을 맡아주십시오. 혹여 소승에게 일이 있을 경우 이곳으로 보내주시고.”

스윽.

뒤이어 방각은 소매에서 종이 한 장을 꺼내며 탁자 위에 올렸다.

장웅의 시선이 그가 내민 종이로 향했다.

“양가촌(梁家村), 진가장(眞家莊) 등을 포함한 빈민촌 이백여 가구입니다. 이 돈으로 한 해 은 이백 냥씩 십 년 동안 보내주시면 됩니다.”

장웅의 시선이 차례로 전낭과 종이, 그리고 방각의 얼굴로 향했다.

“설명을 좀 해주시겠습니까?”

그 말에 방각이 입을 열었다.

“가족이 있습니다. 소림사에서 나온 후 생긴 가족이라 더없이 소중한 자들이지요. 이 공자도 아시겠지만 석가장과의 전쟁, 어떤 식으로 흘러갈지 모릅니다.”

“…….”

“장씨세가의 묘안이 성공을 하더라도 이 정도의 큰 싸움에서는 항상 변수가 존재하게 마련이지요. 전쟁 중 누구라도 죽을 수 있다는 얘깁니다. 그것이 제가 될 수도 있겠지요.”

“대사, 어찌 불길한 말씀을…….”

“삶도 죽음도 부처님께 달린 것이니 소승은 여한이 없습니다.

그러니 장씨세가를 위해 최선을 다할 것입니다. 다만, 혹여나 제가 변을 당한다면 앞으로 이들을 맡아줄 사람이 없습니다. 그걸 이 공자께 부탁드립니다."

장웅은 종이를 펼쳐보았다.

빽빽한 글자로 써 있는 그곳엔 받는 사람의 이름과 사는 지역, 보낼 돈이 적혀 있었다.

장웅이 선뜻 받아들이지 못하고 있는 모습을 봤기 때문일까.

방각이 다시 입을 열었다.

"파불이 된 지 오 년. 그간 소림의 계율을 어겨가며 모으긴 했으나 더러운 돈은 아닙니다."

"오해 마십시오. 제가 주저하는 건 그런 이유 때문이 아닙니다."

"그럼 뭡니까?"

"왜 저입니까? 왜 이런 큰돈을 제게 보여주시고 부탁을 하시는 겁니까."

"글쎄요."

방각은 시선을 돌렸다.

창가로 어렴풋이 비치는 불빛이 그의 눈에 들어왔다.

"그저 그런 기분이 들었습니다. 이번 전쟁에서 제 운이 다할 것 같은 그런 기분 말입니다. 누군가에게 부탁을 해야겠는데 주위에 믿을 사람이 없더군요. 강호를 살며 내 사람 한 명을 만들지 못한 제 업보이지요."

"……."

"그런 고민을 하며 걷다 보니 어느덧 이 공자 처소 앞에 제가 와 있었습니다. 해서 방문을 열기 전 그 이유를 생각해 보았습니다."

방각은 말을 이었다.

"돈이 많은 집안이라 이 정도 돈에 흔들리지 않을 것 같았습니다. 가주가 권력을 탐하는 인물이 아니니 제 돈을 그런 곳에 쓰지도 않을 거고요. 거기다 이번 전쟁을 이기기만 한다면 더 많은 것을 얻을 수 있을 테니 제 돈을 지키는 조건에 부합했습니다."

"아……."

"하지만 이런 이유들보다는……."

방각이 장웅의 시선에 맞췄다.

"그때 이 공자께서 제게 보인 눈빛이 맘에 들었나 봅니다."

"눈빛?"

"예."

그 말에 장웅은 다시금 고개를 내렸다.

당시 방각은 자신에게 불편한 기색을 보였다.

한데, 그가 느낀 감정은 전혀 달랐나 보다.

장웅은 잠시 고민하는 듯하더니 입을 열었다.

"알겠습니다. 이 일은 소인이 맡겠습니다."

그의 말에 방각은 한 손을 들어 반장을 했다.

파불이 된 후에도 여전히 소림사의 예를 따르고 있는 그였다.

"대사님, 그럼 저도 한 가지 부탁을 해도 되겠습니까?"

"제게도 부탁을 하실 것이 있습니까?"

"방각 대사께서 아시는 분에 대해 여쭤보려고 합니다."

방각이 미간을 찌푸렸다.

"이 돈에 대한 사연을 물으신다면 거절하겠습니다."

"그런 건 아닙니다."

방각의 시선이 그에 머물렀다.

"혹시 아침에 보았던 그 사내 말입니다. 련이 옆에 있던 호위무사… 기억하십니까?"

방각이 뭔가를 떠올리는 듯 시선을 올리더니 말했다.

"기억합니다."

"그에 대한 이야기를 좀 듣고 싶습니다만."

"흠, 개의치 않으셔도 됩니다. 소승 역시 잠시 아는 인물인가 생각했는데, 다시 보니 다른 사람 같았으니. 단순히 착각했던 것이지요. 애초에 그가……."

방각 대사는 하려던 말을 끊고 고개를 저었다.

"상관없습니다."

장웅은 눈에서 이채를 발하며 한 발 다가앉았다.

"당시, 대사의 머릿속에 떠올렸던, 착각했었던 그 인물에 대해서라도 듣고 싶습니다. 그는 어떤 사람입니까?"

*　　　*　　　*

"여기 있습니다. 더 필요하십니까?"

찰랑찰랑.

청년이 허리까지 오는 높이의 큼직한 술동이를 가져왔다. 그러다 건네주기 전에 잠시 머뭇거리며 말을 꺼냈다.

"그런데 무사님……."

"……?"

"아, 아닙니다."

청년은 무슨 말을 하려다 입을 다물었다.

사내가 그를 바라보자 등 뒤에 멘 거대한 도신에서 느껴지는 위압감에 위축이 된 것이다.

그는 그렇게 그곳을 빠져나갔고, 뒤에서 곁눈질로 보던 청년 한 명이 그에게 다가오며 말을 걸었다.

"이봐, 방금 저분이… 장련 아가씨 호위무사지?"

"그런 것 같군."

"연회도 없는데 술은 왜 필요하다는 거야?"

"나도 모르지. 그냥 내어달라기에……."

말을 이으려던 청년이 머리를 갸웃거렸다.

"그런데 저분 말이야."

"저분이 왜?"

"손을… 떨고 있지 않았나?"

"응? 난 못 봤는데."

"그래?"

그는 잠시 고민하다 이내 갸웃거리고는 대수롭지 않게 읊조렸다.

"하긴, 아가씨의 호위무사가 손을 떨겠어? 내가 잘못 봤겠지."

*　　*　　*

끼이익.

광휘는 이제는 반쯤 숙소가 되어버린 장서고로 돌아왔다.

한동안은 방해받지 않아도 된다. 장련이 하루 정도는 푹 쉬라고 시간을 내어주었다.

'이참에 정말 쉴 수 있다면 좋았겠지만…….'

그러다 갑자기 발작이 일어났다.

발작을 누그러뜨리기 위해서는 급히 술을 부어 넣어야만 했다.

꿀꺽꿀꺽.

부르르르.

표주박으로 연거푸 떠먹었지만 광휘의 손의 떨림은 쉽게 가라앉지 않았다. 거의 술동이를 바닥까지 비우고 나서야 멈췄다.

"하아."

광휘는 표주박을 놓고는 바닥에 주저앉아 한숨을 내쉬었다.

발작.

또다시 발작이다.

이런 증상이야 은퇴를 하고 난 뒤에도 종종 있어왔으나 이번엔 뭔가 이상했다.

예전에는 조롱박 반 바가지를 비우면 신경이 누그러졌다.

그런데 지금은 동이를 거의 다 비웠을 때쯤에서야 겨우 진정된 것이다.

스윽.

광휘는 입가에 묻은 술을 닦아내고는 몸을 일으켰다.

'갑갑해…….'

장련은 쉬라고 했지만 광휘는 지금 이곳에 있는 것이 더 힘들었다.

갇힌 공간에 오래 있다 보니 왠지 증상이 더 심해질 것 같은 기분이 들었기 때문이다.

사박. 사박.

광휘는 한정당 안으로 들어섰다.

좁은 샛길을 가로지르며 익숙한 길을 걷다 보니 이리로 와버린 것이다.

주위는 어두웠다.

밤에는 한정당 안을 걷는 사람이 없는지 흔한 각등 하나 걸려 있지 않았다.

스윽.

한정당 주위를 맴돌던 광휘가 갑자기 걸음을 멈췄다.

동시에 규칙적이던 그의 숨소리가 가늘어졌다.

시선과 동선.

자세와 움직임.

모든 것이 그 자리에서 완벽히 멎었다.
휘이이잉.
크게 불던 바람 소리가 잦아들 때쯤이었다.
그 순간 탁 하는 소리와 함께 뒤쪽에서 역풍이 일었다.
광휘가 곧장 몸을 뒤로 돌렸다.
패애애액.
"……!"
눈앞에 어른거리던 환영이 날카로운 칼로 변하며 광휘의 목을 찔러왔다.
휘익.
광휘가 순간적으로 횡으로 이동해 칼을 피해냈다. 하나, 그것이 끝이 아니었다.
첫 공격은 속임수였다.
사선 베기가 연달아 이어진 것이다.
'고수!'
뒤로 물러나던 광휘가 상대의 횡 베기에 곧장 자리에서 도약했다.
한데, 상대의 칼날은 더욱 매섭게 따라붙었다.
공중에서 떨어지는 광휘의 위치를 잡은 그는 곧장 수직으로 그어 올려 버렸다.
캉!
어둠 속에서 불꽃이 튀었다.
공중에서 급히 칼을 꺼낸 광휘가 그의 삼 수(三手)를 막아낸 것이다.
하지만 그의 공격은 멈추지 않았다.
캉!
"큽!"
이번엔 강한 내력을 실었던지 휘몰아치던 상대의 공격에 광휘가 신음을 내뱉었다.
그때쯤이었다.
광휘의 눈에 투기가 일었다.
쇄액.
상대가 가로 베기를 시도했다.
순간 광휘도 움직였다.
상대의 칼의 동선을 포착해 일치한 동작으로 검을 휘둘렀다.
카아앙!
칼이 맞닿자 이전과 다른 번갯불이 튀었다.
이번엔 상대의 몸이 휘청거리며 뒤로 물러섰다.
광휘가 달려 나가려 자세를 취하자 상대는 민첩한 움직임으로 뒤로 주욱 빠졌다.
다섯 장의 거리.
그곳에서 걸음을 멈춘 사내는 광휘를 보며 해맑게 웃었다.
"크… 역시 실력을 숨기고 있었군."
광휘의 눈빛이 더욱 매서워졌다.
그곳엔 별로 마주하고 싶지 않은 인물, 묵객이 서 있었다.

"맹에서 오셨다고 하던데… 어디서 근무하셨소? 그보다 본래의 이름이 뭐요?"

묵객이 긴장을 풀려는 듯 쾌활한 목소리로 말했다.

하나, 광휘는 달랐다.

평소와 달리 매우 진지한 표정을 하고 있었다.

목소리 또한 약간의 분노가 서려 있었다.

"장난이 지나치셨소, 묵객."

"좀 그랬소? 그건 미안하게 됐소. 한데 형장……."

묵객이 다시 입을 뗐을 때 광휘는 뒤돌아서고 있었다.

그를 무시하고 왔던 길을 되돌아가려 했다.

"언제까지 숨길 참이오?"

멈칫.

묵객은 기다렸다는 듯 말을 이었다.

"이 공자를 구한 것 말이오. 낭중지추란 말이 있소. 아무리 숨기려고 해도 송곳은 삐져나오는 법이오."

광휘는 눈을 가늘게 뜨고 그를 노려보았다.

"너무 염려할 필요는 없소. 다른 자에게 말하지는 않았으니. 그게 당신이 원하는 것이 아니겠소. 하나."

광휘와 묵객은 한동안 마주 보았다.

일순간 긴장감이 흘렀다.

"제대로 된 실력을 보여줬을 때에만 해당되는 말이오."

묵객과 광휘는 한동안 마주 보았다.

미소를 머금는 묵객.

싸늘하게 식어버린 광휘의 시선.

한정당은 순식간에 두 사내가 피워 올리는 긴장과 투기로 가득 찼다.

*　　　*　　　*

“천중단이라고 아십니까?”

“십이 년 전 무림맹에서 만든 최고의 부대라고 들었습니다.”

방각의 물음에 이 공자는 곧장 대답했다.

“또 아시는 것이 있습니까?”

“전국에 사파 중 위험한 흑도 인물을 제거하고 흑도 최고 고수인 대살성을 제거하는 일을 맡았다고 들었습니다.”

“흐으흠.”

방각은 긴 신음을 내뱉고는 잠시 생각에 잠겼다.

장웅의 말을 들어보니 그는 세간에 퍼진 소문 정도만 겨우 듣고 있는 모양이었다.

“대외적으로 그렇게 천명을 했지요. 하나, 천중단 안을 들여다보면 사실 두 개의 부대가 존재했었습니다. 이름 그대로 천중단. 그리고… 살수 암살단이지요.”

“……!”

장웅이 눈을 번뜩였다.

살수 암살단이라는 이름이 주는 의미가 매섭게 다가왔기 때문이다.

"전국 각지의 내로라하는 고수들을 선발한 뒤 대원을 뽑습니다. 이것이 천중단입니다. 그리고 그중에서도 한 번 더 추려내는 과정을 거칩니다. 의협심이 강한 자들, 협행을 쌓은 그런 자들 말이지요."

"하면……?"

"그렇습니다. 그들이 바로 숨겨진, 무림맹주 직속 산하의 최정예 고수들. 바로 살수 암살단입니다."

장웅은 숨소리를 죽일 정도로 방각의 말에 집중하고 있었다.

"소승이 왜 이 얘길 하느냐 하면……. 당시 제가 오인했던 인물이 바로 그 부대 소속 대원이었기 때문입니다."

"아……."

"그는 살수 암살단 중에서도."

방각은 시선이 날카롭게 변했다.

"가장 두각을 나타냈던 자였지요."

* * *

광휘의 시선은 묵객을 향해 한참을 머물러 있었다.

묵객 또한 그런 광휘의 시선을 꽤 오랜 시간 보고 있었다.

살랑.

그들 사이로 낙엽 하나가 바닥에 떨어졌을 때였다.

광휘가 굳게 다물던 입을 열었다.

"괜한 호기는 자신을 위험에 빠뜨리기도 하오."

그 말에 묵객의 눈썹이 꿈틀거렸다.

"괜한 호기인지 아닌지는……."

휘익.

묵객이 도를 세우며 말을 이었다.

"곧 밝혀지지 않겠소?"

이번엔 광휘의 표정이 굳어졌다.

물러서지 않겠다는 묵객의 의지를 읽은 것이다.

광휘는 그를 향해 이전보다 더 강력한 어조로 입을 열었다.

"보이는 것만 믿는 것이 우리 인간이오. 정중지와(井中之蛙)라는 말을 알고 있소?"

묵객의 미소가 서서히 지워졌다.

자신감이 지나쳐 기가 찰 정도다.

칠객 중 하나라는 자신을 앞에 두고도 어찌 저런 자신감을 보인단 말인가.

그 때문인지 그의 목소리도 싸늘하게 변해 있었다.

"그럼 형장께서 내게 우물 밖의 세상을 보여주면 되겠구려."

광휘는 물러서지 않겠다는 묵객의 의지를 읽었다.

뭔가를 알고 왔고 여기서 그것을 확인하겠다는 의도가 분명했다.

휘이이잉.

싸늘한 바람이 서로의 옷깃으로 파고들었다.

하나, 이 정도 추위로는 그들의 뜨거운 시선을 방해하지 못했다.

"이렇게까지 말했는데도 굳이 하겠다면……."
한참을 침묵하던 광휘가 결국 입을 열었다.
"덤벼보시오."
그 말에 묵객의 얼굴이 더욱 일그러졌다.
"좋소. 그것이 자신감일지 과신일지는……."
묵객은 자세를 고쳐 잡았다.
그러고는 광휘를 노려보며 말을 이었다.
"지금 확인해 보리다."

* * *

"유역진(柳譯進). 그의 이름이오."
방각의 말투가 하오체로 변했다.
"칠객 출신으로 십이 년 전 단리형, 허욱일과 함께 살수 암살단으로 등용되었소."
"과거 칠객 출신에 유역진이란 사내가 있었습니까? 저는 처음 듣는 얘깁니다."
"그럴 게요."
"예?"
"무림맹에서 그에 관한 소문과 기록은 전부 지워 버렸으니까 말이오."
장웅은 곧장 이해를 못 한 듯 탁자 밑으로 시선을 내리다 다시 의문을 표했다.

"그게 가능합니까? 소문을 지우다니요. 더구나 칠객 정도로 이름을 날린 자라면 지운다고 해서 지워지는 게 아니잖습니까?"

"개방(丐幫)이 돕는다면 꼭 불가능한 것만은 아니오."

"개방……."

그 말에 장웅은 더는 말을 잇지 못했다.

정말 가능할지도 모른다는 생각이 뇌리에 스친 것이다.

전국 어디에나 거지는 있다.

거지가 모이는 곳에는 정보가 있고 그들 속에는 그 무리를 이끄는 개방의 방도가 있다.

천하 각처에 뻗어 있는 백여 개의 분타(分舵).

각 분타에 소속되어 있는 숫자만 해도 수백 명에 이르는 거대한 집단.

방각은 그들을 거론하고 있는 것이다.

"그가 태어난 곳, 그가 자라왔고 보았던 사람들, 그가 머물렀던 곳, 그가 지나쳤던, 존재했었던 모든 것이 지워졌소."

장웅은 말이 나오지 않았다.

사람의 존재를 지우다니.

대체 왜.

무슨 이유로.

"십이 년 전 칠객은 저도 기억하고 있습니다. 그중 단리형이란 자는 무림맹주가 되지 않았습니까? 그리고 허욱일이란 자도 칠객이라고 모두 알고 있지 않습니까?"

장웅은 이해가 되지 않았다.

천중단이 두 개의 조직이며 그중 살수 암살단이 있다는 건 알고 있다.

일반적인 조직이 아니니 기밀을 요구한다는 것도 이해했다.

하지만 명성.

이름이라는 것이 그렇게 쉽게 지워지는 것이던가. 그 안에는, 살수 암살단이라는 조직 안에는 칠객만이 아니라 다른 유명한 고수들도 있었을 터인데.

방각은 이해한다는 눈빛으로 고개를 끄덕였다.

"그럴 게요, 그만 지워졌으니."

"대체 왜……?"

"명분 때문이오."

"명분……."

"맹주를 추종하는 자들이 있지요. 맹주가 맹주답기 위해선 명분이 필요한 법이니까."

장웅은 이해가 되지 않았다.

맹주와 명분이 대체 무슨 뜻이란 말인가.

"맹주답기 위한 명분이라니, 그게 무슨 말입니까?"

"맹주도 살수 암살단이었고. 그리고 그도 살수 암살단이지요. 한데, 문제는 여기서 발생했소."

"……."

"맹주가 아닌 그가……."

방각은 눈을 번뜩였다.

"살수와의 전쟁을 끝내 버렸기 때문이오."

*　　*　　*

스윽.

서로 노려보던 중 묵객이 한 발 움직였다.

그와 동시에 미세하게 움직이던 묵객의 단월도가 멈췄다.

편한 자세로 서 있던 광휘의 시선도 아래로 떨어졌다.

둘의 시선이 서로의 눈과 손, 발로 빠르게 교차했다.

일촉즉발.

작은 움직임만 일어도 곧장 싸움이 벌어질 것 같은 팽팽한 긴장감이 흘렀다.

파파파팟.

먼저 움직인 건 묵객이었다.

육 장에 달하는 거리를 삽시간에 좁혔다.

단 일 장을 남긴 묵객은 사선 베기로 선공을 날렸다.

'……!'

사선 베기를 피해내고 곧장 주먹을 뻗으려던 광휘가 움찔했다.

묵객이 발을 재차 뻗은 것이다.

팟.

광휘는 순간적으로 횡으로 이동해 공격을 피했다.

그 뒤 검을 뻗으려다 또다시 뭔가를 발견하고는 뒤로 크게 물러섰다.

휘익.

묵객의 도가 더 빨리 도착해 광휘가 있는 공간을 갈랐다.

그러나 그것이 끝은 아니었다.

휘휘휙.

사선 베기가 잇달아 오며 광휘를 압박했던 것이다.

스스슥.

광휘가 뒤로 빠르게 물러나며 묵객의 신형을 좇았다.

피익.

어느 순간 묵객이 짧게 도약하며 도를 치켜들었다.

광휘의 신형이 움찔했다.

도를 허공에 휘두르는 찰나를 잡아 들어가려 했는데 그가 아직 휘두르지 않고 있었던 것이다.

반 호흡 느리게.

광휘의 작은 망설임을 유도했다.

반 호흡 빠르게.

묵객은 멈칫하던 광휘보다 더욱 빠르게 도를 휘둘렀다.

* * *

"살수 암살단은 크게 두 부류로 나뉘오. 바로 표적과 구표요."

"표적과 구표?"

장웅은 눈을 껌뻑였다.

"표적은 말 그대로 살수의 표적이 되는 것이오. 그리고 구표는 그런 표적을 구하는 자들이지. 물론 살수도 같이 제거하오."

그 말에 장문의 머릿속에 의문이 서렸다.

"대사님, 왜 굳이 살수들을 표적과 구표로 나누는 겁니까? 그냥 살수들을 죽이면 되는 것이 아닙니까?"

"흔한 중원의 자객(刺客)이나 살수들이었다면 그랬을 게요. 하나, 상대는 지독한 환경에서 길러진 살귀들. 흔적을 숨기기 위해 어릴 때부터 혀를 자르는… 음지에서만 활동하는 자들이지요."

방각은 굳은 표정으로 말을 이었다.

"유역진. 최초로 창설된 살수 암살단 출신으로 부대가 없어질 때까지 활동했소. 그가 가장 끔찍한 지옥을 맛보고, 그가 지옥의 살귀들을 다 죽여 버렸소."

장웅은 급히 질문했다.

"그렇다면 그는 정말 죽은 겁니까? 알려지지 않았다면 그가 죽는 모습도 보지 못했을 수 있지 않습니까?"

"물론 그가 죽는 모습을 본 사람은 없소. 기적적으로 살아있을 수도 있겠지. 하지만 나는 아오. 그는 죽었소. 아니, 죽을 수밖에 없소. 애초에 구표 출신은 절대로 살아남을 수 없으니까……."

"왜……."

"구표란 그런 것이오. 생각해 보시오. 표적을 구하지 못할 때마다 자신의 동료가 한 명씩 죽어나가오. 조금 전까지 웃고 떠들던 동료가, 생사고락을 함께했던, 사랑했던 동료가 자신이 구하지 못해 살수의 칼에 죽는 장면을……."

"……."

"실력이 출중한 만큼 죄책감은 더 커지지요. 임무에 실패할 때마다 자신의 무공을 탓하기 때문이오. 그러다 결국엔……."

방각의 표정이 점점 어두워졌다.

"그러다 결국엔 칼을 자신의 가슴에 찔러 넣게 되오. 자결을 하게 된단 말이오."

"아……."

"끔찍한 조직이었소. 인간이라면 결코 견딜 수 없는 그런……."

* * *

광휘가 뒤로 물러서자 묵객이 더욱 달라붙었다.

그리고 한층 더 빠른 움직임으로 검을 광휘의 어깨를 향해 휘둘렀다.

휘릭.

아슬하게 비켜낸 광휘가 묵객의 빈틈을 찾아내 검을 그었다.

그 순간 묵객의 왼손이 빠르게 움직였다.

패애액.

쉬릭.

캉!

검이 맞닿자 쇳소리가 울려 퍼졌다.

광휘가 눈을 부릅떴다.

장식용이라고 말했던 허리춤의 패검.

묵객이 그것을 사용하리라곤 전혀 예상치 못한 것이다.

날카로웠다.

조금만 더 다가갔다면 상처를 입을 정도로.

"실망이구려."

삼 장 정도 거리를 벌린 묵객은 입꼬리를 올렸다.

"언제 내게 세상을 보여줄 것이오?"

"……."

"말만 앞선 사내인 줄은 몰랐……."

"정녕 보고 싶소?"

광휘의 싸늘한 시선이 그에게로 향했다.

그의 눈빛에는 짙은 안광이 쏟아져 나오고 있었다.

"그리 원한다면 보여주지."

스르르륵.

광휘가 등 뒤로 손을 움직였다.

그리고 등에 멘 무언가를 천천히 들어 올렸다.

'저건……'

광휘의 손에 사람 몸체만 한 것이 들려 나오자 묵객의 미간이 한곳으로 모아졌다.

거대한 대도(大刀).

언젠가 구경해 보자고 했던 그 도(刀)가 모습을 드러낸 것이다.

콱.

광휘가 꺼낸 대도를 땅에 박았다.

그러고는 다시 잡았다.
도신이 밑으로 오게 방향을 튼 것이다.
'우검좌도(右劍左刀)에 기형검과 기형도…….'
온몸을 가린 좌도.
날카롭게 숨겨진 우검.
모두 기형의 칼.
묵객에겐 생전 처음 보는 병기였다.
"이젠 좀 할 만하겠구려."
묵객이 태연한 목소리로 자신의 도를 고쳐 잡았다.
상대의 도는 위협적으로 보이지만 실상은 그렇지 않다.
저 거대한 도는 공간과 행동에 제약을 받는다.
하니 자유자재로 움직일 순 없을 테고 숨겨진 기형검 역시 제대로 활용할 수 없으리라.
'뭐지?'
곧장 선수를 치려던 묵객은 왠지 모를 느낌에 동작을 멈췄다.
이상한 기분을 받았다.
아니, 이상한 것과는 조금 달랐다.
기분 나쁜 이질감.
닿기만 해도 매우 불쾌한 그런 느낌이 든 것이다.
묵객은 문득 자신을 팔을 내려다보았다.
'대체 이게…….'
팔에는 소름이 돋아 있었다.
미약하지만 자신의 손도 떨리는 듯한 느낌을 받았다.

"이번엔 내가 먼저 가지."

"……!"

묵객의 눈이 부릅떠졌다.

그 순간 광휘가 질풍처럼 쇄도해 들어갔다.

第十章
오랜 꿈

턱.

묵객을 향해 달려가던 광휘가 동작을 멈췄다.

발소리가 들린 것이다.

누군가 이곳으로 다가오고 있었다.

“어? 여기 계셨네요?”

장련이었다.

광휘는 이미 검과 도를 회수한 상태였다.

“왜 여기 계세요. 오늘 하루는 제가 쉬라고 그렇게 일렀더니!”

“…….”

묵객과 달리 광휘는 별다른 표정 없이 그녀를 바라봤다.

“응? 묵객께서도 여기 계시네요.”

장련이 스무 걸음 정도 떨어진 묵객을 바라보았다.

철컥.

장련이 고개를 돌리는 순간 묵객은 급히 단월도를 자루에 집어넣었다.

괜히 오해를 사선 좋을 것이 없었다.

"하하하, 소저. 이 밤중엔 무슨 일이오?"

"아, 이거요?"

장련은 손에 들고 있는 걸 내보였다.

"오늘 제가 한번 만들어봤거든요. 한번 보여 드리려고 묵객님을 찾다가……."

묵객의 시선이 죽립으로 향했다.

자세히 보이지 않았지만 그럴듯한 죽립을 들고 있었다.

"곧 위험한 일을 하시러 가시는데, 제가 할 수 있는 게 없잖아요. 해서 뭐라도 도움이 될까 하고 고민하다가 부족한 솜씨로나마 만들어봤어요."

"무슨 소리요. 소저는 충분히 제 역할을 하시고 계시오. 그리고 부족한 솜씨라니."

묵객은 다가와 그녀가 만든 죽립을 보고 말했다.

"음, 적당히 크기도 좋고. 손질도 잘되어 있구려. 좋은 솜씨요, 아주."

"정말요?"

장련은 웃음빛을 띠었다.

그러고는 말없이 서 있는 광휘를 향해 물었다.

"무사님도 한번 봐요. 잘 만들었죠?"

광휘의 시선이 옆으로 향했다.

묵객과 그를 보며 활짝 웃는 장련이 보였다.

광휘는 미간을 찡그리며 짧게 한마디를 내뱉었다.

"별로요."

"네?"

반문하는 장련에게 광휘는 답하지 않았다.

곧장 걸어 어둠 속으로 사라졌다.

장련은 광휘가 사라진 길을 멍하니 바라보다 묵객을 향해 물었다.

"무슨 일 있었어요?"

"아, 아니오."

"그런데 왜 저럴까요?"

장련이 고개를 갸웃거렸다.

"원래 저 형장이 저렇지 않소. 신경 쓰지 마시오. 날씨도 좋은데 좋은 정자 한 곳에서……."

묵객은 왠지 모르게 변명해야 하는 기분이 들어서 식은땀을 삘삘 흘렸다.

"다음에 봬요. 더 만들어야 하거든요."

장련은 생글 웃으며 그렇게 갔다.

"정이 없구먼. 정이……."

그 모습에 묵객은 머리를 긁적였다.

그러고는 그는 광휘가 사라지는 모습을 보며 읊조렸다.

"우검좌도라……. 우검좌도. 맹에 그런 인물이 있었던가?"

*　　　*　　　*

끼익끼익.

좌아악—!

"……."

끼익끼익.

좌아악—!

해가 중천으로 향하는 사시(巳時: 아홉 시에서 열한 시).

광휘는 우물물을 머리에 끼얹고 있었다.

반 각이 지나자 잠시 쉬던 광휘는 또다시 우물물을 머리에 끼얹었다.

한 시진 전 광휘는 이곳에 나와 이 같은 행동을 했다.

뭔가 문제가 있는지 이곳을 떠나지 않고 같은 동작을 반복하고 있었다.

"……."

이제 끝난 것일까.

광휘는 우물 옆 터럭 바위에 앉으며 고개를 숙였다.

그러고는 자신을 손을 내려다보았다.

'멈췄는가?'

조금 전까지 떨리다 말다를 반복하던 손이 더는 떨리지 않았다.

그 모습을 본 광휘는 큰 한숨을 내쉬었다.

아침에 일어나 보니 또 발작이 일어났다. 술로 달래기에는 상황이 여의치 않아 찾은 것이 바로 차가운 냉수를 머리에 끼얹는 것이었다.

'이 몸이 얼마나 더 버틸 수 있을지…….'

술이 더 이상 몸을 진정시키지 않게 되면 어떻게 되는 것인가.

대체 어떤 방법으로 이 발작을 멈출 수 있는 것일까.

멈출 수 없다면 그땐 어떻게 해야 하는 건가.

뚝뚝뚝.

광휘는 머리카락에 머금은 물기를 두 손으로 쥐어짰다. 그리고 우물가를 벗어나 장련이 있는 거처로 이동했다.

"장련 아가씨의 손재주가 괜찮소?"

"그러게 말이오. 시중에 파는 것보다 더 잘 만들었소. 이것 보시오. 내 머리와 딱 맞지 않소?"

황진수가 죽립을 머리에 쓰며 말했다. 그 모습을 보던 곡전풍은 눈을 찌푸렸다.

"그만하시오. 그 좁은 구멍이 터지려고 하고 있소."

"무슨 섭섭한 소리요? 소인의 머리가 얼마나 작은데 그러시오? 자, 보시오."

"그렇게 집어 누르니까 들어가지 말이오. 소인은 이렇게 슬쩍 올려놓아도 들어가오."

우쭐대는 곡전풍에 기분이 나빴던 것일까.

황진수가 구겨진 얼굴로 목소리를 높였다.

"곡 대협께서는 얼굴이 말처럼 기니까 유리한 것이 아니오?"

"바, 방금 뭐라고 했소?"

"왜 내가 틀린 말을 했소?"

서로 눈이 마주치자 곡전풍과 황진수가 갑자기 으르렁댔다.

아침에 장련이 건네준 죽립이 평온하던 이들의 관계를 깨뜨린 것이다.

"좋소. 능 형께 물어봅시다."

"그럽시다!"

그들은 옆에서 양지바른 자리에 앉아 말없이 죽립을 보는 능자진에게 다가섰다.

"능 형, 보시기에 누구의 정수리 부분이 큰 것 같소?"

"잘 보시오. 정수리만 보시지 말고 전체적으로 말이오."

"……."

능자진은 천천히 고개를 돌려 그들을 바라보았다.

기다렸다는 듯 황진수와 곡전풍은 서로 얼굴을 자신 쪽으로 들이밀고 있었다.

"빨리 뭐라고 말 좀 해보시오."

"지금 확실히 정해주시오! 제가 작지요?"

황진수와 곡전풍은 답을 반드시 받아내야겠다는 표정을 지었다.

'참… 뭐라 설명할 길이 없군.'

그 모습에 능자진은 혀를 차며 시선을 돌렸다.

자신이 보기엔 둘 다 큰 것 같은데 그 말을 했다간 자신에게 화살이 날아올 것 같았기 때문이다.

그렇게 능자진이 바닥에 시선을 내리깔고 있을 때였다.

"광 호위?"

황진수가 의문 섞인 목소리로 말했다.

그 말에 능자진의 고개가 돌아갔다.

"오랜만입니다."

황진수가 몇 걸음 달려 나가 웃으며 말을 걸었다.

광휘는 그런 황진수의 얼굴을 바라보다 자연스레 시선이 위로 향했다.

"아, 이거요? 장련 아가씨가 준 겁니다. 아침에 오셔서 주고 가셨소."

광휘는 별다른 말없이 시선을 돌렸다.

그러다 능자진을 확인한 광휘가 짧게 묵례를 했다.

"신세를 졌소."

"아닙니다, 광 대협."

그는 자리에서 일어나 포권을 했다.

그때 그의 행색을 훑어보던 황진수가 다시 말을 걸었다.

"그런데 광 대협은 받지 못했습니까?"

"……?"

"죽립 말입니다. 장련 아가씨가 호위무사들에게 준다고 만들었다고 하는데……."

그때 곡전풍이 끼어들었다.

"방각 대사는 거절하지 않았소?"
"그분은 원래 스님이니까 그렇지요."
"무슨 소리요? 스님이라도 죽립은 쓰오."
"스님이 왜 죽립을 쓰오?"
"그럼 황 대협은 스님이 왜 죽립을 쓰지 않는다는 생각을 하는 거요?"
"소림사 안 가봤소? 그곳에서 스님들이 쓰는 것 봤소?"
"그거야 소림사니까 그렇지요. 황 대협은 시주 한번 해보신 적 없소?"
"무슨 소리요? 거기서 시주가 왜 나오는 거요?"
둘은 또다시 티격태격하기 시작했다.
"애도 아니고……."
능자진은 그런 그들을 보며 고개를 젓고는 광휘를 향해 고개를 숙였다.
광휘가 한 번 더 예를 표하고는 그렇게 그들을 지나쳐 갔다.

*　　*　　*

"소저, 광휘요."
광휘는 장련의 거처 앞에서 말을 걸었다.
몇 번의 물음에도 안은 조용했다.
광휘는 잠시 고민하다가 문을 열고 들어갔다.
어디 갔는지 방 안에는 장련이 보이지 않았다.

방은 대부분 정리되어 있었다.

석가장이 왔을 시 언제든 움직일 수 있게 한쪽에 꾸려놓은 짐도 보였다.

그리고 죽립 하나가 한곳에 올려져 있었다.

광휘는 천천히 걸어가 죽립이 놓여 있는 곳에 섰다.

"그런데 광 대협은 받지 못했습니까?"

조금 전 사내가 했던 얘기가 생각났다.

"방각 대사는 거절하지 않았소?"

그 말에 광휘는 죽립을 슬쩍 들어보았다.

잘 어긋매껴진 대나무가 보였다.

'나는 왜…….'

광휘가 읊조리듯 말했다.

그러다 문득 등 뒤, 세워져 있는 면경에 자신의 모습이 보였다.

헝클어진 머리가 오늘따라 너저분해 보였다.

스윽.

죽립을 천천히 손으로 가져갔다. 그러고는 몇 걸음 걸어 면경 앞으로 다가갔다.

스윽.

광휘는 머리카락을 한데 모았다. 그러고는 죽립을 들어 정수리에 눌렀다.
“괜찮군.”
나쁘지 않은 모습에 자신의 입꼬리가 슬쩍 올라갔다.
“언제 왔어요.”
“헛!”
순간 들리는 인기척에 광휘는 죽립을 급히 화장대에 놓고는 한 걸음 물러섰다.
평소 표정이 없던 얼굴이 삽시간에 붉게 물들었다.
“왜 이렇게 놀래요?”
“아, 아니오.”
장련이 웃으며 다가오자 광휘는 고개를 저었다.
“아닌 게 아닌데요? 뭔가에 엄청 놀란 것 같은데요?”
“누가 놀랐다는 말이오. 난 전혀 놀라지 않았소.”
“그래요?”
“흠흠.”
광휘는 장련과 시선을 마주치지 못했다.
“잠시 나가 있겠소.”
광휘는 상황을 모면하려는지 급히 문 쪽으로 이동했다.
“이거… 보시려고 들어온 거예요?”
순간 광휘가 멈칫했다.
장련이 화장대 위에 놓인 죽립을 가리키는 모습을 본 것이다.
“무슨 말이오. 그런 건 관심 없소.”
그 말에 장련은 고개를 끄덕였다.

"하긴, 별로라고 하셨으니. 관심도 가지지 않았을 거예요. 쓰지는 않았을 거고… 그죠?"

"물론이오. 그건 대단히 별로인 물건이오."

"그래요."

광휘가 시선을 돌렸다.

하지만 장련의 이어진 말에 또다시 움직일 수 없었다.

"참 이상하죠? 이 죽립은 제가 저곳에 놓았었거든요. 그런데 지금 보니 왜 이곳에 놓여 있을까요?"

"난 모르는 일이오."

"그렇겠죠?"

"당연한 말을 왜 자꾸 내게 묻는 거요!"

광휘가 언성을 높였다.

하나 순간 자신의 실수를 깨닫고 급히 시선을 돌렸다.

잠시 난처한 시간이 흘렀다.

광휘가 다시 나가려 할 때였다.

"풋."

갑자기 장련의 짧게 웃었다.

"푸풋. 하하."

그러다 더는 참지 못하고 웃음이 터져 버렸다.

그냥 무시하고 나가려던 광휘가 뭔가 답답했는지 돌아보며 물었다.

"왜 계속 웃는 거요?"

"아니에요, 그냥 웃겨서."

"아니, 그러니까 왜 웃느냔 말이오."

"전 웃지도 못해요?"

"아니, 그러니까……."

말을 하려던 광휘가 말문이 막혔다.

생각해 보니 자신이 화를 낼 이유가 없었던 것이다.

그때 장련은 화장대에 놓인 비녀를 집어 들었다.

"이리 와봐요."

"……."

"참……."

광휘가 말없이 서 있자 장련이 장포를 들었다.

"계속 들고 있게 할 거예요?"

광휘가 머뭇거렸다.

그러다 계속 재촉하는 눈빛에 등에 있는 도를 한쪽에 세워두었다.

촤악.

광휘가 장포를 입자 장련은 손을 놓았다.

그리고 화장대에 놓인 죽립을 든 채 광휘 앞으로 다가갔다.

"소저… 이게 무슨."

"금방 끝나요."

당황한 광휘의 얼굴이 붉게 물들었다.

그러나 장련은 손을 멈추지 않았다.

비녀를 입에 물고는 광휘의 머리를 매만졌다.

한곳에 모은 뒤 입에 물고 있던 비녀를 그곳에 꽂았다.

그러곤 머리를 다시 정리했다.

"우울한 날이 참 많았었어요."

"……."

"석가장의 칼날에 매일 사람들이 죽어나갔어요. 약초꾼, 땅꾼, 도부꾼……. 알려지지 않았을 뿐. 저희는 다 알고 있었어요."

"……."

"그랬기에 두려웠었어요. 한 번이라도 웃어본 날은 손에 꼽을 정도로요."

광휘의 시선이 장련에게로 향했다.

"그러던 그때 당신을 만났었어요. 첫인상은 좋지 않았지만 당신이 들어오고서부터 모든 게 변했어요."

비녀를 꽂은 그녀는 죽립을 들었다.

"당신 때문에 묵객을 만날 수 있었고, 당신 때문에 구룡표국을 설득시킬 수 있었죠. 그리고 오늘 아침 황가장도 우리와 동맹을 맺는다고 답장이 왔어요. 우리에게 희망을 준 사람… 바로 당신이에요."

장련은 광휘의 머리에 죽립을 올렸다.

"저희 세가에 와주셔서… 계속 도와주셔서 정말 감사합니다. 제 호위무사님."

광휘의 시선이 장련의 눈과 마주쳤다.

그 순간 광휘는 뭔가 말할 수 없는 이상한 기분을 느꼈다.

"어때요? 죽립 괜찮아요?"

"나쁘지 않소."

"그쵸?"

장련은 한 발짝 물러서며 환하게 웃었다.

"이젠 나가셔도 돼요."

"……."

광휘는 고개를 숙였다.

그러고는 죽립을 한 번 더 매만지며 장련을 바라보았다.

"소저."

광휘가 장련에게 말을 걸었다.

왠지 지금 말해야 할 것 같았다.

자신을 기대감 어린 시선으로 바라보는 그녀에게 지금이 아니면 말할 기회가 없을 것 같았다.

"네, 무사님."

"약속 하나 해주시오."

"약속이요?"

광휘는 장련에게 한 발짝 다가섰다.

어느 때보다 진지한 표정으로 바라보고 있었다.

"만약에 말이오."

"……."

"만약에 어느 날 내가 갑자기 사라진다고 해도……."

"……."

"날 너무 원망하지 말아주시오."

장련은 당황한 시선으로 광휘를 보았다.

그가 대체 무슨 말을 하고 있는지 이해하지 못한 것이다.

"그게 무슨……."

그때였다.

"련아."

문을 벌컥 열고 누군가 들어왔다.

광휘와 장련이 시선이 동시에 그곳으로 향했다.

"빨리 나오거라. 석가장이 움직였다."

"……!"

*　　*　　*

석가장이 움직였다는 첩보에 가주 장원태를 포함한 본가의 주요 인사들은 내원을 빠져나갔다.

그와 발맞춰 묵객과 방각 대사 등 고수들 역시 계획된 지점으로 이동했다.

"모두 모이게!"

그사이 황 노인은 내원의 가장 큰 마당에서 다음 계획대로 움직였다.

거짓 정보를 짜내기 위한 거짓 잔치였다.

장씨세가의 인원 이동을 숨기고 석가장에서 심어놓은 첩자들의 이목 또한 속이기 위한 의도였던 것이다.

"한잔 들자고."

"이런 기회가 언제 또 있겠어?"

갑작스레 잔치가 벌어졌다.

곳곳에 술상이 놓이고 상기된 목소리와 웃음소리가 마당을 뒤덮었다.

도부꾼과 땅꾼들이 음식을 나르고 그 음식을 먹는 자들은 목수, 그리고 시녀들이었다.

가주께서 특별히 잔치를 열었다는 말에 다들 이게 웬 횡재냐 싶어 먹는 것에 여념이 없었다.

꽤 시간이 흘렀을 때쯤.

황 노인은 내원 앞의 작은 객청, 옛날 그의 집무실이던 곳에서 보고를 받았다.

"준비는?"

"마차 스물넉 대를 준비했습니다."

"인원이 삼백이다. 일시에 빠져나가야 해."

"모두가 다 마차를 탈 수는 없습니다."

"당연히. 건장한 장정은 도보로 이동한다. 조금만 주의를 기울이면 다들 같은 시간에 움직일 수 있을 것이야. 내원 문들은 다들 손봐뒀지?"

"네, 어르신."

"초경(初更: 저녁 일곱 시에서 아홉 시 사이)이다. 시각을 잊지 마라. 반 시진 안에 모든 철수를 끝내야 한다. 그리고 남쪽 외문 두 개는 열어서 거지들을 모아놓도록."

"내원의 문 여섯으로만 다 이동한다는 말씀입니까? 그러면 시간이 너무……."

"그러니까 준비를 더욱 철저하게 하라는 것 아니냐!"

최대한 짧은 시각에, 최대한 많은 인원을 내보내야 했다.

움직임이 많아지면 결국 발각이 된다.

황 노인은 어떻게든 평시와 다른 대사건을, 평시처럼 태연하게 가장할 수 있도록 최선을 다했다.

"다 간 것이오?"

황 노인이 급한 일을 끝내고 난 뒤 겨우 한숨을 돌릴 차에 광휘가 입을 열었다.

사실 그는 정오부터 지금까지 곁에 있었는데, 워낙에 말이 없는 터라 아예 잊어먹고 있었다.

"고생 많았소."

광휘의 말에 황 노인이 부드러운 미소를 띠었다.

그의 입에서 칭찬이 나올 줄은 생각조차 하지 못했기 때문이다.

"어땠나? 본 가에 와서 지내본 소감이?"

"나쁘진 않았소."

"그래? 그렇다면 다행이구먼."

툭툭.

황 노인은 옷깃을 털고는 말을 이었다.

"그동안 고마웠었네."

"……?"

광휘는 황 노인을 물끄러미 바라보았다.

그의 말을 이해하지 못한 것이다.

"조금 전 본가의 귀하신 분들과 묵객, 방각 대사 등 걸출한 무사들은 모두 이곳을 빠져나갔네. 그러니 이젠 인사를 해야겠지."

황 노인은 광휘의 시선과 눈을 맞추며 말을 이었다.

"자, 떠나게. 지금이 자네가 장씨세가를 빠져나갈 가장 적기일세."

광휘는 시선이 다른 곳으로 이동했다.

왁자지껄 떠드는 사람들 목소리로 잠시 신경이 분산된 것이다.

그들은 그동안 긴장 속에 살아왔던 것인지 마음껏 잔치를 즐기고 있었다.

꽤 침묵이 흐른 후 광휘가 입을 열었다.

"미리 약속된 것이오?"

황 노인은 고개를 저었다.

"아니, 내 결단일세."

"어르신."

광휘가 그를 진지한 어조로 불렀다.

"본 가가 어떤 판단을 내리건 우리와는 상관없네."

하나, 이미 결심을 했는지 황 노인의 눈에는 어떠한 변화도 찾아볼 수 없었다.

"어차피 자네와 나의 관계는 여기까지였어. 그러니 지금 가야 하네. 더는 이 싸움에 자네를 끌어들이고 싶지 않아. 자넨 이미 본 가에 큰 도움을 주었어."

"……."

"고민할 필요 없네. 우리의 약속도 여기까지 아니었던가."

그 말에 광휘는 그가 왜 그런 말을 했는지 어렴풋이 기억이 났다.

"다른 부탁은 하지 않겠네. 전장에 나가 싸우라 하지 않겠어. 그저 시간이라도 벌 수 있게 도와주게."

너무 오래전 일이라 이제야 생각난 광휘였지만 그는 계속 기억하고 있었나 보다.

"어르신은 언제 떠날 생각이오?"

"이들을 보내고 난 뒤에 석가장 병력이 심주현 연호(連湖) 길을 통과한다는 소식이 들려오면 그때 갈 걸세. 그 전에는 해야 할 것이 많네."

광휘는 황 노인의 마지막 말에 긍정도 부정도 하지 않았다.

잠시 뒤, 황 노인은 두 손을 내밀어 광휘의 손을 포개 잡았다.

"그간 고마웠네. 정말 고마웠어. 내 은혜는 죽을 때까지 잊지 않겠네."

"……."

광휘의 시선이 바닥으로 떨어질 때쯤이었다.

"어르신, 한잔하십시오."

황 노인의 뒤에서 유쾌한 목소리가 들려왔다.

청년 한 명이 벌겋게 달아오른 얼굴로 죽엽청 한 병을 들고 있었다.

"그래, 그러자꾸나."

황 노인은 한숨을 내쉬었다. 마음에도 없는 잔치지만 일단은 이 작태를 밤까지 계속해야 하는 것이다.

광휘를 놓아두고 젊은 청년과 함께 그들이 모인 곳으로 이동했다.

광휘는 그런 그의 뒷모습을 말없이 바라보고만 있었다.

*　　　*　　　*

붉은 노을이 떠오르는 저녁.

도성구(桃城區)로 이어지는 비탈길에선 꽤 많은 사람들이 움직이고 있었다.

장씨세가 사람들이 모두 한 짐을 들고 그 사이를 걸어가고 있는 중이었다.

동원된 마차는 일곱 대.

그 마차는 도성구 입구로 향하는 이름 모를 산길에서 멈췄다.

"윽, 으읍!"

산을 오르던 장련은 낑낑대고 있었다.

장로들과 당주들이 멘 봇짐보다는 가벼워 보였지만 그렇다고 여인이 들기에는 버거운 무게였다.

"그건 내가 들마."

"아니에요, 오라버니."

"괜찮다."

"아……."

장웅은 힘들어하는 장련의 봇짐 하나를 빠르게 낚아챘다.
장련은 뭐라 말을 하려다 어깨에 통증을 느끼고는 고개를 숙였다.
하인들과 시녀도 없이 움직인 행렬이었다.
거기다 조금이라도 사람의 이목을 피하기 위해서 이런 험한 산길을 택했다.
그러니 장련도 이런 무거운 짐을 들고 움직여야 했다.
하지만 불평할 수 없었다.
다른 장로들은 자신들보다 더 큰 짐을 들고 가고 있었으니까.
반 시진 동안이나 산을 타는 강행군 속, 남매는 아무 말 없이 험한 산길을 걸었다.
"흐으음."
가장 앞쪽에서 걸어가는 가주 장원태가 걸음을 멈췄다.
드디어 산을 모두 오른 곳이다.
"잠시 쉬자꾸나."
장원태는 짐을 내려놓으며 뒤따라오던 사람들에게 말했다.
저벅저벅.
그렇게 다들 봇짐을 내려놓고 휴식을 취하고 있을 때였다.
"누구냐!"
횃불을 들고 지나가던 다섯 병사들이 이들을 발견하곤 다가왔다.
장원태가 급히 포권을 했다.
"본인은 심주현에 살고 있는 장씨세가 가주 장원태입니다. 도성구 지부 대인을 뵙기 위해 이렇게 찾아왔습니다."

"장씨세가요?"

다섯 병사 중 대장 격으로 보이는, 머리에 화려한 투구를 올려 쓴 이가 병사들 사이를 걸어 나왔다.

하나, 그의 표정에는 경계가 잔뜩 서려 있었다.

장씨세가란 말은 알아들었지만, 야심한 밤에, 흡사 피난민처럼 이들이 취하고 있는 행색은 충분한 의심을 살 만한 것이었다.

"고운성(高雲星)이라 합니다. 지부 대인께 무슨 볼일이십니까?"

"일단 찾아뵙고 말씀드리겠습니다."

"이유를 먼저 말씀해 주시지요."

'난처하군.'

장원태는 입을 떼려다 머뭇거렸다.

시선이 곱지 않았다. 이런 상황에 사정을 잘못 전달하다 대면할 기회까지 잃으면 그때는 난처한 상황에 빠질 터였다.

"오랜만이네요, 고운성 대인."

그 순간 장련이 나섰다.

"작년 겨울, 지부 대인의 부탁으로 사립현(四立縣)에 음식과 물자를 배송해 드렸었는데요. 어머? 저를 기억 못 하시는가 보군요?"

고운성은 병사들에게 시선을 돌리며 고개를 갸웃거렸다.

그러자 한 병사가 그의 옆으로 다가가 귓가에 속삭였다.

"사립현은 지부 대인의 고향입니다."

"음."

그 말에 고운성이 더 이상 고민을 하지 않았다.

"아, 그때 그 일 말씀하시는 겁니까? 이거 큰 실례를 했습니다. 이제부턴 제가 모실 테니 소관을 따라와 주십시오."

고우성은 장원태를 향해 군례를 하며 고개를 숙였다.

그러고는 앞장서 걷기 시작했다.

"언제, 그런 일이 있었더냐?"

장로와 당주들이 장련을 놀라운 시선으로 바라볼 때 장웅이 다가가 물었다.

장련은 봇짐을 다시 들쳐 메며 말했다.

"없어요."

"…없어?"

"사립현은 지부 대인 아버님이 사셨거든요. 그분과 친밀하다는 얘길 하면 보통은 이렇게 말을 잘 들어줘요."

"허허, 그렇구나."

장웅은 고개를 끄덕였다.

"그래도 완전히 틀린 말은 아니에요. 종종 지부 대인의 고향에 물자를 보낸 적이 있었거든요. 그 때문인지 한 번은 군부의 사람이 찾아와 지부 대인이 감사하다는 말을 전해 달라고 한 얘길 들었어요."

"그러냐?"

장웅은 장련에게서 한동안 시선을 떼지 못했다.

기특한 표정이 얼굴에 드러나 있었다.

"그런데… 오라버니."
"응?"
"좀 허전하네요."
"어떤 게?"
"늘 곁에 있던 사람이 없으니 좀 그래서요."
장웅이 재밌다는 듯 물었다.
"혹시 광 호위를 걱정하는 것이냐?"
"누가 걱정을 했다고 해요!"
"방금 걱정을 한 게 아니더냐?"
"묵객이나 방각 대사가 뛰어나니까 그런 거지요."
"그러니 더 걱정을 해준다는 것이지?"
"오라버니!"
장련이 목소리를 높이자 장웅은 멋쩍게 웃어 보이고는 시선을 돌렸다.
그러다 장련이 잠시 진정이 되었을 때 입을 열었다.
"하긴 그건 그렇다."
장웅은 장련을 다시 바라보았다.
"석가장이 어떻게 나올지 모르니까. 자신들이 공격당한다고 소식을 들어도 석가장의 본대가 병력을 물리지 않을 수 있지. 최악의 경우 그 병력이 차우객잔으로 쳐들어갈 수 있다."
"그러게요."
이번 계획에서 장웅과 장련이 가장 우려하던 점이었다.
장씨세가 본 병력이 석가장을 친다는 소식이 들려도 석가장 본대가 회군하지 않을 가능성이 있었다.
"하지만 광 호위만은 괜찮을 게다."
"예?"
"왠지… 그런 생각이 드는구나."
장웅은 모호하게 대답하고는 장련의 짐을 들었다.
"가자꾸나. 저들의 걸음이 생각보다 빨라 보인다."
"네, 오라버니."

*　　*　　*

"빨리 움직여. 빨리빨리."
저녁이 다가오자 황 노인의 다그침은 그 어느 때보다 길어졌다.
잔치가 끝나고 낮잠을 잔 사람들을 깨워 곧장 내원 밖으로 이동시킨 것이다.
"으아아앙."
어미를 따라가던 어린이가 넘어지자 곧장 울음을 터뜨렸다.
황 노인은 어린아이를 부축해 주고는 등을 다독였다.
"빨리 데리고 가게."
"감사합니다, 어르신."
여인은 고개를 숙이며 곧장 내원 밖으로 움직였다.
삼백여 명에 달하는 사람들이 일시에 빠져나가기 시작했다.
이십여 대의 마차는 이들이 타기 위해 준비되어 있었다.

애초에 모두가 마차를 탈 순 없었다.

하여 건장한 남성은 제외한 여인과 아이들은 마차와 말을 교통수단으로 삼았다.

거리가 그리 멀지 않기에 이 방법이 더욱 좋았다.

두두두둑.

황 노인의 지시로 마차는 장씨세가 여섯 개의 내원 문을 통해 이동했다.

어떻게라도 정보가 새어 나가지 못하게 막으려는 황 노인의 묘수였다.

그렇게 사람이 대부분 빠져나가자 황 노인은 다시 내원으로 돌아왔다.

따딱따딱.

그는 마당에 나뭇가지를 모아 여러 곳에 모닥불을 피웠다. 그 뒤 남은 음식들은 자신과 같이 남은 사내 두 명에게 나눠 주었다.

두 번째 유인책이었다.

장씨세가 밖, 거지들에게 먹을 것을 주는 것.

오늘 아침 잔치를 했다는 것을 보여줌과 동시에 문 앞의 많은 거지들로 이목을 끌려는 생각이었다.

나름 대비책을 끝낸 그는 바닥에 널브러진 술병 하나를 집어 들었다.

"아직 안 갔나?"

"이곳을 떠나는 것까진 보고 가겠소."

"허어. 참."

광휘였다. 이미 떠났을 거라 생각한 그를 보자 왠지 모르게 황 노인의 가슴이 따뜻해졌다.

꿀꺽.

"카야."

황 노인은 술 몇 모금을 들이켠 뒤 광휘에게 시선을 옮겼다.

"자넨 이곳을 떠나면 뭐 할 텐가?"

"……."

"계속 산에만 머물지 않을 것 아닌가."

황 노인의 말에 광휘는 별다른 대답이 없었다.

뭘 할 것인가.

생각해 본 적 없는 말이다.

"앞으로 뭘 할지 생각이 안 난다면 말일세."

술 한 모금 더 들이켠 황 노인이 말을 이었다.

"자신의 꿈이 뭐였는지 생각해 보게. 그럼 꿈을 위해서 자신이 뭘 해야 할 건지 생각이 날 걸세."

"……."

"과거 맹에 있었으니 일은 쉽게 구할 수 있을 게야. 그리고 돈도 걱정 말게. 전쟁이 끝나면 내 한몫 챙겨달라고 장로께 얘기해 볼 테니. 세상에 돈이 전부는 아니지만 그래도 돈이 있을 만큼은 있어야 여자도 붙는 걸세."

광휘의 대답은 들려오지 않았다.

그런 그를 보며 황 노인은 자리에서 일어섰다.

"일단 전쟁이 끝나면 내 감사의 의미로 자네 집을 수선해 주겠네. 꽤 오랫동안 집을 비웠으니 청소할 곳도 많을 게야."

황 노인은 광휘의 어깨를 툭툭 쳤다.

"너무 고마워 말게. 그 정도는 해야 하지 않겠나?"

그의 얼굴은 어느 때보다 밝았다.

이번 싸움에서 반드시 승리한다는 생각이 보였던 것이다.

황 노인은 하늘을 한 번 쳐다보았다.

좋은 날씨였다.

생애 몇 번 본 적이 없을 정도로.

서산 넘어 퍼지는 뜨거운 붉은 노을을 가슴에 품고 싶을 정도로.

"생각났소."

그렇게 황 노인이 다시 움직일 때였다.

광휘가 대뜸 말을 꺼냈다.

황 노인은 돌리며 시선으로 광휘를 바라보았다.

"그래, 생각났는가?"

"그렇소."

"그래, 꿈이 뭐였는가?"

홍미가 인 얼굴로 황 노인은 광휘를 바라보았다.

광휘 역시 황 노인의 시선을 피하지 않았다.

오늘 본 어떤 때보다 확신에 찬 모습이었다.

"오래 사는 것이오."

"……."

"오래 살고 싶소. 그게 내 꿈이었소."

*　　*　　*

어둠이 자욱한 밤.

스스스슥.

가파른 산기슭을 타던 수십 명의 무사들이 몸을 낮추며 움직이고 있었다.

대열 앞으로 갈수록 풀잎 스치는 소리가 점차 줄어들었다.

그리고 가장 앞에 있는 두 명이 움직일 때는 거의 들리지 않았다.

슥.

그렇게 이동하던 그들의 움직임이 멎었다.

"숫자 다섯 명. 어떻게 하시겠소?"

적진 앞에 당도한 묵객이 석가장 대문에 나와 있는 무사들을 확인한 후 물었다.

방각은 고민 없이 대답했다.

"소승이 하겠소."

그 말에 묵객이 뒤돌아서 손을 들었다.

신호를 줄 때까지 기다리는 의사를 암묵적으로 전한 것이다.

휘릭.

방각은 민첩한 움직임으로 산을 내려갔다. 그리고는 삽시간에 그늘진 어둠 속으로 몸을 숨겼다.

"대충 서, 대충."

석가장을 무사로 보이는 한 사내가 손을 비비며 말했다.

옆에 있던 사내가 씨익 웃음을 보였다.

"그래도 열심히 하는 모습을 보여야지. 갑자기 소장주라도 나오면 어떡해?"

"그놈은 계집질하느라 정신없을걸? 생긴 것도 그렇고 말이야."

무사 두 명은 킥킥대며 웃었다.

옆에 떨어져 있는 무사들도 몇 마디 나누고 있었다.

"이번엔 얼마나 나올까?"

"한 은 세 냥은 떨어지지 않겠냐?"

"에잇, 장씨세가라고. 돈 좀 꽤나 있는 놈들인데 한 은 다섯 냥은 챙겨주지 않겠어?"

"석 장주가 의외로 깐깐한 사람이잖나. 은 세 냥도 적당하지."

대문에 선 무사들은 서로 그렇게 웃음을 흘리며 기분 좋은 밤을 맞이하고 있었다.

"응? 잠깐만. 거 누구야?"

그들 중 한 명이 어둠 속에서 다가오는 사람을 발견했다.

그리고 상대의 얼굴이 보일 때쯤 고개를 갸웃거렸다.

장삼에 가삼 자락.

영락없는 중(僧)의 모습이었기 때문이다.

"늦은 밤에 웬 중놈이 비럭질……."

웬지 얼큰하게 취해 보이는 사내가 호통을 지를 때였다.

삽시간 거리를 좁힌 방각이 장법(掌法)을 뻗었다.

그의 주먹이 다섯 개로 불어난 듯 환영을 일으키며 앞서 모인 다섯 명의 가슴에 정확히 꽂혔다.

퍽! 퍽! 퍽! 퍽! 퍼어억!

그들은 영문도 모른 채 공중으로 날아가다 대문에 그대로 처박혀 버렸다.

잠시 뒤.

끼이이익.

"무슨 소리냐!"

대문이 열리며 무사 세 명이 날카로운 눈빛을 드러냈다.

그 순간 방각의 뒤에서 자신감에 찬 목소리가 들려왔다.

"대사, 이번엔 내가 가지."

그리고 방각 머리 위로 도약한 묵객이 그들을 향해 질풍처럼 쇄도했다.

第十一章
장씨세가의 위기

지부 대인 방.

자리에 앉은 삼 장로는 좌불안석이었다.

늦은 시각에 예고 없는 방문이다.

거기다 한두 명도 아니고 이리 많은 사람들이 찾아왔으니 누구라도 불쾌하게 여길 것이 뻔했다.

"이렇게 늦으시는 걸 보면… 괜히 쫓겨나는 거 아닌가 모르겠습니다."

"걱정 마세요, 삼 장로. 잘될 거예요."

삼 장로의 말에 장련은 태연하게 대답했다.

"아가씨가 몰라서 그럽니다. 현 지부 대인의 성격은 매우 불같다고 들었습니다. 죄인을 상대할 때에도 말 한 번 잘못했으면 단순한 형도 중형으로 다스린다고 했고요."
"그럼 더 잘될 수도 있어요. 성격이 불같은 사람이 관대할 때는 누구보다 더 화통하니까요."
삼 장로는 더 이상 대답하지 않았다.
다들 말을 꺼내지 않았지만 삼 장로와 같은 심경인 듯 보였다.
잠시 뒤 인기척이 들렸다.
"먼 길을 오셨다지요?"
잘 차려입은 노인이 밝은 얼굴을 띠며 안으로 들어왔다.
자리에 앉아 있던 장원태를 비롯한 식구들이 일제히 일어나 예를 갖췄다.
"늦은 시간에 죄송합니다, 대인. 본인은 장씨세가 가주 장원태라고 합니다."
"오, 장 가주시군요. 담대경(譚大經)입니다. 자, 앉으시지요."
"감사합니다."
다들 자리에 앉았다.
"허어, 무슨 일로 이렇게 많은 장씨세가분들이 저를 찾아 오셨습니까?"
담대경이 운을 떼자 장원태가 곧장 답했다.
"본가에 갑자기 몸을 뺄 수밖에 없는 사정이 있었습니다. 그런데 짐도 있고 밤도 늦고 하여 가까운 곳에 몸을 의탁하다 보니 관이 보였고 늦은 시각이라 조금은 걱정이……."
"장 가주는 무슨 말이 그리 많소?"
"예?"

장원태가 당황한 빛을 내비쳤다.

그 순간 담대경은 환한 미소를 지어 보이며 말했다.

"우리 사이에 뭘 그렇게 예를 갖추시오. 필요하면 언제든 도움 줄 수 있는 그런 사이가 아니오? 내 말이 틀렸소?"

"아……."

가주와 함께 당황한 장로들의 눈빛이 담대경으로 향했다.

그사이 담대경은 장원태 옆을 바라보고 있었다.

"어? 장련 소저도 오셨구려."

"네, 대인."

장련이 예의를 차렸다.

"정말 오랜만이오. 내 장련 소저를 언제 한번 보고 싶었는데… 이렇게 뵙게 되는구려. 제 선친을 그리 극진히 보살폈다지요?"

"당연히 해야 할 일입니다. 저희 상단을 지켜주고 있지 않습니까."

"어허, 어디 그렇소. 아무리 우리가 상단의 관계라지만 병사들에게 베푸는 친절은 내 익히 들어 알고 있소. 거기다 내 당시 조정에 일이 생겨 갔을 때 아버지께 직접 찾아가는 정성도 쏟지 않았소."

"과찬이십니다."

담대경의 말에 장로들은 저마다 놀란 표정으로 장련을 바라보았다.

지부 대인과의 관계가 이토록 우호적일 줄은 생각지도 못한 것이다.

'그러고 보니…….'

장웅은 고개를 끄덕였다.

후에 물어보니 관에 몸을 의탁하자는 생각은 장련에게서 나온 것이었다.

행동을 옮긴 데에 그만한 이유가 있었던 것이다.

"그나저나 장련 소저는 갈수록 아름다워지시는구려. 저번에 아들을 소개해 준다고 말했을 때는 빈말도 조금 있었는데 오늘 보니 오히려 부탁을 해야 할 처지요."

"아닙니다, 대인. 공자께는 소녀가 많이 모자랍니다."

"무슨 소리. 여인의 몸으로 그 커다란 상단을 이끌고도 소란한 번 없었소. 거기다 우리 병사들 사이에선 장련 소저의 칭찬이 파다하오. 그에 반해 내 아들 녀석은 하라는 무술 수련은 안 하고 매일 술만 퍼먹어대고 있으니."

장련은 그를 향해 더는 운을 떼지 않고 밝게 웃어 보였다.

어느새 장로들와 가주, 장웅의 얼굴엔 안도감과 흐뭇함이 그려져 있었다.

담대경이 말했다.

"아, 미처 말하지 못했구려. 내 식사를 하고 온 것 같지 않아 영내에 따로 식사 자리를 만들었소. 군영의 거친 음식이라도 괜찮다면 대접해 드리고 싶소만. 어떻소?"

"배려에 감사드립니다."

"감사드립니다."

담대경이 일어서자 장씨세가 사람들은 모두 자리에서 일어섰다.
삼 장로는 장련을 흘깃 쳐다보다 고개를 숙였다.
초반에 전전긍긍했던 것이 이제 와서 못내 부끄러워졌다.
그렇게 가주와 장로들은 지부 대인을 따라 방을 나섰다.
"련아."
함께 움직이던 장웅이 갑자기 걸음을 멈췄다.
"예, 오라버니."
장련 역시 걸음을 멈추며 대답했다.
"혹시 차우객잔의 방비에 대해 생각해 놓은 것이 있느냐?"
"예?"
"갑자기 든 생각인데 말이다. 본가를 치려던 석가장 병력이 회군하지 않고 차우객잔에 갈 수도 있지 않겠느냐? 그리하면 그곳이 위험해지지 않겠느냐?"
"그럴 리는 없을 거예요. 묵객과 방각 대사가 석가장 본진에 쳐들어가면 그들은 본대를 뺄 수밖에 없잖아요."
"음… 그건 그렇겠구나."
장웅은 고개를 끄덕였다.
이에 장련은 밝게 웃으며 다시 발걸음을 돌렸다.
그러던 그때, 장웅은 몇 걸음 걷지 않아 그녀를 다시 불렀다.
"련아, 한데 말이다."
"네, 오라버니."
"만약 그들이 우리를 칠 의도가 아니었을 수도 있지 않겠느냐?"

"네?"

"만약 우리 본가를 칠 생각이 아니었다면… 병력을 움직인 것에 어떤 의도가 있었다면 어떻게 했겠느냐. 우리도 거기까진 생각하지 못한 부분이 아니냐……."

"그건……."

어두워진 장웅의 시선이 장련에게로 향했다.

장련 역시 그 물음에 대답하지 못하며 장웅을 바라만 보고 있었다.

* * *

밤이 되자 차우객잔 바닥 곳곳에 밝은색 융단이 깔렸다.

각등에 색을 입혔고 천장에 비단을 걸어 고아한 분위기를 만들어냈다.

보통의 대전 크기보다 두세 배는 됨직한 공간.

작은 다탁에 올려진 향초.

과하지 않은 장식 무늬는 사람들을 매료시키며 기분을 좀 더 들뜨게 만들었다.

"왜 이리 사람들이 많아?"

문을 열고 들어오는 서필랑(徐筆浪)의 표정이 구겨졌다.

몇 번 들르지 않은 곳이지만 오늘처럼 번잡한 적은 처음이었기 때문이었다.

"확인해 보겠습니다."

그를 호위하는 무사 한 명이 읍을 하고는 어디론가 달려갔다.
그러고는 잠시 뒤 점소이로 보이는 자를 데리곤 나타났다.
"대체 이 객잔엔 무슨 일이 있었던 것인가?"
서필랑은 연유를 물었다.
"그것이… 오늘 무슨 큰일이 생겼는지 장씨세가 사람들이 이곳을 찾았습니다."
"장씨세가? 그곳의 사람들이 왜 여길 찾은 것인가? 그보다 이리 많은 사람들을 객잔 안으로 데려오면 어쩌자는 건가?"
그는 잠시 머뭇거리다 말을 이었다.
"사실 이곳 차우객잔은 장씨세가 사람들이 뒤를 봐주는 곳입니다. 하여 어쩔 수 없이……."
"뭐!"
서필랑의 주위를 바라보며 코를 찡그렸다.
차림새가 뭔가 지저분하다는 느낌을 받았는데 실제 그러했다는 생각이 든 것이다.
허름한 무명천.
거기다 노부인과 어린아이 같은, 여간하면 객잔에 보이지 않을 자들도 보였다.
"허어, 이 시정잡배들을……."
"공자님."
옆에서 한 호위무사가 고개를 숙이며 말을 붙였다.
"위에 담경 공자님이 계십니다."
"……."

서필랑은 볼을 씰룩댔다.
할 말이 많은 표정이었지만 이내 고개를 저으며 말했다.
"오늘은 특별한 날이니 그냥 넘어가지 주지."
그러곤 짜증 섞인 표정으로 이 층으로 걸어 올라갔다.

* * *

"내 자네가 여기 있을 줄 알았지."
이 층으로 걸어 올라온 서필랑은 말없이 술을 마시고 있는 청년 맞은편에 앉았다.
곧이어 그는 장포를 벗어 한쪽 의자에 올려놓았다.
그때까지도 청년은 그를 쳐다보지 않은 채 계속 술을 마셔댔다.
"이번 병부에서 실시하는 무과 시험에 떨어졌다지? 그러게 좀 열심히 하지 그랬나. 허구한 날 술만 먹지 말고."
그의 말에 청년, 담경은 대답 없이 술병으로 손을 가져갔다.
"어헛."
서필랑이 잽싸게 술병을 잡았다. 그러고는 이번엔 그가 담경의 술잔에 따라주며 말했다.
"그래, 내가 뭐랬나? 국자감(國子監) 수석 출신이라고 쉽게 붙을 정도로 만만한 시험이 아니라고 하지 않았나."
국자감.
지방 관학 중 재능이 있는 자들을 모아 국가시험을 준비하는 최고의 교육기관이다.

쪼르르륵.

술잔에 술이 차자 담경은 별다른 표정 없이 입에 털어 넣었다. 이윽고 술잔이 탁자에 놓일 때쯤 서필랑이 술병을 다시 잡으며 말했다.

"내 이번에 은퇴한 장군 한 분을 소개받았는데 무예가 상당히 출중하시네. 정 어려우면 말하게. 내 한번 연락을 해볼 테니."

"……."

"하긴, 무과 시험이 어디 노력만 가지고 되는 겐가. 재능도 필수인 법인데……."

"날 놀릴 생각이면 그쯤 하고 가게."

담경은 서필랑이 채우던 술병을 낚아챘다. 그러고는 자신의 술잔에 직접 채워 넣었다.

"쯧쯧쯧. 못난 놈. 위로해 주러 왔더니 괜히 신경질이군."

딱.

서필랑의 핀잔에 담경은 술을 입에 털어 넣고는 탁자가 소리나게 내려놓았다.

그러고는 그를 향해 입을 열었다.

"하나 묻지."

"……."

"자네가 정말 실력으로 붙었다고 생각하나?"

"뭐?"

서필랑의 시선이 담경의 얼굴로 모아졌다.

"국자감 출신이라면 웬만한 사내들은 다 붙게 마련이야. 특히 나 아버지가 그곳의 교관으로 있는 자라면 더더욱."

"이봐……."

"그런 상황에 시험에 붙었다면 응당 부끄러워해야 함이 옳은 것 아닌가. 쥐구멍이 없으면 만들어서라도 찾아 들어가야 할 정도로!"

"뭐, 자식아?"

볼을 실룩대던 서필랑은 결국 담경의 옷깃을 잡고 끌어올렸다.

그 모습에 서필랑이 데리고 온 무사 한 명이 그를 뜯어말렸다.

"공자님."

그의 중재에도 서필랑은 손을 놓지 않았다.

분이 풀리지 않는지 씩씩대며 담경과 강렬한 눈빛을 주고받았다.

그사이 담경이 다시 입을 열었다.

"왜 찔리나? 아니면 국자감 등용 시험 때 겨우 말석을 차지한 자네의 과거가 지금 떠올랐나?"

"이 자식이!"

서필랑이 주먹을 말아 쥐며 어깨 위로 들었다. 그 순간 그의 호위무사가 급히 그의 손을 잡았다.

"진정하십쇼, 서 공자님."

"놔, 내 오늘 이놈을 아주 병신을 만들어줄 테다."

"진정을……."

"안 비켜?"

쾅!

담경의 옷깃을 잡은 그가 목소리를 높일 때였다.

문이 부서질 듯 열리며 누군가 발로 차며 객잔 안으로 들어왔다.

단숨에 객잔 안 시선들이 그곳으로 집중됐다.

들어온 자들은 한두 명이 아니었다.

무려 서른 명에 가까운 사내들이 한 번에 들어온 것이다.

"사람이 왜 이렇게 많아?"

"이년들은 다 뭐야?"

"뭘 봐. 안 비켜?"

갑자기 들어온 그들은 저마다 험한 말을 내뱉었다.

다들 칼을 차고 있었고 험상궂은 인상을 하고 있었다.

"뭐야, 저 녀석들?"

서필랑이 담경의 옷에서 손을 놓으며 아래를 바라봤다.

* * *

"이거 얘기가 다르잖아. 열 명 내외라며?"

엽살혼은 들어오며 인상을 잔뜩 찌푸렸다.

차우객잔을 관리하는 장씨세가의 호위무사 다섯을 처리하고 객잔에서 분탕질을 쳐라.

그것이 그가 받은 지령이었다.

하지만 객잔 안에 있는 인원은 얼추 봐도 이백이 넘어 보였다.

"계집년들이 일 처리 하는 게 다 그렇지."

그때 한쪽 입가가 찢어진 사내 적우자가 말을 받았다.

"하긴, 돈 두둑하게 쥐여줄 때부터 낌새가 이상했어. 그런데 우자야. 넌 왜 들어왔어? 소위건이 암말 안 해?"

엽살혼은 투덜대며 적우자를 바라봤다.

"그놈은 이런 데 관심 없어. 묵객이란 그놈한테만 관심 있지."

"나중에 문제 삼을 것 같던데… 그러다 트집 잡아서 돈 안 내주면 어떻게 하려고?"

"그럼 뭐 계집년이 몸으로 갚게 하면 되는 거지."

적우자가 피식 웃으며 살기 어린 미소를 보였다.

엽살혼은 고개를 끄덕였다.

그들은 사파인 중에서도 흑도의 인물이다.

무림인의 명예고 체면이고 없이, 오로지 돈만 된다면 뭐든 하는 인물들이다.

그런 만큼 약속된 금전이 지급되지 않으면, 그들은 당장 의뢰인부터 먼저 덮치는 자들이었다.

"어쨌든 간에 골치야. 머릿수가 너무 많아. 우린 스물 남짓인데 이놈들은 이백이 훨씬 넘잖아."

"뭐가 문제인가? 어이, 구자(龜滋)야."

"예, 큰형님."

엽살혼이 부르자 앞서 들어온 사내들 중 애꾸눈의 장한이 걸어왔다.

"사람이 너무 많단다. 좀 줄이자."

"하하, 기다리고 있었습니다."

그는 대답을 하고 뒤돌아섰다.

그 뒤 곧바로 허리춤에 있는 칼자루를 꺼내 들었다.

철컥.

요란한 쇳소리에 객잔 안의 시선이 모였다.

그렇지 않아도 파락호처럼 보이는 낭인 무사 여럿이 험한 소리를 해대니 불안한 기색이 번지고 있던 터다.

촤악. 콱. 촤악!

그렇다곤 해도 이처럼, 말 떨어지기 무섭게 바로 피를 볼 줄은 누구도 상상도 못 했다.

"아아악!"

"으악!"

애꾸눈의 검은 방비를 생각도 못 할 정도로 빨랐다.

그는 우선 체구가 건장한 남자들부터 먼저 베어 넘겼고, 칼 몇 번 휘두르는 사이에 다섯의 생목숨이 날아갔다.

툭툭툭.

신체 일부가 잘려 나가며 새어 나온 핏물이 근처 바닥과 천장, 사람들의 옷을 적셨다.

"으아아아악!"

비명은 그 뒤에 본격적으로 터져 나왔다. 피가 튀고 비명이 울리자 객잔 안은 삽시간에 아비규환으로 변했다.

우르르르!

애꾸 사내를 피해 한쪽으로 몰려가는 사람들을 보며 엽살혼이 씨익 웃었다.

“구귀(龜鬼)야.”

“예, 큰형님.”

얼굴은 흉터 자국으로 가득한, 거기다 한쪽 팔이 없는 사내가 대답했다.

“장씨세가로 한 놈 골라서 살려 보내. 누가 왔는지 알려줘야지.”

“예, 큰형님.”

그는 주위를 훑어보다 탁자 밑에 떨고 있는 사내 한 명의 머리채를 낚아챘다.

“악!”

비명이 튀어나왔다.

“장씨세가냐?”

“아, 아닙니다…….”

촤아악!

남자가 부정하자 구귀는 즉각 목을 쳐 날렸다.

또 한 번 피 분수가 튀고, 그는 바닥을 구르고 있는 다른 남자의 머리채를 낚아챘다.

“사, 살려주시…….”

“장씨세가냐?”

“아, 아닙… 맞습니다! 장씨세가가 맞습니다!”

남자는 미친 듯이 고개를 끄덕였다.

다시 칼을 휘두르려던 구귀는 씨익 웃으며 그의 얼굴에 피

묻은 검을 들이대며 말했다.

"애새끼야, 잘 들어. 여기 엽살혼 님과 적우자 님이 오셨다. 그리고 뒤에는 소위건 님이 계신다. 여기 사람들을 구하고 싶으면 빨리 튀어오라 그래. 알았냐?"

"예, 예! 알겠습니다!"

사내는 머리채가 잡힌 채로 고개를 끄덕였다.

구귀는 손을 놓고 그의 등을 발로 걷어찼고, 사내는 고통에 부르르 떨다가 곧장 문밖으로 뛰어갔다.

"그런데 저놈 장씨세가 놈 맞아?"

"그게 뭐 중요한가?"

적우자의 물음에 엽살혼이 해사하게 웃었다.

바닥에는 잘려 나간 팔이 보였고 다리도 있었으며 심지어는 사람의 목도 떨어져 굴렀다.

피와 죽음과 비명으로 가득해진 차우객잔. 지옥으로 변한 광경 속에서 그는 천하 절경이라도 보는 듯한 얼굴이었다.

"그렇군. 중요한 게 아니지."

적우자가 피식 웃으며 끄덕였다.

아직도 객잔 안에 남은 사람은 많았다.

아니면 아닌 대로 이 짓을 몇 번 더 하면 되는 것이다.

충분히 즐길 수 있으니 그 또한 나쁘지 않았다.

"이봐, 형장들……."

객잔 안 시선들이 다시 엽살혼에게로 모아졌다.

그는 비릿한 웃음으로 말을 꺼냈다.

"이제 좀 상황 파악이 되셨나?"

*　　　*　　　*

황 노인은 광휘를 내원의 이름 모를 샛길로 안내했다.

하나, 광휘에겐 익숙한 길이었다.

과거 장련의 호위를 맡기 전 처음 걸었던 길이기 때문이다.

"우린 여기까지네."

작은 문을 통과하자 황 노인이 입을 열었다.

광휘가 별말 없자 다시 말을 이었다.

"석가장 병력은 아마 지금쯤 외원 앞에 있을 거네. 그러니 가더라도 이 길로 곧장 가게. 내가 아까 일러둔 곳 기억하는가?"

"…그렇소."

"그래, 그럼 이제 헤어지세. 그동안 고마웠네. 자네가 있어 여기까지 올 수 있었어."

광휘가 이번에도 별다른 말을 하지 않자 황 노인은 고개를 끄덕이며 어깨를 다독였다.

"그럼 나중에 또 봄세."

그렇게 황 노인이 한 걸음 떼려 할 때였다.

"노인……."

광휘는 그를 불렀다.

"무슨 할 말이 있는가?"

광휘는 또다시 말을 꺼내지 못했다.

뭔가 하고 싶은 말이 있었는데 떠올리려 해도 쉽게 생각나지 않은 것이다.

결국 광휘는 마음속과 다른 말을 내뱉었다.

“조심히 가시오.”

“참. 싱겁구먼.”

황 노인이 활짝 웃으며 다시 뒤돌아섰다.

그가 멀어지는 것을 지켜보던 광휘는 이내 고개를 돌리고는 외벽에 천천히 등을 기대며 읊조렸다.

“어르신, 좀 아쉽소…….”

아쉽소.

광휘가 그제야 자신의 감정이 섞인 말을 내뱉었다.

사실 이 말로는 다 표현할 수 없었지만 지금 떠오르는 단어 중 하나는 이것이었다.

광휘가 씁쓸한 눈으로 다시 황 노인을 바라볼 때였다.

갑자기 옆쪽에서 말발굽 소리가 들리기 시작했다.

“이보시오! 이보시오!”

그의 고함 소리에 광휘의 시선이 아래로 내려갔다.

황 노인 역시 발견했는지 가던 길을 뒤돌아 다시 올라왔다.

“자넨 누군가?”

“큰일 났소. 큰일 났소이다!”

말에서 내린 사내가 급히 외쳤다.

황 노인은 눈을 크게 뜨며 물었다.

“혹시 장씨세가 사람이시오?”

"그렇소만… 무슨 일이오?"
"당신들이 호위하는 차우객잔에… 차우객잔에……."
"차우객잔에 뭐?"
사내가 고개를 들며 힘들게 말을 이었다.
"차우객잔에… 사파 녀석들이 들이닥쳤소이다!"
"……!"

* * *

"조용하군. 아, 이제 좀 조용해졌군. 그래, 이래야지."
엽살혼이 만족스러운 듯 말했다.
그는 주검으로 변한 시체 다섯을 층층이 쌓고, 그것을 의자 삼아 엉덩이를 걸치고 있었다.
쭈우욱! 탁!
"구씨(龜氏) 형제하고는 언제부터 동업이야?"
적우자가 목마른 듯 거푸 잔을 비우고 물었다.
그가 내려놓은 잔은 술이 반이고 나머지 반은 핏물이었다.
"아, 저놈들? 얼마 안 됐어. 이 년 전에 제 발로 걸어 들어와 작업하는 법 좀 가르쳐 달라고 하더군."
엽살혼이 이십여 명의 흑도 사내를 통솔하는 장한 둘을 보며 끄덕였다.
"허, 자네도 이름 꽤나 쌓았군. 구씨 형제면 흑도 바닥에서도 제법 시끄럽게 놀던 놈들……."

"으아앙! 엄마! 엄마!"

적우자의 말이 끊겼다.

벽 쪽 구석에서 피와 살육에 질려 버린 어린애 하나가 못 견디고 울음을 터뜨린 것이다.

"니미럴, 진짜……."

"에이고, 애 하나 못 달래서 이 야단이야? 그만큼 가르쳤는데도?"

엽살혼이 나른하게 몸을 일으켜, 아이를 향해 저벅저벅 걸어갔다.

울음을 터뜨린 아이의 어미는 사색이 되어 아이 입을 막으며 고개를 조아렸다.

"죄송합니다! 죄송합니다! 제가 조용히 시키겠습니다! 이삼아! 조용히… 꺄아아악!"

촤아아악!

그리고 정적이 흘렀다. 나른하게 사람 좋은 미소를 짓고 있던 엽살혼이 바둥대던 아이와 그 어미를 함께 베어버린 것이다.

"흐윽……."

"으으으으……."

어미와 자식을 한칼에 참살해 버린 잔혹한 손길에 객잔 안은 다시금 숨죽일 듯 조용했다.

이백 명이 넘는 사람들이 벽에 밀착한 채 다닥다닥 붙어 있었고 몸을 웅크린 채 눈을 굴리고 있었다.

"어쨌든, 직접 보니 죄다 허명이었어. 피는 좀 묻었다만 즐기는 법을 배우려면 아직 멀었어."

할짝! 할짝!

엽살혼이 손에 튄 피를 핥으며 구씨 형제를 향해 웃음을 보냈다.

분명 한패이건만, 구씨 형제는 엽살혼의 눈길을 받자 식은땀을 흘리고 있었다.

확실히 그들은 멀었다.

엽살혼.

이 피에 미친 마수를 따라가기에는.

"그러는 너는 어떻게 음살이괴(凶殺二傀)를 데리고 왔냐?"

엽살혼의 나른한 얼굴이 이번엔 적우자에게 돌아왔다.

그는 적우자 뒤의 콧수염 난 사내 두 명.

민머리에 팔짱을 낀 채 침묵을 지키는 남자 둘을 바라보았다.

"크큭, 난 너보다 더 오래됐지. 단지 세간에 알려지지 않았을 뿐. 같이 다녀보니 손발이 잘 맞더라고."

"너하고 손발이라? 오호, 어째 끈적끈적한 기분이 느껴지는데?"

"이참에 너도 이쪽 맛도 들여보지? 흡정공(吸正功)이 내공 수련에 얼마나 도움이 되는지 알아?"

"그럴까? 아닌 게 아니라 요즘 피맛 말고 다른 맛도 좀 궁금해지던 차인데 말이지."

"크크크큭."

적우자가 이빨을 드러내며 웃었다.

그런 그에게 엽살혼은 다시 말을 붙였다.

"우자야, 그래, 어찌하는 게냐? 우선 시범 좀 보여주련?"

"조금은 기다려 보자. 이 어르신들이 한창 운우지락을 즐기던 중에 묵객이 들어오면 흥이 깨지잖아?

"그건 그렇군. 크크크큭."

객잔 안 그들의 비루한 웃음은 끊이질 않았다.

그렇게 대화를 이어가던 엽살혼이 창밖으로 고개를 돌리며 말했다.

"시작해야겠군."

그는 깔고 앉아 있던 시체에서 엉덩이를 뗐다.

그런 다음 사내들이 한쪽으로 밀어낸 의자 하나를 집어 들었다.

그러고는 모두가 보이는 중앙으로 들고 가 놓으며 말했다.

"모두 잘 들어라."

엽살혼은 의자 위에 한 발을 올리며 말을 이었다.

"지금부터 반 각(팔 분)마다 한 명씩 죽는다."

"……!"

죽인다는 말에 객잔 안의 시선이 그리로 향했다.

겁에 질린 사람, 멍한 표정의 사람, 두려움에 몸을 떠는 사람 등 다양했다.

"궁금할 것이다, 왜 죽이는 것인지. 그 이유를 말해주지."

그는 주위를 훑으며 말을 이어갔다.

"우리는 말이지. 천하에 미친 개새끼들이라서 가끔 이렇게 이유 없이 사람을 죽이고 싶을 때가 있다. 그래서 적당한 곳을 물색하다 보니 여기가 마침 풍광이 좋아 보이더군. 해서 이곳에 왔다."

사람들은 말이 없었다.

공포에 순응하듯 그의 말을 듣고만 있었다. 그런 그들을 보며 엽살혼은 다시금 나른하게 웃어 보였다.

"너무 걱정 마라. 난 친절한 사람이야. 내 조금 전 한 명을 보냈으니 그가 장씨세가에 보고를 할 것이다. 그럼 그곳에서 적당한 고수들을 파견해 오겠지. 너희들이 그 자신하던 묵객이 올 수도 있겠고 말이야."

그 말에 다들 옆에 있는 사람들과 시선을 맞췄다.

묵객이란 이름은 이 피에 미친 마수를 두고도 약간은 희망을 가지게 하는 그런 이름이었다.

"하지만 나는 그때까지 기다리기가 심심하다. 해서 즐거운 연회를 열려고 한다. 그럼 시작할까. 구귀, 구자."

"옙."

"옙."

"저기 저년, 데려와."

애꾸와 외팔이의 시선이 한쪽으로 향했다. 엽살혼의 시선은 벽 쪽에 붙은 사람들 가운데 한 명의 중년 미부를 향해 있었다.

"들었지? 나와."

"사, 살려주십쇼! 제발요. 목숨만은……."

곱게 차려입은 여인은 기껏 성장한 차림새를 피로 더럽힌 채,

눈물로 얼룩진 얼굴의 화장을 지우려 열심히 손을 비벼댔다.

그러나 구귀는 그저 딱딱하게 굳은 얼굴로 중년 미부의 머리채를 낚아채 모두가 보는 객잔 중심으로 데리고 나왔다.

퍽.

"악!"

손을 놓자 여인은 바닥에 엎어졌다.

사내의 바짓가랑이 사이에 다시금 손을 비비기 시작했다.

"살려주십쇼. 살고 싶습니다. 제발. 제발."

"그럼 벗어."

엽살혼은 나른한 얼굴에 웃음을 지으며 말했다.

"…네?"

"벗으라고. 벗고 춤을 춰. 내 눈을 즐겁게 해봐. 그러면 살려주지. 왜? 쉬운 일 아닌가? 좋은 제안이잖아?"

엽살혼이 흐흐 웃음을 흘렸다.

여인의 안색은 이제 백지장보다 더 창백해졌다.

죽은 이들, 다친 이들, 그리고 칼을 든 이들.

대충 잡아 이백이 넘는 사람들 앞에서다.

여인의 몸으로 이 많은 사람 앞에서 옷을 벗었다간 차라리 죽는 것이 더 나은 치욕 속에서 살아갈 터였다.

"보아하니 남자를 제법 아는 몸 같은데. 왜, 싫나? 싫으면 그냥……."

"가, 강호의 영웅들께서 부디 사정을 좀 봐주십시오."

지목받은 여인이 와들와들 떨고만 있자, 청수한 인상의 중년 유생 하나가 나섰다.

그는 강호인들이 하는 포권의 예를 어색하게 따라 하며, 덜덜 떨리는 목소리로 간신히 말을 이었다.

"그, 그 여인은 제 아내입니다. 물건조차 주인이 있는 것은 함부로 취하지 않는 법. 부디 자비를 베풀어주시길……."

"아, 이런. 주인이 있는 여자였어? 이거 실례했네."

끌끌끌.

엽살혼은 혀를 차며 손을 내저었다.

그리고 말했다.

"우리가 아무리 근본 없는 개새끼라도 주인 있는 물건까지 함부로 빼앗지는 않지. 구귀야?"

"가, 감사드리……."

"예, 형님."

스카악!

엽살혼의 말에 구귀의 검이 다시금 허공을 갈랐다.

툭. 데구르르르.

땅에 떨어진 중년 유생의 얼굴은 이제 막 안심을 하려던 그 표정 그대로였다.

목을 잃은 몸은 그때까지 포권을 하고 있다가 털썩 허물어져 땅에 쓰러졌다.

"꺄— 아아아아악!"

"자, 이제 주인이 없어졌고."

중년 미부는 이제 찢어지는 비명을 질렀고, 그 소리를 음악처럼 들으며 엽살혼은 나른하게 웃었다.
"남은 건 우리 마음대로 해도 되는 거지?"

* * *

"공자님, 나서지 마십시오."
입술을 깨물던 담경이 더는 참지 못하고 일어서려는 순간이었다.
아이를 끌어안고 있던 여인이 그의 옷깃을 붙잡았다.
"말리지 마시오, 부인. 내 더는 못 참겠소."
"안 됩니다, 공자님. 숫자가… 숫자가 너무 많습니다."
"내 두렵지 않소. 불의를 보고 참는 것이 어찌 군자라 할 수 있겠소."
"공자님, 지금 나서면 분명히 죽을 것입니다. 차라리 기다리셔서 그분과 함께 싸워주십시오."
"그분?"
"묵객이에요. 그분이 우리 장씨세가에 있어요."
여인 품에 있던 소년이 대답했다.
담경이 놀란 눈으로 여인을 바라봤다.
분명 묵객이란 말을 그들의 입에서도 들은 것 같기도 했다.
하지만 자신이 아는 묵객과 동일한 인물인지는 확인을 해야 했다.
"그 말이 정말이오? 백대고수라는 묵객이……."

"그렇습니다, 공자님. 본 가에 묵객이 있습니다."

"허어, 천운이오!"

담경의 얼굴이 급히 밝아졌다.

묵객.

칠객 출신으로 명실상부한 강호 백대고수.

관에 있던 자신도 명성을 들을 정도이니 충분히 이 상황을 타개하는 것이 가능할 것이다.

"서필랑……."

담경이 안타까운 얼굴로 다른 곳으로 시선을 돌릴 때였다.

그곳엔 덜덜 떠는 한 사내가 보였다.

*　　　*　　　*

"더는 못 참겠습니다. 제가 나서보겠습니다."

으드득!

벽 구석에서 몸을 낮추고 있던 무사 한 명이 이를 갈며 몸을 일으켰다. 그러는 그를 누군가가 붙잡았다.

"아니, 움직이지 마라."

"공자님……."

"혁운(爀雲)이 죽었다. 너도 저들의 상대가 되지 못할 것이다."

서필랑은 자신의 호위무사를 말렸다.

그는 보았다. 이 층으로 올라온 애꾸눈에게 덤빈 혁운이 검 한 번 휘둘러보지 못하고 죽는 모습을.

하여 한 명 남은 혁성(爀星)도 그들의 상대가 되지 못하리라 판단했다.

뒤이어 그들의 이름을 들으니 그 생각은 더욱 굳어졌다.

"하지만 공자님, 이대로 있을 순 없습니다. 어찌 이런 참상을 보고……."

"네가 할 일이 무엇이더냐!"

서필랑은 목에 힘을 주며 강하게 물었다.

표정과 달리 몸을 떨고 있는 그의 모습에 호위무사는 멈칫했다.

"…공자님을 지키는 것입니다."

그리고 절감했다.

무인의 자존심을 내세워, 이 순간에 붉은 피를 뿌릴 수는 있다.

하지만 그 대가는 자신만이 아니라, 그가 지켜야 하는 서필랑까지 져야 했다.

호위무사라는 건 그런 것이었다.

누군가를 지키는 일을 맡은 순간부터, 그는 호위 대상의 안전을 최우선으로 보아야 했다.

그것이 설령 애꿎은 사람의 죽음. 혹은 불의를 묵과하는 일이 되더라도.

'미안하오, 부디… 이 죄는 내세에서나…….'

"꺄아악! 꺄아악! 꺄아아악!"

호위무사 혁성은 눈을 질끈 감고 말았다.

눈앞에서 지아비를 잃은 여인이 머리를 부여잡고 절규하는 소리가, 비명이, 무인의 자존심을 찢어발겼다.

"이 새끼들아, 그만해!"

한 청년이 참지 못하고 달려 나왔다.

하지만 그는 객잔 중앙으로도 가지 못하고 주위에 있던 사내에게 머리채를 잡혔다.

"그대로 잡고 있어라."

그때 사내 등 뒤에서 피풍의를 입은, 칠 척의 장한이 다가왔다.

그는 그간 침묵하던, 구씨 형제 중 가장 큰형인 구괴(龜傀)였다.

청년이 천천히 다가오던 사내를 보고 움찔하던 그 순간이었다.

촤악.

번쩍이는 섬광과 함께 날아온 검이 청년의 목을 베어버렸다.

"낄낄낄."

처음 청년의 머리채를 잡았던 사내는 분리된 청년의 목을 사람들 사이로 던졌다.

그러자 곳곳에서 비명이 울려댔다.

"아아악."

"으아아아악!"

뒤이어 칠 척 거구의 사내는 목을 잃고 땅에 쓰러진 남자의 몸을 투욱 걷어찼다.

그와 함께 삭! 사삭! 허공에 두 번의 칼질을 했다.

후드득! 철퍽!

목을 잃은 청년의 몸이 허공에서 네 토막이 나며 사방으로 내장을 줄줄이 흩뿌려 댔다.

"꺄아아악!"

"으악! 으악! 으아아아악!"

피와 살점이 얼굴에, 온몸에 뿌려지자 벽에 붙어 떨고 있던 사람들이 미친 듯이 발광을 일으켰다.

모두가 비명 지르는 가운데 단 한 명 흡족하게 웃고 있는 이가 있었다.

엽살혼이었다.

"그래도 첫째는 첫째인가? 제법 맛을 볼 줄 아네?"

짝. 짝. 짝.

그는 박수를 쳤다.

"즐거워. 아주 즐거운 날이야. 그렇지 않은가?"

* * *

달그락. 달그락.

양쪽 수레바퀴는 땅이 고르지 않은지 한 번씩 들썩이며 내달렸다.

능숙한 마부는 그런 짙은 어둠 속을 뚫으며 속도를 내고 있었다.

덜덜덜.

황 노인은 마차 안에 들어온 뒤 계속 떨어댔다.

떨리는 마차보다 더욱 심했다.

얼굴빛은 창백했으며 입술은 샛노랬고 시선은 어느 한곳에 두지 못했다.

맞은편에 앉은 광휘는 그 모습을 보며 미간을 찡그렸다.

도와달라는 말에 마차에 탔을 때까지만 해도 대수롭지 않게 여겼다.

하지만 그의 반응을 보고 있노라면 뭔가 이상하다는 느낌이 받았다.

자신이 종종 겪는 발작 증세와 유사할 정도로 그의 상태가 좋지 않아 보였기 때문이다.

"엽살혼이란 자는……."

황 노인은 마차에 탄 지 일각이 지났을 때 힘들게 말을 꺼냈다.

광휘는 잠시 거두었던 시선을 다시 그에게로 돌렸다.

"사파 중에서도 흑도인 인물일세. 잔혹하기로만 따지면 흑도 중에서도 제일일 만큼. 내장을 끄집어내기 위해 가슴에 구멍을 뚫는 행위나, 뼛조각을 부러뜨려 고통을 주는 것들은 우스울 정도로 말이야. 그가 한 짓들은 너무나 끔찍해 차마 입에 담을 수 없을 정도네."

황 노인의 호흡은 거칠었다.

그를 쳐다보는 것도 힘들 정도로.

"적우자 역시 그보다 더하면 더했지 못하진 않네. 그는 여인과 그 짓을 할 때면 두 팔과 두 다리를 자르네. 그리고 눈알을 파내 그것을 먹이지. 거기다 흡정공이란 무공을 익혀 여인의 정기까지 빨아먹네. 잔악하네. 너무나 잔악해 강호인들도 그들을 마주할 사람이 없을 정도네. 거기다……."

"어르신."

"거기다 소위건, 그는 괴물이야. 백대고수 중 한 명으로 거론되는 자로, 단 한 번도 패한 적이 없는 자로 알려졌네. 그런 악마들이 객잔에 있어."

"어르신!"

그의 감정이 격해진 것을 본 것일까.

광휘는 진중한 얼굴로 황 노인을 불렀다.

그럼에도 황 노인은 그를 보지 않고 웅얼거리듯 말했다.

"죽을 걸세. 모두 죽을 게야. 장씨세가 사람들은 누구 하나 할 것 없이 모두 다 죽을 걸세. 그들의 검에 잔인하게, 지옥보다 더한 고통을 느끼며 죽어나갈 게야."

"진정하시오, 황 노인."

광휘가 존칭을 낮추며 그를 거듭 불렀다.

하나, 황 노인은 눈길도 주지 않고 계속 말을 이어나갔다.

"그 누가 오더라도 결과는 달라지지 않을 게야. 묵객이라도… 천하의 묵객이라도 상대할 수 없을 거네. 전부 시체가 될 테고 세상에서 가장 끔찍하고 잔인한 죽음을 맞이할 걸세."

"진정하라고 하지 않소!"

"광휘… 애들이 있네. 아직 아무것도 모르는 애들과 힘없는 여인들이 대부분이야. 힘깨나 쓰는 장정들이 머물러 있다고 하지만 그들에겐 상대도 안 될 걸세. 장칠(張七)이도 죽을 거고, 어제 보았던 장욱(張煜)이도 죽을 걸세. 오늘 아침 술을 건네던 장무(張貿)도 끔찍한 몰골로 죽을……."

"제발 진정하시오!"

"모두가 죽어! 모두가 객잔에서 죽는다고!"

"황충사아아암!!!!!!"

귀청이 떨어져 나갈 고함 소리와 함께 광휘가 황 노인의 멱을 잡고 뒤흔들었다.

순간 황 노인의 동공이 멈췄다.

그의 외침 때문이 아니었다.

황충삼.

장씨세가 내 아무도 모르는 자신의 어릴 적 이름.

가주 장원태도 모르는 이름.

세상에서 단 한 명만 알고 있는 이름, 그 아명을 광휘가 부른 것이다.

"내가 이 이름을 어떻게 알고 있겠는가! 자네 숙부만 알고 있는 이 이름을 어떻게 알고 있겠는가!"

황 노인은 목청껏 외치는 광휘를 멍하니 바라보았다.

뭔가에 홀린 것처럼 그는 입만 벙긋거릴 뿐이었다.

"그럼 다시 묻겠네! 이 이름을 아는 내가 무슨 일을 했겠는가! 맹에서 내가 어느 위치에 있었겠는가! 말하게! 어서 말하게!"

"높은… 높은 위치에……."

"그렇네. 높은 위치에 있었네. 누구보다 높은 위치에 있었어!"

경기를 일으킬 것 같던 황 노인의 떨림이 점차 잦아들었다.

광휘의 외침과 그가 말하는 의미를 이해하자 긴장이 조금씩 가라앉은 것이다.

"요인 암살, 잠입, 색출, 첩보 등의 임무가 있었네. 당연히 서릿발처럼 단 한순간의 실수로 목이 날아갈 임무도 수없이 있었어. 생각해 보게. 그런 임무 중 이런 흑도 인물을 제거하는 일이 없었겠는가. 흑도의 녀석들을 제거하는 임무 하나 없었겠는가!"

광휘의 연이은 외침이 황 노인의 귓가로 파고들었다.

그는 거의 실성한 표정으로 광휘의 말에 대답했다.

"있었겠네……."

"그렇네. 있었네. 자네가 상상할 수 없을 정도로 많이 있었네. 그중엔 소위건 따위는 비교도 안 될 녀석들도 분명히 있었었네!"

"……."

광휘의 얼굴이 황 노인의 눈에 들어왔다.

상기된 얼굴이 보였다.

침묵하고 조용하기만 했던, 이제껏 단 한 번도 보지 못한 그의 모습이.

그사이 광휘는 그를 노려보며 말을 이었다.

"그럼 마지막으로 묻겠네. 맹에서 높은 위치의 부대에서 한 치의 실수로 목이 날아갈 수많은 임무를 맡았던 내가 그들을 처리할 수 있겠는가, 없겠는가."

"……."

"황충삼! 내가 할 수 있겠는가, 없겠는가!"

또다시 귀청이 떨어져 나갈 고함 소리.

황 노인은 떨림은 더욱 잦아들었다.

그러고는 어느 시점에서 평소처럼 더는 떨지 않았다.

그는 힘겨운 목소리로 입을 열었다.

"할 수 있겠네."

"……."

"할 수 있겠네. 자넨 할 수 있어."

광휘는 고개를 끄덕였다.

"그래, 할 수 있네. 충분히 내가 할 수 있는 일이네."

광휘가 멱을 놓고 마차에 들어왔던 자세로 돌아왔다.

황 노인도 더는 떨지 않고 자리에 앉아 있었다.

정적이 일었다.

마차 안은 이전과 달리 고요했다.

이제는 돌아가는 수레바퀴 소리만 들릴 만큼.

"미안하네."

"……."

"미안해."

황 노인은 거듭 사과했다.

진정이 되자 경솔했던 자신의 모습이 생각난 것이다.

광휘가 대답하지 않고 이각이 흘렀을 때였다.

조금씩 이성을 찾은 황 노인이 입을 열었다.

"그런데 맹의 어느 분의 소속 부대였는가?"

높은 곳이라고 했다.

그럼, 일개 지단장의 명령이 아닌 본단에 소속된 인물의 지시를 받았을 것이다.

그럼 각(閣) 처의 장(長)이나 당(黨) 수준에서 움직일 확률이 높았다.

더 높은 부대였다면.

무림맹 장로들 명만 따른다던 본단의 단(團) 정도일 수도 있었다.

그 생각을 하던 황 노인이 고개를 저었다.

그 정도의 인물이 자신과 같은 사람과 연이 닿을 리가 없다고 생각한 것이다.

하여 황 노인은 각이나 당만 되어도 좋다고 생각했다.

광휘는 한동안 침묵했다.

말을 꺼내기 힘든지 그는 입을 열지 않았다.

꽤 침묵이 이어질 때쯤 마차가 멈췄다.

그 순간 광휘가 입을 열었다.

"무림맹주였네."

그 말을 끝으로 광휘가 문을 열고 나갔다.

광휘가 나간 문을 황 노인은 한동안 응시했다.

밖에서 세찬 바람이 불어옴에도 그는 움직이지 않았다.

"고맙네, 광휘."

한참이나 망설이던 그가 입을 열었다.

어느덧 그의 눈가엔 눈물이 가득 고여 있었다.

"잠시나마 꿈이라도 꾸게 해줘서."

第十二章 장씨세가 호위무사

차우객잔 안은 눈 뜨고는 볼 수 없을 만큼 참담했다.

피가 낭자한 바닥.

잘려 나간 팔과 다리.

산처럼 쌓인 시신들이 보는 이로 하여금 치를 떨게 할 정도였다.

비릿한 냄새가 객잔 안에 진동했다.

아이들은 대부분 쓰러져 있었고 어른들도 무기력함에 정신이 마비될 지경이었다.

"이 선을 넘어오면 뭐든 잘라 버린다."

그들 주위로 외팔이 사내가 득의양양한 표정으로 주변을 거닐었다.

사람들은 알았다.
외팔이.
애꾸눈.
칠척장신의 괴인.
이들이 가장 사람들을 많이 죽였고 앞으로도 그럴 거라는 사실을.
쿵.
"구자야, 시간 됐다."
엽살혼은 검집째 꺼낸 칼로 바닥을 내리찍었다.
"예엡!"
애꾸눈의 사내가 어깨를 들썩이며 앞으로 걸어갔다.
"이힉!"
"윽!"
그가 움직이자 주변에 있던 사람들은 기울어진 사립문처럼 벽에 붙었다.
사내의 칼에서 피가 뚝뚝 떨어지는 모습을 보는 것만으로도 눈이 뒤집힐 정도의 극한 공포를 느꼈다.
"흠흠."
구자는 주변을 물색했다.
그러다 이내 한 곳을 바라보고는 씨익 웃었다.
"이놈이 좋겠군."
"사, 살려주십쇼."
눈이 마주친 청년은 곧장 머리를 땅에 박고 애원했다.

하지만 구자는 전혀 감정의 동요 없이 청년의 머리채를 잡고 끄집어냈다.

"안 됩니다! 이 사람만은 제발… 차라리 저를 죽여주세요."

그 순간, 한 여인이 달려 나와서 그의 바짓가랑이를 붙잡았다.

"알았어."

구자는 곧장 답변을 하고는 칼을 휘둘렀다.

촤악!

피가 분수처럼 튀었다.

"아아악!"

부인의 죽음을 본 청년의 괴성이 반사적으로 튀어나왔다.

그런데 청년의 목소리를 제외하고는 어떠한 소리도 들리지 않았다.

학습이 된 것이다.

목소리를 높이는 순간 창가 쪽 사내가 움직인다는 것을.

"이제 제법 그럴듯한데?"

술잔을 흔들던 적우자가 입꼬리를 올렸다.

"그렇게 배우면서 성장하는 거지. 키킥."

엽살혼 역시 만족스럽게 웃었다.

질질질.

구자는 청년의 머리채를 잡으며 모두가 보는 중앙으로 끌고 갔다.

청년은 그의 손을 필사적으로 밀어내며 괴성을 질러댔다.

"악! 악! 천벌을 받을 거다! 묵객께서 결코 너희들을 가만두지 않을 테니까!"

하나, 청년의 울부짖음은 공허한 메아리로 변했다.

그의 머리는 곧 애꾸눈의 완력에 의해 바닥에 처박혔기 때문이다.

"저 새끼… 내 신경을 건드는데?"

미소 짓던 엽살혼의 얼굴이 굳어졌다.

그때 적우자가 술을 한 잔 들이켠 뒤 말했다.

"잠시 있어봐. 이번엔 내가 교육 좀 시켜줄 테니."

저벅저벅.

술잔을 집어 던진 적우자는 청년을 향해 걸었다.

그사이 구자가 살기 위해 바동대는 청년을 짓누르며 칼을 세우고 있었다.

"인마, 반대로 돌려."

다가오던 적우자가 소리쳤다.

"예? 아… 옙."

구자가 급히 청년을 돌려 눌렀다.

청년의 시선이 바닥에서 천장으로 향했다.

그 순간 적우자가 그런 청년의 허리를 깔고 앉았다.

"저리 가! 저리 가!"

괴성을 지르며 두 팔을 흔들며 바동대자 적우자가 한마디 더 내뱉었다.

"잡아!"

그 말에 애꾸눈 사내가 머리채가 아닌 청년의 두 팔을 잡았다.
"뭐 하려는 거지?"
"글쎄?"
사파 사내들의 시선이 그리로 향했다.
대체 무엇을 하려는지 궁금한 표정들이었다.
그때 적우자가 품속에서 무언가를 꺼냈다.
단검이었다.
한데, 특이하게도 날이 역(逆)으로 되어 있는, 역날 검이었다.
"새끼야, 좋은 말로 하면……."
벅!
"카아아악!"
역날검이 청년의 가슴을 정확히 꿰뚫었다.
피가 튀었지만 적우자는 개의치 않고 계속 찍어댔다.
"말을 들어야지!"
벅 벅 벅 벅!
덜덜덜.
괴성을 지르며 경련을 일으키던 청년의 움직임은 점차 잦아들었다.
그리고 어느 순간 정신을 잃은 사람처럼 축 늘어져 더는 움직이지 않았다.
적우자는 자리에서 일어났다.
그러고는 모두를 향해 외쳤다.
"이 새끼들아, 잘 들어!"

"……."

"묵객이라는 그 개새끼도 곧 이렇게 될 거야. 알아들어?"

"크흘흘흘."

"케헤헤헤."

여기저기서 즐거운 웃음이 흘러나왔다.

그들은 악마의 얼굴을 덮어쓴 미친놈처럼 행동했다.

이곳은 지옥이었다.

그들의 칼날에 죽어가는 사람들.

죽을 날만 기다리는, 악귀들의 천국이었다.

* * *

'인두겁을 쓰고 어찌 저렇게 잔인할 수 있단 말인가. 이게 정녕 사파에서도 흑도라 분류되는 자들의 행태인 것인가…….'

한쪽 구석, 사람들 속에서 몸을 웅크리고 있는 담경은 얼굴을 일그러뜨리며 고개를 돌리고 있었다.

차마 볼 수 없었다.

대체 어떻게 살면 저런 잔인한 짓을 벌일 수 있단 말인가.

광기였다.

미친놈들 중에서도 저런 미친놈은 듣도 보도 못했다.

그들은 단순히 살상을 하는 것을 넘어 모든 사람의 의지를 꺾어가고 있었다.

'기다릴 수 없어. 묵객이 언제 온다고 장담할 수 없는 상황이

다. 차라리 싸우자. 상대가 되지 않더라도.'

담경은 주먹을 불끈 쥐었다.

공포로 굳은 몸이 천근만근 무거웠지만 그의 표정은 더욱 단단히 굳어졌다.

"공자님."

담경이 일어나려고 몸을 일으킬 때였다.

그의 옷깃을 옆에 있던 부인이 붙잡았다.

"부인……."

"기다리셔야 해요. 다들 그것만 바라보며 참고 있어요."

여인의 말에 담경은 고개를 돌렸다.

척 보기에도 사람들은 겁에 질려 있었다.

하지만 몇 명은 의지가 보이는 자들도 있었다.

믿음 때문이었다.

묵객이라는 자에 대한 믿음.

'하지만 이들은 모른다. 이들 뒤에 숨어 있는 소위건이란 자가 어떤 자인지…….'

담경은 사이사이 소위건이 뒤에 있다는 얘기를 엿들었다.

묵객이란 자가 대단하다는 건 안다.

하나, 소위건 역시 그에 못지않다.

흑도에서도 혈혼삼인이라는 상징적인 명호가 붙은 사내.

거기다 이들의 숫자는 묵객 한 명이 상대하기에 너무나 많았다.

'그래, 조금만 더 참아보자. 아직 내가 할 수 있는 것이 없

다. 더구나 장씨세가에서 더 많은 고수를 파견할 수도 있는 거잖아…….'

담경은 생각을 고쳐먹기로 했다.

하지만 뒤이은 상황은 그를 편하게 놔두지 않았다.

*　　*　　*

적우자가 손의 피를 털어내고 있을 때였다.

그 앞으로 이제껏 침묵을 지키고 있던 대머리 사내 둘이 다가와 말을 걸었다.

적우자가 입꼬리를 올렸다.

"어디 있는데?"

"저기 구석진 곳입니다. 아주 괜찮아 보이는 년들입니다."

적우자는 그들의 눈빛에 서린 음탕한 기운을 읽었다.

"어찌 안 되겠습니까?"

대머리 사내 중 머리가 좀 더 큰 사내가 목소리를 높였다.

적우자는 뭔가 생각하는 듯이 눈을 감더니 이내 입을 열었다.

"안 되긴 왜 안 돼?"

"정, 정말입니까."

"물론, 대신에……."

그는 문 쪽을 향해 턱짓을 했다.

"밖에 나가 안 보이는 데서 처리해. 괜히 안에서 그 짓 하다가 묵객 들어오면 난감하니까."

"빨리하겠습니다."

"감사합니다."

대머리의 두 사내는 고개를 숙이며 구석으로 천천히 걸어갔다.

"어떻게 하려고 그래? 그년이 하지 말라고 했잖아."

엽살혼이 물었다.

이에 적우자가 대수롭지 않게 말했다.

"뭐, 어차피 죽이면 되는 거 아니야?"

"하긴… 뭐."

엽살혼은 비릿한 웃음을 보였다.

그렇게 잠시 뭘 생각하는 듯 앉아 있던 그는 곧 자리에서 엉덩이를 뗐다.

"뭐하려고?"

"갑자기 흥이 안 나서."

그는 대수롭지 않게 말을 내뱉은 후 한쪽으로 걸어갔다.

주위에 있던 사내들의 시선이 그에게로 집중됐다.

"구자야."

"예, 큰형님."

"재미가 없잖아, 재미가."

"그럼……."

애꾸눈은 고개를 끄덕이고는 스산한 얼굴로 주변을 돌아보았다.

"부모가 있는 애를 끄집어내 죽일까요?"

"그거 재미있겠군."

"……!"

두 사람이 주고받는 말에 사람들의 얼굴이 삽시간에 변했다

특히나 아이들을 끌어안고 있는 여인들의 표정은 새파랗게 질렸다.

"자아, 어떤 년이 좋을까."

애꾸눈이 사색으로 변한 사람들 사이를 어슬렁거리기 시작했다.

* * *

"꺅!"

"꺄악!"

여인들의 비명 소리에 담경은 마치 숨이 멎는 듯한 느낌이 들었다.

들어온 순간부터 팔짱을 낀 채 침묵하던 대머리 사내들이 처자로 보이는 여인들의 머리채를 잡고 어디론가 끌고 가는 것을 확인했기 때문이다.

담경은 그들이 무슨 짓을 하려는지 알 것 같았다.

그리고 그것은 끝이 아니었다.

"악!"

애꾸눈의 사내가 바로 눈앞에서 한 아이를 끄집어내고 있었다.

"자양아!"

손에서 아이를 놓친 부인이 소리쳤다.

하지만 애꾸눈의 억센 팔에 단번에 바닥에 밀려 떨어졌다.

"엄마아아! 으아아아앙!"

자양은 머리채를 잡힌 채 천천히 끌려갔다.

그 모습에 사람들이 동요하기 시작했다.

애가 끌려간 것은 처음이었기 때문이다.

"자양아! 자양아아—!"

"멈춰, 이 자식아!"

부인의 찢어지는 비명이 객잔 안을 뒤흔드는 순간.

담경은 결국 분노를 더 이상 참지 못하고 그에게로 달려들었다.

쉬익.

민첩한 움직임에 구자는 눈을 부릅떴다.

갑자기 튀어나온 사내의 움직임을 순간적으로 놓치고 만 것이다.

그는 아이를 놓고 두 손을 들어 방어했지만 그때는 이미 담경의 주먹이 그의 가슴을 강타한 뒤였다.

쿵!

주르르륵.

구자의 몸이 뒤로 쭈욱 밀려 나가며 뒤로 엎어졌다.

객잔 내의 시선이 곧장 한 사내에게로 집중됐다.

"뭐야?"

"구자가 당했어?"

"저놈 누구야?"

의미를 알 수 없는 음성이 여기저기서 쏟아져 나왔다.

엽살혼과 적우자는 마치 이 상황이 재미있다는 듯 킥킥 웃어댔다.

"모두 탈출하시오!"

담경이 좌중을 둘러보며 소리쳤다.

"창이든 벽이든 깨고 나가시오! 이대로 가다간 모두 죽소! 우리가 막는 사이……."

웅성웅성!

사람들은 힘없이 그를 바라보고 있었다. '우리가 막는 사이 도망가라'는 말을 하려던 담경은 흠칫했다.

"자, 자네… 지금 뭘 하는 겐가……."

서필량이었다.

그리고 그 옆의 호위무사도 공포에 질려 몸을 움직이지 못하고 있었다.

'저 녀석, 이미 전의를 상실했어.'

담경은 분연히 일어났지만, 거듭된 살기에 다른 이들은 모두 마음이 꺾여 있었다.

저항할 기력도, 목숨을 건지고자 하는 의지조차 사라져 있었다.

스윽.

"이 새끼가……."

"나와."

앞서 그와 가까이 있는 사파 사내가 칼을 집어 드는 순간, 누군가 그의 어깨를 잡았다.

어느새 벌떡 일어난 구자가 그를 잡은 것이다.

스윽.

구자, 애꾸눈은 입가를 슥 닦았다.

그러고는 묻은 피를 보며 온전한 한쪽 눈을 부라렸다.

"이런 천둥벌거숭이가……."

"……!"

휘이이익.

퍽!

구자의 신형이 환영처럼 흐릿하게 느껴지는 순간 담경은 위기를 느끼며 급히 복부를 막았다.

하나, 그의 공격은 이 연타였다.

왼손을 뻗어 복부를 치며 오른손을 가슴 쪽으로 연속으로 휘두른 것이다.

"컥!"

미처 연타 공격을 생각지 못한 담경의 신형이 똑같이 주욱 밀렸다.

퍽!

그러곤 땅에 머리를 부딪히며 나뒹굴었다.

철컥.

"개새끼……."

구자는 이 정도로는 분이 풀리지 않는지 허리춤의 검 자루에 손을 가져갔다.

“거기까지 해라, 구자.”

검을 반쯤 빼어내던 그때 칠척장신의 사내, 구괴가 그의 어깨를 잡았다.

구자는 영문 모를 표정으로 구괴를 바라보다 그가 들고 있는 용모파기에 인상을 찌푸렸다.

“저놈입니까?”

그들을 보내던 비연 단주는 차우객잔에서 절대 죽이면 안 될 인물 몇을 그려 보냈다.

방금 친 사내가 하필이면 그중 하나인 것이다.

“씨벌, 기분 드럽군.”

그는 짜증 섞인 목소리로 시선을 돌렸다.

그러고는 잠시 놓았던 아이의 머리채를 낚아채 끌고 갔다.

놈 대신에 이 애새끼를 아주 난도질해서 기분을 풀 생각이었다.

“엄마! 엄마! 흐어어엉!”

“사, 살려주세요. 제발… 누구라도 살려주세요!”

자양의 울음소리와 여인의 눈물 어린 호소가 이어졌다.

하지만 사람들은 저마다 안색이 파랗게 질렸을 뿐, 누구 하나 나서지 않았다.

구석진 곳에서 조용히 몸을 낮추고 있던 서필랑 역시 고개를 돌려 버렸다.

"살려주세요. 누구라도 좀 살려줘요! 우리 애 좀 살려줘요!"

여인은 울먹이며 소리 질렀지만 허사였다.

끼이이익.

여인들을 잡고 있던 대머리 사내 둘은 문밖으로 걸어 나갔고 자양은 애꾸눈에 의해 곧 목이 잘려 나갈 상황이었다.

저들의 행태를 짐작한 담경은 터진 머리를 부여잡으며 허공으로 손을 뻗었다.

대머리 손에 괴성을 지르며 끌려 나가는 여인들.

울먹이는 부인과 두려움에 떠는 아이.

빨리 일어나서 싸워야 하는데 몸이 좀처럼 말을 듣지 않았다.

'대체 묵객은 언제 온단 말인가……. 그는 정녕 오기라도 하는 건가…….'

무력했다.

이 안에 있는 사람 모두가 무력했다.

"으으으으……."

"허으으으……."

그들이 내는 무력한 신음 소리에 엽살혼은 두 손을 어깨 위로 들며 웃음을 머금었다.

"우자야, 이 소리 들어봐. 난 이런 걸 원했다고."

자신의 힘에 눌린 이들의 비명.

마음의 비명.

그것을 듣는 순간, 엽살혼은 스스로 살아 있다고 느끼고 있었다.

부우욱!

그러던 그때, 닫힌 문 사이로 칼날이 잠시 들어왔다 사라졌다.

처음엔 대부분의 사람들은 이 소릴 듣지 못했다.

하나, 다시금 이어졌을 때는 대부분 그 소리를 들었다.

부우욱!

"……?"

사람들의 시선이 문 쪽으로 향했다.

그리고 뭔가를 보았다.

주르르륵.

칼이 잠시 들어갔다 나온 사이로 핏물이 새어 나오는 장면을.

어깨 높이로 칼날이 들어왔다가 나간 바로 그 지점이었다.

"뭐야? 그냥 죽인 거야?"

적우자가 피가 흐르는 것을 보며 물었다.

엽살혼도 함께 웃었다.

"저 녀석들 벌써 끝났어? 낄낄낄……."

끼이이익.

그러곤 문이 열리자 엽살혼이 웃으면서 말했다.

"자네들, 뭐 좀 즐길 것처럼 하더니 뭐 이리 요란하게……."

하나, 그는 말을 잇지 못했다.

들어온 대머리 사내가 피범벅이 되어 그대로 엎어졌기 때문이다.

뒤이어, 낯선 사내가 들어왔다.

새로운 사내의 등장에 객잔 내의 시선이 그에게로 집중됐다.

육 척이 넘는 장신의 키.

두꺼운 장포에 죽립을 쓴 차림새.

등 뒤에 있는 지나치리만치 커다란 도 한 자루와 기이하게 꺾인 검신.

눈에 보이는 모든 것이 특이한 사내였다.

"……."

사내가 죽립을 조금 올리며 천천히 안을 돌아보았다.

난도질당한 시체가 먼저 눈에 들어왔다.

그것들이 한데 쌓여 있는 곳도 보였다.

사내가 별다른 표정 없이 우측으로 시선을 돌렸다.

역시 바닥에 피가 흥건하다.

그리고 이번엔 넋이 나간 아이와 무기력해진 사람들의 표정도 보였다.

쾨쾨한 냄새와 얼어붙은 시선.

초점 없는 눈빛들이 자신을 바라보고 있었다.

빠득.

사내는 입술을 깨물었다.

그러다 이내 시선을 내리며 문 쪽으로 몸을 돌렸다.

"저 새끼, 도망갑니다!"

그를 보던 한 사파 녀석이 급히 외쳤다.

"잡아!"

"어딜 나가!"

문 쪽에 가장 가깝게 자리 잡고 있던 덩치 큰 거한이 급히 움직였다.

하지만 그는 곧 멈출 수밖에 없었다.

밖을 나가던 사내가 다시 들어온 것이다.

아니, 정확히 말하면 그는 반쯤 열려 있던 문을 잡아당기기 위해 움직였던 것이다.

쾅!

문이 닫히자 잠시 정적이 일었다.

사람들의 표정은 의아함으로 변했다.

사람들도, 구씨 형제도, 적우자도, 엽살혼도 사내의 행동에 의문을 느꼈다.

대체 무슨 의도로 저 짓을 하는지 깨닫지 못했다.

그사이 사내는 한쪽 구석 벽에 세워져 있던 무언가를 치켜들었다.

그러고는 대문 중앙으로 이동했다.

그 후 그는 그것을 닫힌 문고리에 정확히 처넣었다.

덜컥.

빗장이었다.

사내가 빗장을 걸어 문을 잠근 것이다.

"대체 저놈, 뭐 하는 거야!"

엽살혼이 앙칼진 목소리로 외쳤다.

하지만 그 말에 누구도 선뜻 나서는 자가 없었다.

사내 등 위에 있는 도신(刀身)이 꺼림칙한 느낌을 자아내고 있었기 때문이다.

그 순간에도 사내는 행동을 멈추지 않았다.

그는 사람들이 계속 주시하던 등 뒤에 있는 도를 집어 들더니 잠시 서성였다.

그러던 어느 순간 좌우로 닫힌 문 사이를 강하게 때려 박았다.

콱!

이쯤 되자 사파 사내들뿐만 아니라 객잔 안에 있던 사람들마저 사내가 무슨 행동을 하는지 깨달았다.

막으려는 것이다.

안에서든.

밖에서든.

누구도 이곳을 빠져나가지 못하게.

"짧게 말하겠다."

사내, 광휘가 뒤돌아섰다.

그러곤 자신을 노려보는 사내들을 바라보며 입을 열었다.

"모두 죽여주마."

*　　*　　*

군영 안에서는 식사가 한창이었다.

사람들 얼굴엔 근심이 사라져 있었고 웃음꽃이 그 자리를 대신했다.

장씨세가 사람들 사이에 지부 대인의 보좌관인 정육품 통판(通判)도 함께 앉으며 자리를 빛냈다.

통판은 지부 대인의 보좌관 중 한 명으로 지방의 현령보다 한 단계 높은 지위를 누리는 자였다.

"장씨세가는 요즘 어떻소? 석가장과 마찰이 있다는 소문이 자주 들려오던데 말이오."

통판, 정유승(正柳昇)의 말에 일 장로가 입을 열었다.

"그것 때문에 요즘 곤란할 때가 많습니다. 그들이 무력으로 자주 도발을 해와서요."

"어허, 그러면 쓰나. 대명천지에 엄연히 국법이 살아 있거늘 어찌 무력으로 도발을 한단 말이오."

"해서 드리는 말씀입니다. 혹여나 그들이 규율을 어긴 행위를 할 시에 관에서도 조금 신경 써주시길 부탁드립니다."

"뭐, 정해진 법도를 어긴다면 언제든 개입할 생각이오. 예컨대, 화기(火器)라든가. 큰 규모의 소란이라든가 하는 경우에는. 하나 소소한 일에는 관이 나서기가 어렵소이다. 무림인들 또한 그건 원치 않는 일 아니오?"

"그건 그렇습니다. 허허."

일 장로는 맞장구를 치며 음식을 먹었다.

통판의 말처럼, 강호인의 입장에서는 관이 지금처럼 나서주지 않는 것이 좋았다.

하지만 지금 장씨세가는 관이든 고양이든 누구의 손이든 빌리고 싶은 처지였다.

한편, 상좌에 앉아 음식을 먹고 있는 담대경에게 누군가 말을 걸어왔다.
“저… 어르신.”
그가 고개를 돌리자 어느새 장련과 장웅이 다가와 있었다.
“오… 식사는 하셨소?”
“과한 대접을 해주셔서 잘 먹을 수 있었습니다.”
“군영의 음식이라 맞지 않을 수도 있는데 그리 말해주시니 고맙소. 한데, 내게 무슨 볼일이 있소?”
“예, 드릴 말씀이 있습니다.”
“말씀해 보시오.”
“듣는 귀가 많은 것 같습니다만…….”
장련이 눈을 가늘게 뜨자 그는 의도를 곧바로 알아차렸다.
“음, 안으로 듭시다.”
담대경은 자리에서 일어났다.
그 뒤, 벽이 두꺼운 방으로 장웅과 장련을 안내했다.
“그래, 무슨 일이요?”
담대경은 술잔을 든 여유로운 자세로 물었다.
“대인, 외람되지만 혹시 관병들을 차우객잔에 보내주실 수 있겠습니까?”
“군병을? 왜?”
담대경의 눈에 의문의 빛이 맺혔다.
“오는 중에 조금 이상한 얘길 들어서 말입니다. 석가장이 우리 본가를 압박하기 위해 이 근처를 배회한다는 소문을요.”
장련의 말은 거짓이었다.

혹시나 모를 차우객잔의 안위를 위해 모험을 한 것이다.

하지만 엄밀히 말하면 그것은 사실이기도 했다.

석가장이 본대를 움직여 장씨세가를 공격하는 것은 사실이지 않은가.

담대경이 눈살을 찌푸리자 옆에 있던 장웅이 입을 열었다.

"걱정이 돼서 말입니다. 담 공자님이 거기 계시지 않습니까. 만에 하나……."

"석가장이 미치지 않고서야 그런 짓을 할 리 있겠소?"

담대경은 회의적으로 의사를 밝혔다.

장웅은 포기하지 않았다.

"석가장에 대해 조금 말씀드리겠습니다. 그들은 오래전부터 본가를 지속적으로 괴롭혀 왔습니다. 우리가 지부 대인에 의탁하러 온 것도 사실 그들이 본가를 향해 지극히 위험한 짓을 할 것 같다는 첩보가 있어서입니다."

"위험한 짓? 어떤 짓 말이오?"

"이를 테면… 본가가 뒤를 봐주고 있는 차우객잔 같은 곳을 무력으로 강탈할 수도 있다는 것 말입니다."

장웅은 다소 과감하게 부풀려 말했다.

아직 일어나지 않은 일이지만 대비는 필요했다.

나중에 아무 일도 일어나지 않았다고 질책이 떨어지면, 그때 가서 깎인 체면을 적당히 보상하면 된다.

지금은 지부 대인의 군병을 지원받는 것이 급했다.

장련과 장웅이 긴장한 표정으로 대답을 기다릴 때였다.

담대경이 떨떠름한 얼굴로 고개를 끄덕였다.
“납득이 가지는 않지만… 련 소저와 장 공자가 그리 말한다면 이유가 있겠지요. 일단 그리해 봅시다.”
“아! 감사합니다.”
“감사드립니다.”
장련과 장웅이 허리를 숙였다.
담대경은 그런 그들을 고개를 끄덕이며 바라봤다.
“여봐라.”
담대경이 누군가를 부르려 방문을 나갈 때였다.
저 멀리서 갑주로 온몸을 두른 병사 한 명이 그를 향해 다급히 달려왔다.
장웅과 장련이 그곳으로 고개가 돌아갔다.
“무어냐?”
담대경이 깔린 목소리로 입을 열었다.
그러자 병사는 장웅과 장련을 한 번 슥 쳐다보다가 담대경의 귓가로 뭔가 속삭였다.
얘기를 듣던 담대경의 얼굴이 굳어졌다.
그러고 병사가 물러섰을 때 곧장 목소리를 높였다.
“영내에 머물러 있는 대장(大長) 둘을 불러 당장 파견해라.”
“옙.”
그 말에 병사가 군례를 하고 물러났다.
“송구하지만 무슨 일인지 물어봐도 되겠습니까?”
뭔가 다급히 돌아가는 상황에 장련이 조심히 물었다.

빠드득!

담대경이 격분한 얼굴로 이를 갈며 수염을 떨었다.

"소저와 공자의 말이 맞았던 것 같소."

"예?"

"차우객잔에……."

담대경은 미간을 찌푸리며 말을 이었다.

"극히 흉악한 적도들이 출몰했다 하오."

"……!"

*　　*　　*

"너 이 새끼? 너, 누구야?"

곱슬한 머리를 한 사내가 경계의 빛을 띠며 광휘를 향해 다가갔다.

그의 손에는 절강 같은 외지에서나 볼 수 있는 외검(外劍) 한 자루가 쥐어 있었다.

그는 어떤 대답을 하더라도 상대를 처리하려는 의지가 강했다.

'최대한 잔인하게.'

그를 지켜보던 광휘의 생각이었다.

적들의 숫자가 많다.

거기다 한곳이 아닌 곳곳에 흩어져 있다.

이런 상황에는 어설프게 나서면 더 위험하다.

자칫 잘못 행동할 시, 사람들이 모두 인질이 될 수 있기 때문이다.

하지만 광휘는 이런 상황을 수없이 겪어왔다.

그리고 이 상황을 타개할 수 있는 것이 무엇인지도 못이 박히도록 들었다.

바로 잔인하게 죽이는 것.

모든 눈과 귀를 잡아끄는 잔인함이야말로 지금 상황에서 가장 필요한 것이었다.

"이 새끼가 어르신이 말씀하시면!"

패애액!

방심을 유도할 요량이었는지 말을 끌던 사내가 광휘를 향해 곧바로 검을 찔러댔다.

지켜보던 사람들은 다들 광휘가 죽을 거라 봤다.

그의 검이 광휘의 목 지척에 다가가기까지 어떠한 반응도 없었기 때문이다.

쏴악.

하나, 곧 그 생각은 산산이 깨졌다.

상대의 검이 거의 목에 닿은 시점에서 움직이기 시작한 광휘의 검은 그보다 몇 배는 빠르게 움직인 것이다.

촤악!

"아아악!"

그가 남은 손목이 잘려 나가자 괴성을 질러댔다.

하나, 소리는 극히 짧았다.

광휘가 그의 목젖을 빠르게 조여 버린 것이다.

"소리 지르지 마라."

"읍… 읍!"

"이제부터 시작이니까."

촤악.

광휘는 괴구검을 위로 세웠다.

그러자 기형검은 갈고리처럼 사내의 가슴을 겨냥하는 형태로 변했다.

광휘는 손을 빠르게 움직였다.

콱! 콱! 콱! 콱! 콱!

"읍읍읍!! 으으으그읍!"

바람 꺼지는 소리와 함께 칼이 지나간 곳마다 피가 터져 나왔다.

무려 스무 번이나 찌른 광휘는 그의 목이 아닌 머리채를 잡아 들고는 다시금 칼을 사용했다.

콱! 콱! 콱! 콱! 콱!

"아아아악—!"

목이 자유로워진 사내가 괴성을 질러댔다.

그럼에도 광휘는 멈추지 않았다.

그는 상대의 심장만을 피해 끊임없이, 매섭게 찍어댔다.

뚝뚝뚝.

잠시 뒤 거의 흰자위만 보이며 사내의 몸은 축 늘어졌다.

그제야 광휘가 동작을 멈췄다.

"이… 이제… 그만……."

흐느끼는 목소리가 섬뜩하게 객잔 안에 울렸다.

거의 애원하는 정도의 목소리였다.

광휘가 무덤덤한 표정으로 입을 열었다.

"왜 그래?"

"……."

"난 이제 시작인데?"

쿠욱. 콱!

이번엔 심장을 찔러 넣었다.

그러자 시커먼 피가 줄줄 흘러 나왔다.

축축해진 바지와 함께 그의 몸에 있던 모든 힘이 빠졌다.

그 순간.

촤악! 촤악! 촤악!

광휘가 칼을 네 방향으로 그었다.

그러자 떠 있던 두 다리와 버둥거리던 두 팔이 바닥으로 떨어졌다.

그는 사지가 분시(分屍)된 채 광휘의 손에 머리와 몸뚱이만 대롱대롱 매달려 있었다.

촤악!

마지막으로 광휘가 그의 목을 날려 버렸다.

종국에 그는 모든 신체를 잃어버렸다.

난자당한 시체.

인간이라 할 수 없을 정도의 잔인한 손속.

그가 지켜보던 사내들의 얼굴이 시꺼멓게 변해 버렸다.
"퉤."
광휘는 피로 범벅된 눈가를 슥 닦은 뒤 침을 뱉고는 뒤돌아섰다.
그러고는 딱딱하게 굳어버린 그들을 보며 입을 열었다.
"모두 덤벼."
"……."
"한 명은 시시하잖아?"
"쳐!"
엽살혼이 기다렸다는 듯 외쳤다.
파파파파팟.
그의 외침과 함께 중앙에 있던 사내들이 일거에 덤벼들기 시작했다.
그 순간 광휘의 눈에 객잔 안의 정보가 빠르게 투영되어 갔다.
객잔 길이 삼십 장
좌우 폭 십삼 장.
이층 높이까지 사 장.
천장 도리까지 십 장.
직선 방향의 적의 숫자, 여섯.
사선 방향, 다섯.
가늠할 수 없는 동선의 숫자, 열.
그러곤 뒤이어 누군가 속삭이는 소리가 귓가에 들리기 시작했다.

"일격 필살. 다수의 적을 상대할 때는 첫 상대만큼은 한번에 끝내야 한다. 그렇지 않으면 싸움의 주도권을 자신 쪽으로 가져올 수 없다."

가장 앞선 사내의 거리가 일 장 내로 좁혀지는 순간 광휘가 움직였다.

빗살처럼 파고든 광휘는 눈앞의 사내의 목을 삽시간에 날려버렸다.

꽉.

연이어 광휘는 목을 베어낸 시체의 옷깃을 잡았다.

그런 다음 주위를 훑으며 사방으로 달려오는 적의 숫자를 가늠했다.

"적을 이용해라. 아무리 무공이 고강하더라도 열 명이 넘는 숫자를 동시에 상대하긴 힘들다. 그럴 경우 적을 이용해 적들을 교란시켜라."

그들이 지척까지 당도한 순간,

광휘는 목이 날아간 자의 어깨를 잡고는 재빠르게 물구나무서기를 했다.

슈슈슈슉.

적들의 칼이 광휘의 신형을 놓치며 주검으로 변한 동료의 몸속으로 박혀 들어갔다.

그 찰나, 광휘가 손을 놓으며 앞의 사내를 향해 달려들었다.

시체의 몸속에 박힌 칼을 회수할 때 주춤하는 모습을 보았기 때문이다.

반호흡보다 더 짧은 사이.

광휘는 눈앞에 있는 적 두 명의 목을 순식간에 베어냈다.

바박. 바바박.

그제야 시체에서 검을 빼낸 사내들이 뒤쪽에서 검을 치켜들었고 뒤늦게 합류한 사내들과 함께 광휘의 몸을 감싸기 시작했다.

"위치 선점이다. 눈앞의 적보다는 등 뒤에 있는 적을 보아야 한다. 그래야 적의 동선에 따라 위치를 바꿔 싸움의 유리함을 가져올 수 있다."

땅을 다시 밟은 광휘는 몸을 횡으로 빠르게 움직였다.

그러자 뒤쪽에서 광휘를 향해 뛰어오던 사내들의 움직임도 함께 변화했다.

쉭! 쉭! 쉭!

방향을 꺾던 광휘가 다시 사내들 품속으로 뛰어가 삽시간에 세 명을 다시 베어냈다.

휘릭! 피릭. 패액!

그 후, 다시 종으로 움직였고 재차 광휘의 신형을 쫓던 사내들의 목도 섬광을 뿜어내며 베어졌다.

"지형지물을 이용해라. 눈에 보이는 것, 존재하는 모든 것은 무기다. 여기까지 체득한다면 적의 숫자는 중요하지 않다. 알겠나! 살수 암살단 조장들!"

좌악.

눈앞에 달려든 사내를 또다시 벤 뒤 광휘는 도약하며 이 층 난간을 밟고 재차 도약했다.

그러고는 서까래를 받치고 있는 도리 세 개를 베어냈다.

투투투퉁.

이등분된 도리가 일렬로 떨어졌다.

광휘를 따라 올라오던 사내들이 좌우로 피했다.

그사이 밑으로 내려간 광휘가 네 명의 목을 삽시간에 베어냈다.

좌악. 섹 쇄액, 좌악.

열넷.

삽시간에 사라진 적들의 숫자였다.

조금 전까지 이 안을 공포로 물들이던 사내들 대부분이 광휘의 칼에 그렇게 목숨을 잃었다.

* * *

담경은 입을 벌린 채 낯선 사내의 움직임을 보며 한 단어를 떠올리고 있었다.
눈부시다.
거침없이 파고드는 검술.
때에 따른 정확한 방향 전환.
물 흐르듯 전개되는 싸움에 감탄이 절로 터져 나왔다.
신기에 가까웠다.
민첩함과 결단력, 상상을 초월하는 반응 속도는 생애 처음 경험해 볼 정도로 충격적이었다.
"대체… 저자는……."
담경은 자신도 모르게 혼잣말로 웅얼거렸다.
"우리 호위무사님이에요."
"뭐?"
담경은 고개를 돌렸다.
그곳엔 조금 전 사내들 손에 잡혀갔있던 소년이 그를 바라보고 있었다.
"호위무사?"
그의 물음에 소년의 엄마가 답했다.
"네, 공자님. 본 가의 호위무사랍니다."
"호위무사가 왜 여길……."
담경은 의문스러운 눈길로 바라보았다.
저런 자가 어떻게 호위무사밖에 되지 않느냐는, 그런 의미였다.
"호위무사는 말이에요. 사람을 지켜주는 사람들이에요. 존재를 감추지만 사람들이 두려움에 떨 때 나타나는 사람이요.”
그때 다시 자양이 대답했다.
소년은 담경이 호위무사에 대해 모른다고 생각했던 것이다.
담경은 고개를 돌렸다.
광휘는 접근하는 적들 거의 대부분을 베어내고 있는 중이었다.
“저게 호위무사라고……?”
그는 읊조렸다.
눈앞에 각인된 그는 어떤 누구보다 대단하고 커 보였다.

*　　*　　*

“잠시 있어보게.”
적우자가 어깨를 움직이려 하자 엽살혼이 잡았다.
그는 고개를 젓고는 턱짓으로 광휘가 있는 쪽을 가리켰다.
광휘가 잠시 손을 멈출 때였다.
그를 향해 이번엔 세 방향에서 접근을 시도하고 있었다.
구씨 형제.
살업으로 명성을 쌓은 흑도의 인물.
강호에 악업으로 이름을 떨치고도 지금까지 살아 있다는 것만으로도 그들이 얼마나 강한지는 증명할 수 있었다.
스윽.
광휘는 맨바닥을 보고 있었다.

이미 그들의 의도를 포착한 채 때를 기다리고 있었던 것이다.

일 장.

오 척.

삼 척.

점점 좁혀 들어오던 그들이 발을 멈췄다.

그리고 호흡만 들릴 정도로 긴장감이 팽배해지던 때였다.

타탓.

광휘가 공중으로 도약을 했다.

그 순간 구씨 형제는 기다렸다는 듯 광휘와 같이 도약했다.

쇄애애액.

광휘가 몸을 팽이처럼 돌리며 괴구검을 횡으로 그었다.

캉!

첫 수는 구자가 막았다.

캉!

이어진 검은 구귀가 막았다.

캉!

마지막 회전을 실은 검도 구괴가 막아냈다.

그러던 그때.

번쩍.

그들이 반격을 하기 위해 재차 검을 세우던 순간에 광휘는 다시 한번 회전했다.

그러곤 이제껏 비교할 수 없는 움직임으로 검을 휘둘렀다.

창졸간 빛이 어른거림과 함께 근처에 있던 두 명의 목이 허공으로 치솟았다.

구괴는 가까스로 검을 막았지만 재차 이어진 광휘의 검에 신형이 흔들렸다.

캉! 캉! 푹.

구괴는 다리로 찔러 들어오는 검을 막지 못하고 비틀거렸다.

타탓.

지면을 밟은 광휘가 그를 향해 즉각 짓쳐들어왔다.

어느새 갈고리처럼 검을 세운 광휘는 그의 가슴을 향해 빠르게 움직였다.

콱! 콱! 콱! 콱! 콱!

가슴을 사정없이 찔러댔다.

구괴는 웅얼거리며 계속 밀려났다.

콱! 콱! 콱! 콱! 콱!

미친 듯이 찔리던 그는 어느새 벽에 붙어 있었다.

광휘가 고개를 들었다.

"고통스럽나?"

"개… 개… 개새끼……."

"그거다. 내가 원한 게 그거였어."

패애애액.

광휘는 그의 목을 사선으로 그었다.

머리가 바닥에 떨어지며 목 위로 피가 분수처럼 튀었다.

피가 광휘의 얼굴을 붉게 물들였다.

"저 씹새가! 당장 죽여 버려……."

"흥분하지 마! 살혼!"
"지금 흥분 안 하게 생겼어?"
"아직도 모르겠어? 저자는!"
흥분하는 엽살혼을 붙잡고 적우자가 외쳤다.
"묵객보다 더 강하다!"
"아… 제기랄!"
적우자의 외침에 엽살혼의 표정이 싸늘하게 변했다.
그도 분명히 보았다.
조금 전 싸움이 결코 우연히 아님을.
일부러 검을 부딪치게 하여 잠시 주춤하던 구씨 형제들을 몇 배나 빠른 속도로 죽여 버린 검술을.
불가능에 가까운 움직임이다.
인간이 움직일 수 있는 동작에는 한계가 있다.
특히나 공중에 뜬 상태에서 한 번 몸을 돌려 검에 부딪히고 나면 아무리 몸에 탄력이 살아 있어도 자세가 무너지게 마련이다.
한데, 그는 그것을 극복했다.
그것도 처음보다 몇 배나 빠른 움직임으로 구씨 형제들을 상대한 것이다.
디딜 바닥이 없었는데도 말이다.
스으으으으—
객잔 안에는 공허한 바람이 불었다.
그것은 균열이었다.

엽살혼과 적우자를 제외한 모두가 죽는 순간 그것이 생긴 것이다.

철컥.

철컥.

적우자는 천천히 광휘에게 신중히 접근했다.

상대가 강하다는 것을 인지한 것인지 두 사내의 얼굴이 흙빛처럼 굳은 것이다.

뚝뚝뚝.

검신에 맺혀 있는 피를 광휘가 잠시 바라봤다.

그러고는 나직이 입을 열었다.

"항상 최고라 생각했을 것이다."

그들은 천천히 접근해 오고 있었다.

그 와중에도 광휘는 여전히 시선을 바닥으로 내린 채 말을 이어갔다.

"자신들의 칼에 맥없이 죽어나가는 사람들을 보며 자신감도 쌓였을 테고. 그러다 보니 세상이 너희 중심으로 돌아가는 거라 생각도 했을 것이다."

엽살혼과 적우자가 동작을 멈췄다.

생각이 일치한 것이다.

이 정도 거리가 눈앞의 사내를 상대하기에 최적의 거리임을.

"하지만 이제는 다를 것이다. 얼마나 너희들이 하찮은 존재였는지. 얼마나 가소로운 놈들이었는지……."

광휘가 검을 얼굴 앞으로 가져왔다.

핏물을 머금은 괴구검을 움직이자 작은 비음(悲音)이 흘러나왔다.

"지금 내가 알려줄 테니까."

파팟!

그 순간 적우자와 엽살혼은 광휘를 향해 동시에 달려들었다.

광휘의 신형도 그때쯤 빠르게 움직였다.

第十三章 영웅놀이

파팟.

광휘가 지면을 박차고 위로 뛰어올랐다.

그 순간 적우자와 엽살혼의 검의 방향이 급변했다.

이전의 사내들과 달리 망설임 없었다.

움직임이 너무나 부드러워 애초에 그쪽을 노린 사람들처럼 보였다.

패애애액.

두 개의 검날이 날아오자 광휘는 두 손으로 검을 잡고 방어한 뒤 몸을 우측으로 틀었다.

그 찰나, 두 개의 검이 조금 전 광휘가 서 있던 곳으로 짓쳐오다 변화했다.

까강!

광휘의 검과 부딪치며 쇳소리를 냈다.

좌악!

그렇게 두 검이 떨어지는 순간이었다.

이번엔 광휘의 반격이 시작됐다.

패애애액.

그들의 검이 채 떨어지기도 전에 사선 방향으로 몸을 움직인 것이다.

짧은 사이 적우자의 얼굴에 낭패의 기색이 스쳐 지나갔다.

미처 몸을 빼기도 전에 날카로운 검이 자신의 발목 쪽을 스쳐 지나간 것이다.

예상하지 못한 움직임이었다.

자세도, 방향도 곧장 반격할 수 있으리라 생각지 못한 그였다.

하지만 사내가 지닌 두 가지가 그것을 가능케 했다.

첫째는 아래로 향한 검신.

둘째는 두 손으로 잡고 있던 검 자루가, 실은 왼손으로 잡은 뒤 오른손으로 감싼 것이었기 때문이다.

"윽!"

결국 적우자는 발목을 베이며 무너졌다.

기회를 잡은 광휘의 눈에 이채가 어렸다.

사삭.

하지만 아직 엽살혼이 남아 있었다.

그는 적우자에게 검을 찔러 넣으려는 광휘의 빈틈을 찾고 있었다.
슈숙!
엽살혼이 빠르게 움직였다.
잠시 무릎 꿇고 있던 적우자 어깨 위로 광휘가 검을 찔러 넣었다.
캉!
광휘는 곧장 괴구검을 위로 세우며 엽살혼의 검을 막았다.
그사이 적우자가 도망가려고 꿈틀했다.
사삭.
찰나의 순간, 엽살혼은 눈을 의심할 만한 광경을 목도했다.
광휘가 자신의 검을 맨손으로 잡은 것이다.
손에 피가 흘러내렸지만 광휘는 개의치 않는 듯 그것을 잡고는 아래로 찍어 눌렀다.
"으으으윽!"
적우자의 비명이 새어 나왔다.
엽살혼의 검이 떨어지며 그의 어깨를 파고 들어간 것이다.
"합! 으합!"
엽살혼은 검을 빼내려 했다.
하지만 검은 바위에 박힌 것처럼 꿈쩍도 하지 않았다.
오히려 광휘가 움직이자 엽살혼은 이끌려 가기에 급급했다.
광휘의 압도적인 괴력 앞에 그의 얼굴만 붉어질 뿐이었다.
"아픈가?"
"아아악!"

"으읍!"

광휘의 말에 적우자는 비명을 지르며 광휘를 바라봤다.

엽살혼은 입술을 깨물며 검을 빼기 위해 필사의 노력을 하고 있었다.

"거짓말이겠지. 이 정도 상처에 고통을 느낀다면 네놈들이 죽였던 사람들에게 너무 미안해지지 않겠는가?"

"으으윽!"

"하압, 하합!"

샛노랗게 변한 적우자.

시뻘겋게 변한 엽살혼이 계속 손을 움직이고 있었다.

광휘는 그런 그들을 바라보았다.

"그렇지? 그렇잖아."

"아아아악!"

"으으윽!"

적우자는 가슴께까지 파고든 검날에 정신이 거의 나갈 지경이었다.

엽살혼은 모든 기력을 쓰고 있는지 얼굴뿐만 아니라 눈동자까지 붉어져 있었다.

"살려줄까?"

광휘의 말에 적우자가 고개를 끄덕였다.

고통 때문에 말이 새어 나오지 않자 행동으로 보이려 했다.

"목이 잘린 뒤에도 살아 있다면… 한번 고려해 보지."

"……!"

그으으극.

광휘가 가슴께에 있던 칼날을 목까지 천천히 이동했다.

기괴한 소리와 함께 검날이 움직이자 고통이 극에 달하던 적우자의 얼굴이 창백해졌다.

그러고는 얼마 버티지 못했다.

목까지 칼날이 파고들지 않았음에도 그는 곧 고개를 떨어뜨렸다.

탓.

그를 제거한 광휘가 그제야 검을 놓았다.

엽살혼이 뒤로 물러나며 눈을 부라렸다.

그는 광휘를 상대하기보다 뒤편으로 몸을 날렸다.

"움직이지 마라!"

광휘가 있는 곳에서 재빨리 몸을 빼낸 그의 손에 누군가 붙잡혀 있었다.

담경이었다.

"이자가 죽으면 어떻게 될지 알지? 칼을 버려라."

광휘가 담경을 바라봤다. 그러고는 적우자를 보며 말했다.

"그가 누군가?"

"모르는 척하지 마라. 이분이 지부 대인의 아들 담경이란 자다. 이자가 죽으면 너희들이 어찌 될지 모르느냐?"

"어찌 되는가?"

"책임을 면치 못한다. 이제 알았으면 칼을 버려!"

친절하게 설명을 해주는 엽살혼을 향해 광휘는 덤덤히 그를 바라보며 읊조렸다.

"그렇군."

그러고는 입꼬리를 올리며 다시 입을 열었다.

"석가장에서 보낸 놈들이로군."

광휘는 상황을 이해했다.

사파 녀석들이 왜 갑자기 이곳에 들이닥쳤는가에 대해.

생각해 보면 그들이 곧 이유인 것이다.

장씨세가의 무력함을 알리기 좋고 처리하기도 좋은 명분.

광휘가 한 발짝 더 다가섰다.

"멈춰! 이놈이 죽는다고!"

터억.

그 말에 광휘의 걸음이 멈췄다. 그러곤 싸늘한 표정으로 그를 바라봤다.

그때 담경이 광휘를 향해 외쳤다.

"장씨세가 호위무사! 이 안의 모두가 귀와 눈이 돼줄 것이오. 그러니 소인은 상관하지 마시고 이자를 베시오."

"조용히 해, 이 새끼야!"

엽살혼은 목에 댄 칼을 더욱 가까이 겨누었다.

담경은 태연한 척하려 했지만 낯빛이 급속도로 거메졌다.

광휘가 바닥을 내려보았다.

'삼 장의 거리.'

반면 엽살혼의 칼과 목의 거리는 고작 세 치.

자신이 아무리 빨리 움직인다 해도 좁힐 수 없는 거리였다.

그 때문인지 광휘가 다시 그를 향해 걸어갔다.
"기다려! 움직이면 죽인다니까!"
"죽이시오! 난 어찌 되든 상관없어!"
"이 새끼가 정말!"
멈칫.
광휘는 다시 멈췄다.
목에 겨눈 칼이 일 촌의 깊이로 들어간 것을 보았기 때문이다.
엽살혼의 검을 타고 피가 줄줄 흘렀다.
"난 한다면 한다. 어차피 내 동료는 다 죽었다. 내 안전을 확보하지 못한다면 이놈을 살려둘 필요가 없지."
광휘의 눈이 더욱 매서워졌다.
"한 가지 묻지."
그러고는 여전히 표정을 굳힌 채로 입을 열었다.
"누구 검이 더 빠를 거라 생각하나?"
엽살혼이 이빨을 드러냈다.
"야 이 미친 새끼야. 당연히 내 검이 빠르지. 그걸 왜 물어?"
"그럼 확인해 보면 되겠군."
"와… 이 미친놈. 나 진짜 죽인다고! 이놈 죽으면 너희들 모두 다 끝나는 거야. 알아?"
엽살혼은 칼을 담경의 목을 향해 더 찔러 넣었다.
다량의 피가 검신을 타고 흘러내렸다.
'지금 승부를 봐야 한다.'
광휘가 검 자루를 굳게 쥐었다.

일 장 반의 거리가 남았다.
이 정도로는 무리다.
제아무리 빨리 반응한다고 해도 그의 검이 더 빠를 것이 자명했다.
누군가 시간을 벌어주지 않는다면…….
'응?'
담경을 바라보던 광휘의 눈에 이채가 어렸다.
그는 눈짓을 광휘에게 보내고 있었다.
"진짜 죽인데도. 보여줄까?"
그그그극.
칼날이 그의 목에 천천히 들어갔다.
시꺼먼 피가 칼날을 타고 흘렀다.
생각보다 많이 베었다.
담경의 얼굴빛도 함께 잃어가는 것을 보면 알 수 있었다.
시간이 없음을 직감한 광휘가 담경과 눈을 한 번 맞췄다.
그 역시 진지하게 자신을 바라보자 이내 승부를 띄우기 위해 호흡을 조절했다.
"우릴 괴롭히지 마!"
그때 소년의 목소리가 들리기 시작했다.
갑자기 외치는 소리에 엽살혼의 시선이 짧게 아래로 내려갔다.
그곳엔 한 소년, 자양이 그의 종아리를 차고 있었다.
방심이었다.
아니, 정확히 말하자면 어린아이가 무슨 짓을 할 거라고 전혀 생각지 못한 것이다.

그 순간.

“……!”

투욱.

“읍!”

담경이 목을 비틀며 그의 복부에 팔꿈치를 내리찍었다.

불의의 일격에 당황한 엽살혼이 신형을 비틀었고 약간의 틈이 생겼다.

그 찰나, 광휘가 빗살처럼 달려들었다.

엽살혼이 재차 담경을 부여잡는 사이 광휘는 일 장 반으로 거리를 좁혔다.

엽살혼은 담경의 머리채를 잡고 검을 잡았다.

거리는 단지 다섯 치(십오 센티미터)에 불과했다.

광휘와 엽살혼의 거리는 한 장.

불가능해 보였다.

거리를 많이 좁히긴 했지만 그래 봤자 아직 이십 배나 차이가 났다.

패애애액.

그때 기적이 일어났다.

광휘가 더는 달려오지 않고 잡았던 검을 던져 버린 것이다.

그러자 불가능했던 거리가 급격하게 좁혀졌다.

광휘 — 열다섯 치(45㎝).

엽살혼 — 세 치(9㎝).

…속도는 화살보다 빨랐다.

광휘 ― 여덟 치(24㎝).

엽살혼 ― 두 치(6㎝).

…그리고 정확했다.

광휘 ― 다섯 치(15㎝).

엽살혼 ― 한 치(3㎝).

광휘의 검은 신기루처럼 간극을 파고들었다.

그리고 단 반의반 치(0.7㎝)만을 남기고 그 틈새를 비집고 들어갔다.

촤아아아악.

뒤이어 허공으로 엽살혼의 목이 치솟았다.

동시에 함께 잘려 나간 그의 손목이 옆으로 팽글팽글 돌아갔다.

* * *

장씨세가 외원 앞에는 무려 백 명에 달하는 무사가 진을 치고 있었다.

막사도 보였다.

거대한 기둥 사이에 여섯 갈래로 짠 틀이 떡하니 펼쳐져 외원 문 앞을 가로막고 있었다.

또르르륵.

"다들 한 잔씩 들면서 하십시다."

석가장주 아들 석도명은 술잔에 술을 따르고선 중년인에게로 건넸다.

그의 옆으로 다섯 명의 사람들이 서서 그 광경을 바라보고 있었다.

"소장주."

강소성 고수 관엽은 굳은 표정으로 술잔을 건네 받은 후 입을 열었다.

"왜 그러십니까, 관 대협?"

"한 시진 전 보고를 듣지 못하셨습니까? 장씨세가 내원 사람들이 모두 밖으로 나갔다는 얘기를요."

"당연히 들었습니다."

"그럼 왜 그냥 여기 계시는 겁니까? 안에 들어가서 확인을 해 보시지 않고요."

석도명은 이곳 전선을 이끄는 총책임자였다.

전쟁을 위한 병력이 아니었기에 비연이 그를 이곳을 이끄는 책임자로 배정한 것이다.

하여 높은 직책의 사람들은 석가장에 머물거나 비연 단주를 따라갔다.

"관 대협은 아직 장씨세가에 대해 잘 모르시는 것 같습니다."

"예?"

석도명은 여유로운 표정으로 대답했다.

"지레 겁을 먹어 도망간 것이라면 오히려 더 잘된 것이 아닙니까?"

"그게 무슨 말입니까?"

"도망간 사람들과 함께 그들이 보유한 병력들도 함께 움직일 것입니다. 그렇다면 이번 작전은 당연히 우리의 승리가 되지 않겠습니까."

그 말에 관엽이 급히 대답했다.

"하지만 다르게 생각해 볼 수 있는 문제이지 않습니까? 그들이 몸을 뺀 것이라면 그들의 병력이 우리 석가장을 칠 수도 있지 않겠습니까."

"그럴 리는 없습니다. 장씨세가 놈들은 그냥 두려움에 떠는 것밖에 할 줄 모르는 자들이니까요. 그리고 저기 앞에 놓여 있는 잔칫상을 보십시오."

"……."

"이른 아침에 식사를 한 흔적들이 남았습니다. 거지들도 이곳 주위를 맴돌고 있고요. 그 말은 뭐겠습니까? 우리 소문을 듣고 부랴부랴 도망친 것이 아니겠습니까."

"흐음."

관엽은 대답하지 않았다.

장씨세가에 대해 정확히 모르기도 하고 전쟁의 권한은 그에게 있지 않았기 때문이다.

그는 이번에 석가장에서 영입한 신진 고수들을 이끄는 책임자로 이곳에 온 것이었다.

관엽 뒤에는 몇 명의 사람들이 제각기 다른 방향을 보고 있었다.

다들 표정은 좋지 않았지만 누구 하나 나서는 자는 없었다.
"그나저나 관 대협."
석도명은 다리를 꼬며 고개를 들었다.
"예, 소장주."
"시간도 많이 남았는데 어릴 적 주유했던 강호의 얘기나 한 번 들어볼 수 있겠습니까?"
"……."

* * *

쿵쿵쿵.
"왜 문이 열리지 않은 거지?"
황 노인은 객잔의 문을 힘껏 흔들어보았다.
그런데도 단단한 바위에 걸린 듯 문은 쉽게 열리지 않았다.
"안에 사람들이 있는데……."
그는 어두운 표정으로 문 옆을 내려다봤다.
그곳엔 대머리 사내 하나가 목이 잘린 채 쓰러져 있었다.
'손을 쓴 것은 분명한데…….'
상황을 짐작하건대 광휘가 이자를 죽이고 객잔 안으로 들어갔을 것이다.
그렇다면 문이 열려 있어야 하는 게 당연했다.
한데, 문은 안에서 잠근 것처럼 열리지 않았다.
"비켜라."

이러지도 저러지도 못하는 사이 등 뒤에서 누군가의 목소리가 들렸다.

황 노인은 말한 사람을 확인하기 위해 뒤돌아섰다.

그때였다.

날카로운 검이 좌우로 닫힌 문 사이를 파고들었다.

부우우욱 캉!

뒤이어 나무 틈을 파고든 소리와 청명한 쇳소리가 새어 나왔다.

황 노인은 당황한 얼굴로 사내를 바라보았다.

"뭐지?"

소위건 역시 당황한 얼굴이었다.

잘 파고들던 칼날이 중앙 부분에서 뭔가 크게 걸린 것이다.

"할 수 없지."

그는 좌측으로 두 걸음 정도 이동했다.

그러고는 사선으로 다시 한번 더 크게 휘둘렀다.

쫘아아악!

조금 전과 달리 별다른 방해물이 느껴지지 않았다.

그 순간 소위건의 검이 수차례 문짝을 가로질렀다.

부우욱. 부우욱. 북북북!

문짝이 갈라지며 사람이 지나갈 정도로 공간이 생겨났다.

그제야 만족스러운 표정을 짓던 소위건은 객잔 안으로 들어갔다.

"……!"

바닥을 내려다보던 소위건이 시선을 올릴 때였다.

그의 걸음이 삽시간에 멈췄다.

멈춘 것은 걸음뿐이 아니었다.

그의 표정과 눈빛, 동작이 일시에 멈춘 것이다.

'이 무슨 해괴한 일이…….'

눈살을 찌푸리게 만드는 핏자국.

한곳에 쌓여 있는 시체.

잘려진 팔다리, 머리, 몸통.

참혹한 광경이 눈에 들어왔다.

거기다…….

소위건의 시선이 객잔 중심에 서 있는 사람에게로 집중됐다.

온몸을 피로 두른 채 자신 쪽으로 고개를 돌리는 사내였다.

'이자다.'

그가 광휘를 처음 보며 든 생각이었다.

그렇게 소위건과 광휘는 서로를 응시한 채 한동안 자리에서 움직이지 않았다.

*　　*　　*

소위건은 본능적으로 깨달았다.

널브러진 시체.

그 모든 것이 저 사내로 말미암아 벌어진 일이라는 것을.

'괴물…….'

그의 머릿속에 이 한 단어가 스쳐 갔다.

그 표현이 아니고선 지금 이 상황을 그려낼 적절한 단어는 없었다.

일각.

자신이 자리를 비운 시간은 고작 그 정도다.

그 사이에 모든 일이 다 끝나 버렸다.

사파 사내들 개개인이야 별 볼 일 없다고 해도 동시에 덤벼들면 얘기가 다르다.

더구나 엽살혼과 적우자는 고수.

그 둘이 같이 덤벼든다면 자신 또한 난처한 상황을 피할 수 없었다.

백대고수는 아니지만 그들 역시 전장에서 다듬어진 악귀들 아닌가.

'빗장을 걸어 잠근 것도.'

대단한 자신감이었다.

거대한 도 한 자루를 짓쑤셔 넣은 것 역시 그랬다.

그것이 그를 더욱 소름끼치게 만들었다.

'대체 싸움이 어떤 식으로 흘렀던 거지?'

소위건은 객잔 안으로 들어가 사내가 취한 행동을 살피기 위해 주변을 둘러보았다.

그러다 바로 옆 벽에 몸이 분시된 시체를 확인했다.

뒤이어 일검에 잘려 나간 시체들.

그리고 사내가 서 있는 곳에 참혹하게 베어진 흔적들이 눈에 들어왔다.

'들어오자마자 한 녀석을 잔인하게 살해했군. 주위 시선을 한 곳에 모으려는 의도였겠지. 그리고 대부분 일검에 목을 날려 버렸다. 저 사내… 싸움을 할 줄 아는 자다.'

처억.

머릿속이 복잡해져 갈 때쯤 광휘가 한 발짝 걸었다.

그 순간 소위건의 표정이 어두워졌다.

판단을 내려야 한다.

저 정도 실력자에게 선공을 양보한다면 이 상황은 그야말로 지옥이 될 것이 뻔했다.

저벅저벅.

광휘가 계속 걸어왔다.

땡캉!

눈이 빠르게 돌아가던 소위권은 순간 검을 던졌다.

그 모습을 본 광휘의 발이 멈추자 그는 급히 입을 열었다.

"본인은 소위건이라고 하오."

"……."

광휘가 시선을 들어 소위건을 응시했다.

그는 그 모습을 보며 급히 말을 이었다.

"알고 있소. 소인이 흑도라 불리고 있으며 세간의 평이 좋지 않다는 것을. 소문을 부정하지 않겠소. 하나, 소인이 일을 하는 데는 원칙이 있소. 바로 의뢰를 받은 사람만 처리할 뿐, 이토록 무의미한 살생을 하지 않는다는 것이오."

소위건은 광휘의 눈빛을 바라보았다.
한 점의 감정이 느껴짐 없이 쓸쓸한 눈빛.
소위건은 그 속에서 서서히 일고 있는 그의 호기심을 읽었다.
'모두 털어놓아야 한다. 그래야 살 수 있어.'
그는 급히 다시 말을 이었다.
"묵객을 기다리기 위해 여기 왔던 것 역시 그렇소. 난 내가 맡은 의뢰만을 위해 그를 기다렸을 뿐, 어떠한 행동도 하지 않았소. 만약 묵객이 아닌 당신이었다면 이 의뢰는 절대로 받아들이지 않았을 거요."
"……."
광휘가 다시 한 발짝 움직였다.
설득시키지 못한 것이다.
그는 태연한 듯 바라보고 있었지만 머릿속은 더욱 다급하게 변했다.
'부딪치면 절대로 이길 수 없다.'
그가 이곳에 벌인 무위가, 수십을 상대하면서도 본인이 빗장을 걸어 잠근 그 자신감이 모든 것을 증명해 주고 있었다.
"대협은 혹시 이 사실을 아시오? 석가장 병력 일부가 이곳으로 오고 있다는 걸 말이오."
멈칫!
다가오던 광휘의 걸음이 멈췄다.
그 모습에 소위건의 얼굴에는 약간 화색이 돌았다.
"그들의 계획은 애초에 이곳으로 올 거라 예상한 묵객이란 자를 노릴 생각이었소. 혹여나 우리가 그를 제거하지 못할 시 대신 제거할 생각으로 말이오. 앞서 들어간 엽살혼과 적우자는 이 사실을 모르는 듯했지만 난 들었소, 분명히."

"……."

"대협이 날 처리할 수는 있을 거요. 또한 뒤이어 오는 석가장 병력 또한 처리할 수 있겠지요. 한데 문제는 그것이 아니오. 여기 있는 사람들이 석가장에 의해 죽을 수 있다는 거요."

"……."

"아직 많은 사람들이 살아 있소. 석가장 사내들이 맘먹고자 하면 여기 있는 사람들 역시 피해를 입게 될 거요. 그건 내가 막겠소. 지금 날 보내준다면 그들을 막고 석가장으로 돌려보내겠소."

광휘는 시선을 들어 소위건을 바라보았다.

그가 무슨 의도로 말하려는 건지 꿰뚫어 보려는 표정이었다.

"설령 내가 설득을 못 한다면 시간을 벌겠소. 그들이 어디로 움직이는지 누구보다 내가 잘 아니까 말이오. 그러니……."

소위건은 포권을 풀며 말했다.

"날 보내주시겠소?"

꿀꺽.

소위건은 그의 대답을 기다렸다.

긴장된 순간이었다.

그가 거절을 한다면 곧장 움직여야 했다.

바닥에 떨어진 검을 잡고는 무조건 선공을 날려야 조금이라도 승산이 있었다.

광휘가 계속 침묵하자 소위건은 애써 태연한 듯 바라보았지만 가슴은 쿵쾅쿵쾅 뛰었다.

결국 소위건은 다시금 힘겹게 입을 열었다.

"보내주시겠소?"

"……."

스윽.

소위건의 입술이 바짝 타들어갈 때쯤.

그를 노려보던 광휘가 시선을 돌렸다.

순간 온몸에 긴장이 쭉 풀린 소위건은 급히 뒤돌아섰다.

팽배해진 살기에 온몸이 찌를 듯 아파왔지만 그는 끝끝내 내색하지 않았다.

그렇게 앞을 가려던 소위건이 다시 고개를 돌렸다.

꼭 묻고 싶은 것이 있었기 때문이다.

"실례지만 존함을 여쭤봐도 되겠소?"

광휘는 그를 시선을 올려 그를 응시했다.

말의 의미를 물은 것이다.

"향후, 장씨세가와 관련된 일은 절대로 맡지 않을 것이오."

"……."

"아니, 내 다시는 이곳 하북에는 얼씬도 하지 않겠다고 공표할 생각이오. 그럴 경우 분명 오늘 일로 사람들에게 비웃음을 사게 될 텐데… 나에게도 약간의 변명거리쯤은 있어야 하지 않겠소."

광휘가 고개를 돌렸다.

그러고는 한참을 머뭇거리다 읊조리듯 말을 했다.

"장씨세가 호위무사."

"……!"

소위건은 미간을 찌푸리다 급히 폈다.

부탁을 했음에도 상대가 가르쳐 주지 않은 건 배알이 뒤틀렸지만, 일단 목숨이라도 건진 것이 어디인가.

그는 고개를 숙였다.

"장씨세가 호위무사라… 그리 알겠소."

그는 뒤돌아섰다.

객잔 밖을 나가는 소위건의 뒷모습에는 어떠한 미련도 느껴지지 않았다.

*　　*　　*

'저자는…….'

담경은 문을 가르고 들어오는 사내를 보며 머리카락이 쭈뼛섰다.

예감상 그가 소위건일 확률이 높았기 때문이다.

'이길 수 있어. 이 호위무사라면…….'

담경은 생각했다.

그의 무위를 보건대, 누구와 싸운다 해도 쉽게 지지 않을 것 같았다.

그 잔혹하던 엽살혼과 적우자를 삽시간에 처리하지 않았던가.

'난 무엇을 할 수 있을까.'

담경은 피가 흐르는 목을 지혈할 생각도 하지 못하고 고민했다.
소위건은 백대고수라 불리는 자.
호위무사란 이 사내도 분명 강하지만 싸움은 어찌 될지 모르는 것이 아닌가.
그렇다면 자신이 도울 수 있는 뭔가가 있을지도 몰랐다.
머리를 열심히 굴리고 있을 때 담경의 눈가엔 의아함이 스쳤다.
곧장 달려들 것 같았던 소위건이 갑자기 검을 바닥에 던져 버린 것이다.
그러고는 사내와 마주 보며 급히 포권을 했다.
그 뒤, 몇 마디가 이어졌다.
이후, 그가 포권을 풀었을 때 뜻밖의 얘기가 흘러나왔다.
"날 보내주시겠소?"
"아……."
담경은 귀를 의심하며 옆에 있던 호위무사란 자를 바라봤다.
그리고 다시 소위건을 바라봤을 땐 똑같은 얘기가 흘러나왔다.
"보내주시겠소?"
그가 부탁을 하고 있다.
그리고 곧 장씨세가 호위무사의 허락이 떨어졌다.
그렇게 그는 객잔을 떠나갔다.
"대협."
담경이 한쪽으로 움직이며 뭔가를 줍더니 광휘를 향해 그것을 내밀었다.
광휘가 담경에게로 고개를 돌렸다.

"떨어진 검이 여기……."

"괜찮소."

"예?"

"필요가 없어졌소."

"무슨 뜻입니까?"

광휘는 그의 말을 들은 체 만 체하고는 문밖으로 천천히 걸어 나갔다.

그렇게 문 앞까지 당도했을 때였다.

황 노인이 안으로 들어오며 광휘를 향해 말을 붙였다.

"정말이었던가."

"……."

"자네 정말 무림맹주의 명을 받았던 부대였던가. 그럼 천중단 소속으로……."

"어르신."

황 노인이 목소리를 높일 때쯤 광휘가 입을 열었다.

여전히 시선은 맞추지 않은 채 말을 이었다.

"사람들을 다른 곳으로 보내야 할 것 같소."

"조금 전에 했던 말이……."

"그렇소."

"변명으로 둘러댄 것일 수도 있지 않은가?"

"거짓말을 할 자는 아니었소."

그 말에 황 노인이 잠시 머뭇거렸다.

거짓이라 하더라도 지금은 이곳에 있는 것보다 다른 곳에 있는 게 더 나을 것 같았다.

황 노인은 생각을 정했는지 고개를 끄덕였다.

"그러게. 자네가 그렇다면 그런 것이겠지."

"그리고 내 한 가지 부탁이 있소."

황 노인이 고개를 들며 그의 대답을 기다렸다.

"마차 말이오. 혼자 타고 가도 되겠소?"

광휘의 말에 황 노인은 고민 없이 고개를 끄덕였다.

"당연히. 당연히 그래도 되네."

"고맙소."

광휘가 그를 스쳐 지나갔다.

그런 광휘의 옆모습을 바라보던 황 노인도 고개를 돌렸다.

"광휘."

그러다 황 노인은 그를 다시 불렀다.

하지만 광휘는 뒤돌아서지 않았다.

듣지 못했는지, 아님 들어도 모른 척한 것인지 점점 그의 곁에서 멀어져 갔다.

'잘못 본 게야.'

황 노인은 등골이 서늘해짐을 느끼자 고개를 세차게 저었다.

"이 참혹한 상황에 웃고 있을 리가 없지 않은가."

* * *

달그락달그락.

마차가 기지개를 켜듯 천천히 움직였다.
두 필의 말은 처음 왔을 때와 달리 빨리 달리진 못했다.
체력이 많이 떨어졌기 때문이다.
달칵.
마차 안에 들어간 광휘는 한쪽에 걸려 있는 유등을 곧장 꺼버렸다.
그러고는 광휘는 입던 장포도 벗어 창가를 덮어버렸다.
빛은 완벽하게 차단되었다.
마차 안에는 사람의 얼굴도 식별하기 힘든 정도의 짙은 어둠이 찾아왔다.
뚝뚝.
장포를 타고 물방울이 떨어지는 소리가 들린다.
핏물이었다.
수많은 사내의 피를 머금었으니 아직까지도 굳지 않고 이렇게 흘러내리는 것이다.
광휘는 손을 들어 손가락끼리 비벼보았다.
끈적임이 느껴진다.
굳은 핏자국과 굳지 않은 핏자국.
거기다 조금 전, 엽살혼의 검신 때문에 화끈거림도 함께 몰려왔다.
온몸에 사람들 피가 더덕 붙었다.
그것은 굳고 끈적하게 변해 있었다.
"크크큭."

손끝을 만져보던 광휘가 실소를 흘렸다.
웃음이 나왔다.
사람들의 피를 뒤집어쓴 자신의 모습이 얼마나 인간 같지 않아 보일까 생각한 것이다.
붉은 피를 보고 싶지 않아 마차 안에 타자마자 모든 빛을 차단했지만 허사였다.
이미 체온을 통해 온몸으로 느끼고 있었다.
광휘는 다시 한번 웃으며 나직이 읊조렸다.
"좋구나."
행복하다.
마치 더없이 기분이 좋을 정도로.
"하……."
광휘는 짧게 신음했다.
사람을 죽이고서 행복감을 느끼다니.
이 무슨 말도 안 되는 소리란 말인가.
처억.
광휘는 벽에 등을 기댔다.
나른한 느낌이 몰려오자 눈이 자연스레 감겼다.
흡사 지친 몸을 뜨거운 물에 담갔을 때와 같은 편안함과 나른함 때문인지 입가의 미소가 지워지질 않았다.
"어디서부터 잘못된 것일까."
어릴 적 광휘가 동경했던 무인.
힘없는 사람들 속에 나타나 멋지게 적들을 쓰러뜨리고 홀연히 사라지는 그런 자들이었다.
자신도 그런 멋진 무사가 되고 싶었다.
그들처럼 되기 위해 검을 들었고 검술을 배웠다.
아마 그때부터였을까.
아님 칠객이란 명성을 얻어 강호를 주유하던 때였을까.
맹주의 추천으로 천중단에 들어갔을 때?
그것도 아님 살수 암살단의 권유를 받았을 때였을까.
"난, 그저 영웅놀이를 하고 싶었을 뿐이었는데……."
처음엔 그랬다.
저잣거리의 파락호들을 혼내주던 무사를 보고 자신도 그리 되고 싶다는 생각이 들었다.
항상 예쁜 처자들이 옆에 있는 것도 부러웠다.
사람들마다 치켜세우는 것도 멋져 보였다.
그러다 이렇게 되었다.
살인만 할 줄 아는 병기가 된 것이다.
덜덜덜.
광휘는 몸을 떨었다.
손끝에서 시작한 강한 떨림이 온몸으로 퍼지고 있었다.
신호였다.
이제 곧 발작이 일어날 것이라는.
객잔 안에서 그렇게 많은 피를 보았으니 후유증은 아마 엄청날 것이다.
어떤 부작용이 있을지는 알기 힘들 정도로.

"난 뭘 했던 건가……."

광휘는 암살단에 있었던 기억을 떠올려 보았다.

끊임없이 반복하던 지긋지긋한 훈련.

상황에 따라 변하는 전략과 대응.

동료를 구해야 한다는 책임감.

힘없는 민초를 살려야 하는 의협심.

그땐 그랬었다.

그것만 보고 앞을 달렸었다.

그런데 지금은 어떤가.

이렇게 어둠 속에서 발작을 기다리는 나약한 사내만 있을 뿐이지 않은가.

"대체 평생 뭘 하고 살았던 건가……."

광휘의 눈에 눈물이 흐르기 시작했다.

비통함이 한데 뒤섞여 자신도 모르게 흘리는 눈물이었다.

"크흑. 흐흐흐흑."

그는 소리 내며 울었다.

참으려 하면 할수록 눈물은 걷잡을 수 없이 흘러내렸다.

왜 살아가는지 떠올리려 했지만 기억나지 않았다.

그냥 살고 있었다.

그냥 살고 있으니 살아가는 것이었다.

이게 무슨 삶이란 말인가.

이런 삶이 무슨 의미가 있다는 것인가.

"조장, 조장은 어떻게 극복한 것이오?"

삼우식의 목소리가 들린다.

어김없이 이런 고민을 할 때면… 항상 그가 물어온다.

"우식아."

광휘는 울먹이는 목소리로 흐느꼈다.

항상 묻고 싶었었다.

그가 그런 질문을 던질 때면 자신도 그에게 묻고 싶은 것이 있었다.

"네가 지금 있는 그곳엔 답이 있더냐?"

광휘의 볼에선 눈물이 주룩주룩 흘러내렸다.

딛고 있는 바닥을 적실 만큼 뜨거웠다.

"그렇다면 내게도 좀 알려다오. 우리는 어떻게 극복해야 하는 것이더냐."

『장씨세가 호위무사』 제1막 3권에서 계속…

外傳二 숨겨진 이야기

장씨세가 편

쏴아아아.

저녁부터 검은 먹구름이 몰려오기 시작하더니 손가락 마디처럼 굵은 장대비가 주룩주룩 쏟아졌다.

짙게 깔린 구름도 그렇고 시간이 지나도 빗줄기가 잦아들지 않는 것이 스쳐가는 소낙비는 아닌 듯했다.

달그락. 달그락.

좌우 빽빽하게 들어선 집들 사이로 검은 어둠을 뚫고 이두 마차가 빠르게 지나간다.

평탄치 않은 길임에도 능숙한 마부의 손길 탓인지 말은 연신 달음박질치며 앞으로 질주했다.

휘릭휘릭.

외곽 길을 돌던 그때, 마차 위에 덧대놓은 장포 자락이 바람에 휘날리며 크게 펄럭였다.

순간 마을 어귀마다 내건 황촛불로 인해 장포 위에 적힌 글자들이 드러났다.

장씨세가(張氏世家).

실로 비범하게 그려진 도안들이 흔한 가문의 마차가 아님을 알려주고 있었다.

지이이익.

"이건가?"

초로의 노인이 밀봉된 황지를 찢고는 몇 장으로 된 첩지를 내려다보고는 말했다.

격랑이 불어닥치는 밖과 달리 마차 안은 온실의 화초처럼 따뜻했다. 천장에 걸린 작은 유등이 고즈넉한 분위기를 자아내고 있었다.

"신주일검(神州一劍) 곡전풍에다, 황하일도(黃河一刀) 황진수라……."

종이에 쓰여 있는 글귀를 다시 한번 확인하고는 그가 되물었다. 그때쯤 정갈한 의복에다 백발을 단정히 묶은 그의 얼굴도 서서히 드러났다.

장원태.

장씨세가의 가주로 석가장과 더불어 하북 이남을 양분하는 세력을 가진 자다.

이백 년이란 가문의 역사와 함께 조정에도 이름을 올렸던 뼈

대 깊은 가문이었다.

"예, 며칠 전에 안평(安平)에 잠시 머물렀다는 정보를 입수하였습니다. 해서, 교섭을 하기 위해 급히 이 장로가 움직였습니다."

맞은편에 있는 노인이 대답했다.

장유성(張有聖)이란 자로, 가주와는 종숙질로 전대 가주의 작은 아버지의 아들인 그였다.

오십 수를 바라보는 나이임에도 눈빛에는 여전히 젊은 장정보다 더한 패기가 들어서 있었다.

"삼 년 전 둘 다 하남 이십이수(二十二秀) 안에 든 실력이라… 믿음직한 자들이군."

"그렇습니다. 해서 닷새 전부터 각고의 노력을 기울이고 있습니다. 만약 돈으로 회유가 안 되면 딸아이를 내줘서라도 데리고 올 생각입니다."

"그래, 잘하겠지. 자네와 이 장로가 그토록 신경을 쓴 일 아닌가."

"예. 그럴 겁니다. 이번엔 반드시 가주님의 기대에 부응하겠습니다."

"음."

장 가주는 고개를 끄덕이고는 다음 장을 넘겼다. 그곳엔 좀 전과는 다른 인물의 나이와 이름, 출신 내력과 그간의 이력들이 상세히 쓰여 있었다.

"매화신수 능자진, 화산의 속가제자로 이십사 세에 하산하여 하남 일대에서 명성을 쌓은 고수라……."

순간 맞은편에 앉아 있던 다른 노인이 기다렸다는 듯 대답했다.

장 가주가 거론한 자가 바로 이번에 자신이 추천한 자였기 때문이다.

그의 이름은 문조(文造). 성은 서(緖)씨로 장 가주 부인의 사촌 형제 중 첫째였다.

"그 유명한 화산의 매화검법을 쓰는 자입니다. 본문에도 나와 있지만, 한때 무읍(武邑) 지역에 골치를 앓았던 사방파(四方派) 십여 명을 홀로 박살 낸 경력이 있습니다. 십여 년의 객지 생활로 강호 경험이 풍부하고 시세에도 밝아 우리에게 큰 도움이 될 거라 확신합니다."

"거기다 호북 무창에서 일왕이 주최한 무림 대회의 입선했던 경력이 있군. 화려함과 신묘한 검법이 일품이라고?"

"예."

"그래, 접촉은 했는가?"

"그렇습니다. 삼 장로가 그를 설득하기 위해 나흘 전 이른 아침부터 움직였을 겁니다. 미리 언질을 주었던 것이기에 지금쯤이면 연이 닿았을 겁니다."

"흐음……."

장 가주는 진중한 눈빛으로 한참 동안 말문을 아꼈다.

이에 밝게 웃을 것으로 생각한 두 노인의 표정도 조금씩 굳어졌다.

"가주님, 뭔가 맘에 안 드십니까?"

장유성이 은근슬쩍 운을 뗐다. 이어 옆에 있던 서문조도 궁금증을 띤 눈빛으로 그를 바라봤다.

그들의 시선을 느끼던 장원태는 들고 있던 종이를 잠시 무릎 위에 올려놓고는 고개를 들었다.

오랫동안 격전을 치러온 탓인지 평소 강건하던 얼굴은 무척이나 수척해 있었다.

"내 자네들을 믿네. 늘 그렇듯 이번에도 훌륭한 무인들을 추천했을 거란 것을. 하지만 그에 앞서 걱정이 드는 것도 사실이야. 이전에도 몇몇 무인들을 추천한 적이 있지 않았는가? 장강 이남의 이름 있는 고수들이라 하면서. 하지만 결과는 어떠했는가?"

"……."

"결국, 살아남은 자는 없었네. 아무리 석가장 녀석들이 암습을 했다고 해도 말이야. 그리고 나는 보았어. 그 당시 제대로 맞서 싸운 자가 단 한 명도 없었다는 것을. 아무리 우리 본가가 석가장과 같은 무가(武家)가 아니라지만 이건 너무하지 않은가."

장가주의 말투에 점점 힘이 들어갔다.

"우리가 석가장에 맞서기 위해선 정말로 강한 고수가 필요하네. 누가 봐도 확실한 그런 고수 말이야. 그래야 저들도 겁을 집어먹고 함부로 도발하지 않을 게 아닌가."

오른쪽 빈자리에 조용히 종이를 내려놓던 그는 시선을 내리깔았다.

비록 인상을 찡그리거나 화를 내지 않았지만, 그의 말투에서 말 못 할 깊은 수심이 묻어 나오고 있었다.

"이번에는 다를 겁니다. 믿어주십시오."

"틀림이 없습니다. 제가 말씀드린 그자라면 충분할 겁니다."

두 노인은 고개를 조아리며 다시 한번 예의를 갖췄다.

그들은 마음속으로 이번에야말로 가주를 실망하게 하지 않겠다고 생각하고 있었다.

잠시 뒤 장원태는 종이의 마지막 장을 펼쳐보기 위해 다시 손을 들었다.

추천한 세 명의 사내 중 마지막 인물이었다.

서신을 붙잡은 장원태는 한동안 말이 없었다.

그 모습을 가만히 바라보던 장유성과 서문조의 눈가에는 호기심이 일기 시작했다.

그 서류는 자신들이 추천한 것이 아니었기에 정확한 내용을 알지 못했기 때문이다.

"황 노대가 언제부터 내원을 비웠던가?"

장원태는 종이를 접고는 물었다.

"이레 전부터입니다. 무슨 일이 있으십니까?"

맞은편의 장유성이 그의 물음에 답하며 되물었다.

하나, 장원태는 대답하지 않았다.

잠시 접었던 종이를 다시 펼치며 내용을 읽었다. 그 뒤 시선을 내리깔며 생각에 잠겼다.

'대체 어떤 자이기에 아무런 내력도 적어놓지 않았던 건가. 아니, 그보다 황 노대가 알고 있던 고수가 있었던가…….'

그의 기억으론 없었다.

가끔 조정에 근무하신다는 숙부를 보러 갈 때 빼고는 항상 내관에만 머물렀기 때문이다.

아버지가 가주로 계시던 십여 년 전에도 그에 대한 특별한 연고를 듣지 못했다.

"가주님, 그 종이는 누구의 것입니까.?"

"누가 추천이라도 한 것입니까?

장원태와 서문조는 가주의 행동에 호기심이 깃든 눈으로 물었다.

"별것 아니니 신경 쓰지 말게."

장원태는 세 장의 종이를 가슴 속에 넣고는 창가로 시선을 돌렸다.

그러고는 얼굴만큼이나 작은 창문을 천천히 열었다.

"가주님, 그곳의 문을 열면……."

"혹시라도 밖에……."

장원태는 자칫 불빛이 새어 나갈까 염려하는 장로들의 말에 멋쩍은 미소로 답했다.

휘이이잉.

예상대로 밖의 비바람은 세찼다.

짙은 어둠과 안개가 가득해 앞을 분간하기가 힘들었다.

설령 이 마차가 갑작스럽게 뒤집어진다 해도 놀라지 않을 정도로…….

장원태는 다시 씁쓸한 미소를 흘리며 창가에 기대했다.

청량한 물기가 얼굴에 닿자 답답했던 마음이 조금은 가라앉았다.

이대로만…….

정말 이대로만 있어주길 바랐다.

그동안 억울하게 죽은 수많은 목숨 따윈 묻지 않을 테니 여기에서 멈춰주길 바랐다.

하지만 그들은 멈추지 않을 것이다.

더 제련된 칼날로 우리의 심장을 노릴 것이다.

애초에 문제가 된 것도 우리를 보호해 준다는 허무맹랑한 명목이 아니었던가.

장원태는 창문을 닫고 눈을 감았다.

눅눅해진 가죽 신과 제대로 풀지 못한 어깨 근육이 오늘따라 무겁게 느껴졌다.

아마도 일 년 동안 그를 억눌렀던 피로가 이제 드러난 것이리라.

"언급된 사내들은 모두 불러들이도록 하게. 지금은 다른 대안이 없으니. 그대들에게 말하지만 내 이대로는 물러서지 않을 테야. 반드시 복수하고 말 것이다!"

"알겠습니다!"

"예!"

두 노인들에게 명한 장원태는 속으로 바랐다.

승리하지 않아도 좋으니 우릴 지킬 수 있는 힘만이라도 생기기를.

그리되길, 그는 몇 번이고 빌었다.

外傳三

오래된 이야기

광희 편 二

두두두둑.

억수 같은 비가 쏟아지는 날이었다.

산으로 올라갈수록 발에 엉겨 붙은 진흙 때문에 걷기가 힘들었다.

그런 와중에 중년인으로 보이는 남정네 넷이 커다란 동이를 받쳐 들고는 허름한 집으로 다가가고 있었다.

그 뒤로 노인 몇 명과 여염집 부인 두 명이 뒤따랐다.

뚝. 뚝. 뚝.

그들이 마당 앞에 섰을 때쯤 머리 쪽에 막은 천으로 인해 빗물 소리가 작아졌다.

이윽고 그들은 커다란 동이 두 개를 집 벽면에 붙이며 내려놓았다.

"후우. 됐소."

"여기도."

네 명의 사내가 허리를 붙들고 한숨을 내쉬자 뒤쪽에 여인들이 말했다.

"그럼 이제 빕시다."

한 자 반 높이의 돌탑.

여인들은 들고 온 돗자리를 돌담 아래에 펴고는 그들을 불렀다.

그곳에 간단히 준비해 온 먹을거리가 놓여 있었다.

노인이 절을 하자 모두가 뒤따라 절을 올렸다.

"신령님, 범도 물리쳐 주시고 농경지를 막는 노루도 물리쳐 주셔서 감사합니다. 앞으로도 잘 부탁드립니다."

술을 주면 농지에 피해를 입히는 짐승들을 막아주겠소.

어느 날 촌장이라고 불리는 노인에게 날아든 첩지 한 장.

그것이 그들의 삶을 바꿔놓았다.

오래전부터 모 산촌은 농경지를 망치는 노루와 멧돼지 때문에 골머리를 앓고 있었다. 그러다 몇 년 전에는 범까지 출몰해, 마을 사람들은 바깥을 나다니기도 힘들어했다.

그런데 그 첩지가 날아든 이후부터 놀랍게도 잠잠해진 것이다.

그 이후, 매달 이곳에 올라 이렇게 누군지 모를 첩지의 주인에게 술을 올리고 있는 것이다.

"그런데 정말 이곳에 사는 건 맞을까요?"

"뭐가 문젠가?"

"사람 없는 곳을 굳이 찾아서 터를 잡은 게 이상하잖아요. 혹시나 죄를 짓고 도망친 흉악 살인마라든지……."

한 여인이 의심스럽다는 얼굴로 중얼거리자 옆에 있던 중년인이 버럭! 호통을 내질렀다.

"어허! 입방정! 여편네가 그런 말을 하다 신령님이 듣고 노하시면 어쩌려 그러나!"

"아니, 나는……."

"흠흠. 어떤 분이든. 이 산골에 들어 이 무지렁이들을 도와주시는 걸 보면 나쁜 분은 아닐 게야."

"당연하지. 예전에 일이 있으셨으면 또 어떤가? 사람 살리는 일로 공덕을 쌓고 계시지 않은가?"

주변 늙은이들은 거기에 재삼재사 말을 덧붙였다.

의심 많던 아낙네는 이제 얼굴도 들지 못하고 애고애고 하며 머리만 조아려 신령님을 불렀다.

"이제 빨리 가시게!"

재촉하는 사내의 말에 사람들은 천천히 내려가기 시작했다.

처억.

그들이 내려가고 한 사내가 그곳에 머물렀다.

한참을 조용히 그들을 배웅해 주고 난 후, 그는 사람들이 놓고 간 술동이 쪽으로 걸어갔다.

꿀꺽꿀꺽.

됫박째로 술을 들어 목을 축이던 사내, 광휘는 문득 뭔가가 머리를 쿡쿡 누르는 느낌에 고개를 들었다.

"나무가 많이 길었구나."

회화나무 나뭇가지가 사방으로 뻗어 어느새 광휘의 머리까지 길어 있었다.

"자르려고 해도 도구가……."

광휘는 주위를 둘러보았다.

그러다 사람들이 놓고 간 먹을거리에 단검으로 보이는 작은 칼 하나가 놓인 것을 발견했다.

척.

광휘는 단검을 들고는 회화나무 앞에 섰다.

머리 위 나무 잎사귀들이 비바람에 흔들거리고 있었다.

꽤 오랜 시간 나뭇잎들을 바라보던 광휘가 순간 도약했다.

탓. 타탓. 타타탓.

나뭇가지를 몇 개를 밟고 단숨에 허공으로 뛰어오른 광휘는 긴 나뭇가지부터 잘라냈다.

그리고 몇 번의 움직임 끝에 땅을 밟았다.

투투투투툭.

열 개가 넘는 나뭇가지들과 수백 개의 잎사귀들이 허공에서 비를 맞으며 떨어졌다.

광휘는 그것을 한곳에 모으다 뒤쪽으로 시선을 돌렸다.

"좀 더 정교하게 해볼까."

뒤쪽에는 아직 몇 그루의 회화나무가 더 남아 있었다.

* * *

하늘에 구멍이 났는지 비바람은 꽤 오랫동안 물러가지 않았다.

얼마나 시간이 흘렀을까.

광휘는 기척을 숨기며 기다리고 있었다.

눈앞에 튼실한 노루 한 마리가 길을 잃은 듯 한곳에 머물고 있기 때문이다.

휙.

갑자기 인기척이 들리는 순간.

노루가 소리가 나지 않는 반대 방향으로 달려 나갔다.

쇄액.

하나 노루는 몇 발자국 움직이지 못하고 곧장 쓰러졌다.

녀석이 달린 곳은 광휘가 나뭇가지를 던지고 매복해 있던 곳이었다.

'비가 오고 바람이 불어 후각이 떨어졌다. 당연히 청각에 의존하게 마련이지.'

푹… 쿠욱.

광휘는 노루의 목에 단검을 찔러 넣고는 고개를 돌렸다.

지긋지긋한 핏물이 흐르는 것을 보지 않기 위해서였다.

후득후득. 쏴아아아.

거칠게 내리는 빗물이 따로 손을 대지 않아도 피를 씻겨내

주었다. 광휘는 노루의 몸에서 피가 빠져나가기를 한참 기다리다가, 이윽고 녀석을 들쳐 업고 거처로 돌아왔다.

'누구지?'

광휘가 집으로 돌아가던 중이었다.

낯선 외인 한 명이 길을 걷는 모습을 발견했다.

그가 움직이는 방향은 자신의 집 쪽이었고, 외인이 드문드문 멈춰 뭔가를 확인하는 것은 심히 의심스러운 광경이었다.

'다른 마을 사람인가?'

광휘는 가만히 그를 따랐다.

그리고 어느덧 자신의 거처에 도착한 그가 걸음을 멈추는 것을 보았다.

풀럭풀럭.

입고 있던 장포를 벗으며 털어냈고.

"후우."

긴 한숨을 내쉬며 꽤 오랫동안 주위를 둘러보고 있었다.

"……!"

노인이 회화나무 앞에 서던 순간 광휘의 표정이 변했다.

눈에 익숙한 체형.

그리고 매우 비슷한 용모.

자신이 알고 있는 오래전 그의 모습과 흡사했다.

광휘의 표정이 변했다.

근 5년 만에 처음으로 얼굴에 변화가 인 것이다.

서걱.

더는 기다리지 않고 숲속에서 걸어 나왔다.
노인이 누군지 안 광휘는 노루를 든 채로 그에게 다가가 말을 걸었다.
"오셨습니까, 어르신?"
근 5년 동안.
웃지 않던 광휘는 처음으로 옅은 미소를 보였다.

*　　　*　　　*

이곳에 자리 잡은 지 며칠 되지 않았을 때였다.
어두컴컴한 공간에 있을 때면 문득 머릿속을 스쳐 가는 한 노인이 보였다.
해야 할 일이 없어진 탓일지도 몰랐다.
아니면 너무 오랜만에 찾아온 여유에 적응하기 힘들어서 일지도 몰랐다.
아무튼 그 사람이 생각이 났고 결국 그에게 편지를 보내며 마음의 짐을 정리하려고 했다.
하지만 지금 눈앞에 있는 이 노인을 보자 그때 왜 그랬는지 이유를 깨달을 수 있었다.
언젠가 한 번은 꼭 자신이 보고 싶어 했었다는 것을.
"오신 줄 알았다면 더 큰 놈으로 잡아올 걸 그랬습니다."
"마음만 받으마."
"어찌 마음뿐이겠습니까. 어르신이 제게 베푸신 것이 있는데 말입니다."
"허허허. 말이라도 고맙구나."
몇 마디 나눈 후 광휘는 그에게 뭔가 하고 싶은 말이 있다는 걸 깨달았다.
아니, 이미 알고 있었는지 모른다.
화창한 날씨가 아니라 이토록 거친 비바람이 몰아치는 와중에도 올 만한 이유는 그뿐이었으니까.
"날 좀 도와주게나."
예상대로 그가 도움을 요청했다.
그가 지내는 장씨세가는 생각보다 위험한 상황인 듯 보였다.
석가장이 얼마나 강한 곳인지는 알 수 없으나 무림맹도 손을 뗐다는 얘기는 이미 심각하다는 방증이었다.
"죄송합니다. 어르신."
그렇지만 광휘는 거절할 수밖에 없었다.
당연히 그래야 했다.
더는 칼을 들고 싸우지 않으리라 수차례 다짐을 한 상황이었다.
비록 눈앞의 노인이 자신에게 은인과 다름없지만 그렇다 해도 그 다짐을 꺾을 순 없었다.
"이게 뭡니까?"

갑자기 건네준 서책 한 권.
광휘의 물음에 그가 말했다.

"삼백 명의 목숨일세. 자네가 가면 어쩌면, 살 수도 있는 목숨의 수 말일세."

사람의 목숨.

그들을 구하고 자신이 얻는 것은 무엇일까.

아니, 그보다도 이제는 지긋지긋했다.

누군가를 구하고 누군가를 살리는 일이 이제 더는 하고 싶지 않았다.

그래서였을까.

"어르신, 모르셨습니까?"

광휘의 본심과 다른 대답이 흘러나왔다.

"강호란 곳은 그런 곳입니다. 생존할 힘이 없으면 명분도, 대의도 없어지는 그런……."

"자네!"

광휘는 그때 보았다.

자신의 기억 속의 항상 온화하고 조용조용하던 그가 진심으로 분노하고 있는 모습을.

"힘이 없으면 다 죽어야 하는가! 힘 있는 자에게 죽어야 하는 것이 강호인가!"

눈시울이 붉어진 얼굴로 진정되지 않는 목소리를 토해냈다.

"자네는 태어날 때부터 강했던가! 자네의 아비는? 어미는 태어날 때부터 강했던가!"

그 얘길 듣는 순간 광휘는 온몸에 전율이 돋아났다.

희미해졌다고 생각했던 과거의 기억.

그것은 천중단 시절 광휘가 늘 머릿속에 그렸던 의문. 의문. 의문이었다.

"조장, 너무 애쓰지 마시오. 힘이 없으면 죽는 게 당연하지 않소."

"내게 더 강한 힘이 있었으면 좋겠소. 그러면 동료들을 한 명이라도 더 구할 수 있을 것 아니오."

"이게 강호라는 것이지요. 우리가 살고 있는……."

수많이 죽었던 대원들.

그들에겐 광휘는 어떠한 대답도 해줄 수 없었다.

"우리가 지금 살아 있는 것은 우리가 모르는 다른 누군가가 도움을 주었기 때문에 가능한 것이야. 자네가 살아 있는 것도 내가 살아 있는 것도 많은 다른 사람들이 도움을 주었기 때문에 비로소 가능했던 것이야!"

노인의 말 중 틀린 것은 없었다.

수많은 천중단 동료들.

자신에게 무공을 알려주고 간 명문 대파의 노승과 도인, 수많은 협사들.

지금 광휘가 살아 있는 것은 다른 대원들의 도움이 있었기 때문에 가능했다.

"기억하게. 강호도 사람이 살아가는 세상일세."

그 길로 노인이 떠나자 광휘는 한참 동안 멍한 상태로 앉아 있었다.

"조장, 지금 뭐 하시는 거요?"

광휘의 동공이 커졌다.

분명 주위에는 어둠과 비바람 소리뿐이었는데 누군가 자신에게 말을 걸고 있었다.

"사람을 구하는 일이라 하지 않소. 그렇다면 응당 도와야 되지 않겠소?"

"빨리 가십시다. 가서 멋지게 해치우고 오십시다."

"다들 임무 끝났다고 자기들만 술상 차리면 곤란해. 내 이번에는 늦지 않고 바람처럼 나타날 테니."

'삼우식… 건지량(乾止良)… 팽진운.'

항상 자신을 따랐던 세 명의 사내들.

잊었다고 생각했는데 여전히 그들의 환청이 들려왔다.

처억.

"용서해라."

자리에서 일어나 돌탑에 걸어간 광휘가 짧게 읊조렸다.

스스로 맹세를 꺾은 자이니 그들의 볼 면목이 없었다.

툭툭툭.

그러고는 모든 돌들을 치우고 목함을 꺼냈다.

드륵.

목함 뚜껑을 열고 구마도와 괴구검을 손에 한 번씩 쥐어본 광휘는 다시 천천히 내려놓았다.

광휘는 바닥에 노인이 내려놓고 간 지도를 집어 들었다.

"아직 할 일이 남았나 보구나."

노인이 돌아가던 쪽을 바라보던 광휘는 그들의 얼굴을 떠올리며 말을 이었다.

"빨리 돌아오마."

정말로 그럴 예정이었다. 장씨세가에 닥친 일 하나만 해결하고 다시 돌아올 예정이었다.

그때만 해도… 그렇게나 긴 예정이 될 거라고는 생각하지 못했었다.

外傳 完.

장씨세가 호위무사 도움말

표국 상식

—보표: 호위무사(현대의 보디가드).
—표사: 표물을 지키는 무사.
—표두: 표사들의 우두머리.
—쟁자수: 짐꾼.

—은원보의 가치: 근 은 백 냥.
—금원보: 근 금 백 냥. 작중에서는 은자 천이백 냥가량.
—사파: 자신들의 이익을 위해 움직이는 자들.

—흑도: 간악하고 사악한 자들.

—무인은 포권, 군인은 군례를 하는 것이 일반적.

—공공(公公): 환관을 높여 부르는 말.